嗆辣美嬌娘

2

文創風 510

芳菲 著

目錄

第二十一章　試探口風

張嬤嬤帶著方才送百家被去謝家祠堂的婆子，在兩頂轎子後面遠遠跟著。張嬤嬤看見百家被做工精細，便開口問道：「姊姊，這被子是您縫的嗎？瞧著您這把年紀了，做針線活還能看得清嗎？」

那婆子天生是個熱情的人，聽張嬤嬤問她，便笑著道：「我這把年紀穿不了線，做不成活了，這是我兒媳婦做的，她年紀輕，針線活又做得好。說起來，我兒媳婦跟你們謝家還算有點關係呢！聽說村裡人要做百家被，她連今年的冬衣也不趕，先忙活起這個來了。」

張嬤嬤聽了，很是好奇，問道：「有點關係？怎麼說？」

「還不就是……我家兒媳婦原先在蔣家幫傭，當過大姑奶奶兩個娃兒的奶娘呢！後來孩子長大，我兒媳婦就不去了。說起來大姑奶奶真的是好人，卻嫁給姓蔣的那狗雜碎。」圓臉婆子一說起蔣國勝，火氣大得很，好似跟他有血海深仇。

張嬤嬤見她頓時怒氣填胸，笑著道：「好人有好報，惡人有惡報，如今那人死了，姊姊就不用再提。」

那婆子聞言，仍憤然道：「那樣的人，便是死一百次都是活該，活該他們蔣家斷子絕孫。」

張嬤嬤在謝家宅住的時間很長，知道她們這些村婦說話就是這樣沒個忌諱，也不多說什麼，只道：「姊姊去我們家喝一杯茶，消消氣吧！」

謝玉嬌和徐氏回到謝家，在正院安頓好了，才讓張嬤嬤請那圓臉婆子進來。沈姨娘看見百家被，高興地拿在手中翻看，恨不得這會兒就為謝朝宗蓋上。

雖然這百家被挺乾淨的，但謝玉嬌到底不放心，吩咐丫鬟道：「先把被子拿下去，把外頭的套子拆下來洗一洗，讓太陽好好曬一曬，再縫起來給少爺用。」

沈姨娘知道謝玉嬌見多識廣，心想這大約又是什麼自己不知道的規矩，便把被子交給丫鬟，打算進去裡頭抱孩子。

謝玉嬌見了，喊住她道：「姨娘抱朝宗的時候記得先洗手，這百家被不知道經過多少人的手，萬一有不乾淨的沾到朝宗身上，那可不好。」

沈姨娘聞言才明白過來，這些小細節對於她這個村婦來說，壓根兒想不到。

沒多久，那婆子已經到了門口，徐氏請她進來，又讓丫鬟為她端了一張墩子，讓她坐在上頭，這才問道：「謝家的地不少，只是平常除了謝家宅的鄉親們，很少管別村的事，以前我們老爺在的時候，有空也會去別村瞧瞧，如今我們一家女眷，出去瞧肯定不方便，你們若是有什麼不稱心如意的，就跟我們陶大管家說，他會告訴我們的。」

圓臉婆子臉上堆著笑，顯得有些不好意思。「小姐免了我們一年田租，已經是天大的好事了，哪裡還有什麼不稱心如意的？我們被蔣家那惡霸欺壓慣了，如今能過上這種日子，真是千恩萬謝。」

謝玉嬌見這婆子敦厚老實，又不貪心，也可憐他們那些佃戶不容易；只是免田租這種事，只有頭一年能這麼做，不然謝家所有土地合起來一千六百多戶佃農，都要鬧起來了。

「先讓你們休養生息，但是不能因為今年不用交田租，就怠慢了田裡的活計，我這邊的雖然免了，可朝廷那裡還是要，這兩年朝廷在打仗，說不定哪一天就要漲稅錢，所以還是多備著些才好。」謝玉嬌說道。

圓臉婆子聽了這話，一個勁兒地點頭，道：「以前蔣家每次跟我們多收田租，就說是朝廷要漲的，莊稼人不懂這些，既然他們都這麼說了，我們也不敢不交；後來聽陶大管家說，才知道朝廷壓根兒沒漲田租，那些錢都讓蔣家坑了。」

說到這裡，她一副咬牙切齒的模樣，恨不得把蔣家人生吞活剝。古代農人過日子不容易，蔣家這麼做，當真是天理不容。最關鍵的是，他們這樣剝削百姓，轉頭又說自己交不出朝廷要的糧食，讓謝家補這個窟窿，還不肯還錢，也就是謝老爺看在大姑奶奶的面子上一再容忍，若那時是謝玉嬌當家，斷然不會姑息他們。

正說著呢！大姑奶奶就領了兩個孩子過來，原來張嬤嬤聽了圓臉婆子的話，覺得既然是大姑奶奶的舊識，不如請來見一面。果然，大姑奶奶在門口往裡頭看了一眼，便笑著迎進去道：「這不是李婆婆嗎？」

李婆子一轉頭，就看見大姑奶奶牽著兩個孩子過來，她臉上堆起笑道：「少奶奶，您好啊！」一喊完，她才發現自己說錯了話，急忙打嘴道：「呸呸呸，還什麼少奶奶，如今還是稱呼您一句大姑奶奶。」

大姑奶奶拉著兩個孩子道：「這是妳們奶娘家的婆婆。」

兩個孩子聽了，怯生生地喊了一聲「婆婆」。李婆子高興地站起來，恨不得用手摸摸她們的臉蛋，又覺得有些不好意思，尷尬地笑道：「早知道今日有這個造化進府，應該讓我兒媳婦一起過來，她整天叨唸著妳們呢！」

大姑奶奶說道：「孩子們也想她，只是如今不比以往，過去好歹能喊她來坐坐，現在路遠，不方便。」

謝玉嬌看了兩個表妹一眼，寶珍已經七歲，有些曉事了，寶珠只有四歲，照理是該請個奶娘帶著；雖然兩個孩子身邊已經各有一個丫鬟照顧，但有個奶娘貼身教導一些事，也能減輕大姑奶奶的負擔。

想了想，謝玉嬌開口問道：「李婆婆，不知道妳兒媳婦在家做些什麼？家裡的孩子有人帶嗎？我一直尋思著要為寶珍跟寶珠再找個奶娘，這做生不如做熟，若是妳兒媳婦願意的話，不如讓她上我們家來，就是路遠了一些，其他倒是還好，一個月兩吊錢，妳說如何？」

李婆子聞言，高興得愣了半晌才開口道：「小姐可是當真？我兒媳婦那兩個孩子都大了，家裡也不缺她一個勞力，如今她就是做些針線活補貼家用，要是能來府上，那可是天大的好事。」

大姑奶奶聽了，一時之間也愣住，片刻才反應過來，雖然她很高興，但到底有些不好意思，可當著李婆子的面，她也不忍拒絕，只是默默感激起謝玉嬌。

幾個人在廳裡聊了好一陣子，謝玉嬌見天色不早了，這才吩咐張嬤嬤，但要她派一輛馬車送李婆子回蔣家村。

大姑奶奶見李婆子走了，才開口道：「嬌嬌何必破費，妳兩個表妹都大了，也不吃奶，還請什麼奶娘？」

謝玉嬌回道：「又不是只有吃奶的孩子才需要奶娘，只是幫忙照顧孩子罷了，寶珠還小，丫鬟有幾個會帶孩子的？」

對謝玉嬌的用心，大姑奶奶很感謝，也慶幸自己至少能依靠娘家，讓兩個孩子過上更好的日子。

一個年節一下子就過了一小半，這幾天是謝玉嬌最清閒的時光，田裡面沒農活，城裡的鋪子也不用急著管。

本來大偉畫完謝老爺跟他們一家的畫像之後就要離開，可徐氏硬是不讓他走，非要讓他再為謝老爺畫幅一模一樣的掛在家裡頭，不然畫像放在祠堂裡，只有逢年過節才能看見，她實在捨不得。

好在大偉覺得在謝家過得挺舒服的，他住在外院，平常沒什麼人管他，謝玉嬌又為他配了個小廝，囑咐他想去哪就去哪，家裡的馬車隨便用。畢竟是藝術家，總要時不時出去逛逛，不然怎麼能畫出好作品？

這日徐禹行從城裡回來看徐蕙如，順手帶了幾盞兔子燈給孩子們玩。謝玉嬌和徐蕙如都是大姑娘了，哪裡還玩這個，而謝朝宗如今除了吃奶跟吐泡泡，啥都不會，更不用說玩兔子燈了，也只有寶珍跟寶珠還會玩。只是徐禹行沒特地說是給誰的，只往正院裡一放。

謝玉嬌看見了，笑著說道：「舅舅還把我跟蕙如當小孩子呢！我就送去給寶珍跟寶珠玩好了。」說著，謝玉嬌讓丫鬟將兔子燈送到老姨奶奶那邊去，又抬起頭看了徐禹行一眼，只見他一如既往溫文爾雅地笑著，跟徐氏聊了起來。

「雖然北邊在打仗，可南邊卻一點兒也沒受到影響，今年城裡的燈會還是照常進行，聽說還有民間藝人會在現場紮花燈呢！」

徐氏平常雖然不大出門，但是對於外頭的事還是挺感興趣的，謝玉嬌更是盯著徐禹行看，希望他能大發慈悲，帶她跟徐蕙如出去玩一趟。

徐蕙如看謝玉嬌渴望的模樣，又想起自己這兩年在外祖家待著時，也沒什麼機會出門，便站起來走到徐禹行身邊，拉了拉他的袖子道：「爹今年能帶我去看花燈嗎？我也好長時間沒回自己家了。」

徐禹行本想回絕，可抬眼就看見謝玉嬌那雙亮晶晶的眼珠子正看著自己，一時不好意思回絕她們，便轉身問徐氏。「嬌嬌也累了好一陣子，我帶著她一起出去賞花燈，姊姊可放心？」

其實徐氏不放心，可是自己的弟弟都開口了，又看見謝玉嬌一副很像去的樣子，她的心馬上就軟了。

「想去也可以，只是要跟好妳舅舅，不能隨便亂跑，知道嗎？」

謝玉嬌見徐氏同意了，忍不住笑了起來，轉頭對徐禹行道：「我們帶著大偉爺，只要有他在，誰都不敢靠過來了。」

本來徐禹行這次回來就是為了請大偉去看燈會，如今倒是被這兩個丫頭占了先機，便笑著道：「帶妳們出去見識見識也好，如今跟以前不一樣了，姑娘家出門不是什麼大不了的事，只要戴上面紗，跟在我身邊就成。」

一聽還要戴面紗，謝玉嬌頓時有些哭笑不得，不過能出門也比不能出門強得多，好歹她能見識見識城裡的景致，免得真的變成一個鄉下丫頭。

第二天用過了早膳，謝玉嬌跟徐蕙如便各自帶著丫鬟，整理好東西，打算出門。

徐氏還是不放心，想請張嬤嬤跟過去，張嬤嬤連連擺手道：「夫人還是別抬舉奴婢，奴婢一把年紀了，腦子不中用，到時候沒看好她們，自己先迷了路，要鬧笑話的。」

謝玉嬌笑著說：「娘就放心吧！我認得路，就算認不得路，也知道我們家在城裡的鋪子，隨便找個鋪子坐下來，劉二管家很快就能找到我的。」
徐氏仍舊有些擔心，又開口道：「不然還是別去了吧！實在讓人不放心得很。」
徐禹行聽了，上前說道：「姊姊就放心吧！我保證讓嬌嬌平平安安回來。」
徐氏知道徐禹行做事謹慎，便說道：「人多的地方就別帶她們去了。」
「知道了。」謝玉嬌一邊推著徐氏進門，一邊笑著道：「娘就在家好好待著，沒事多抱抱朝宗，哄他玩，明天我就回來了。」
徐氏想起如今寶貝得不能再寶貝的謝朝宗，臉上終究笑開了花。
徐禹行走到正院門口，正巧在夾道上遇到前來找徐氏的大姑奶奶，過去兩人不怎麼熟識，如今各自單身，到底有些尷尬。徐禹行有些不好意思地低下頭去，大姑奶奶垂眸福了福身子，輕聲道：「多謝昨日親家舅爺帶回來的兔子燈，兩個孩子玩得很高興，滿院子跑，抓都抓不住呢！」
聽到這些，徐禹行便想起徐蕙如小時候的事，每年元宵節他都會買兔子燈給她玩，小姑娘牽著燈滿院子繞來繞去的，一邊跑、一邊笑，如今一晃眼，都到了要出閣的年紀了。
大姑奶奶見徐禹行似乎有些愣怔，不知道是不是自己說錯了話，正巧謝玉嬌跟徐蕙如走了過來，她便朝著她們笑了笑。「聽說妳們要出去玩，大街上人多，可要小心點。」
謝玉嬌點頭稱是，看見徐禹行的表情有些尷尬，便道：「舅舅派人去請大偉爺了嗎？若是沒有，我這就讓丫鬟過去喊。」

徐禹行回過神來，道：「不用了，我自己去，他房裡亂得跟狗窩一樣，只怕沒有丫鬟願意去吧！」

兩人目送徐禹行離開，便帶著丫鬟們先去了門口。

上了馬車，謝玉嬌見徐蕙如一直不說話，湊到她耳邊，小聲問道：「表妹，妳有沒有想過給妳爹找個續弦？」

謝玉嬌這人說話直白慣了，明知道徐蕙如是個心思細膩的小女子，卻怎麼也學不會婉轉，劈頭就問。

豈料徐蕙如的表情很淡定，只是稍稍低下頭，臉頰微微發紅，小聲道：「就算我想，我爹不願意也沒辦法。過去我年紀小不懂事，如今我也明白了，爹不找續弦，無非就是放心不下我；可我如今住在表姊家，也不跟他住一起，他就算找了續弦，將來想接我回家，只怕姑母捨不得呢！」

謝玉嬌不知道徐蕙如想得這般通透，問道：「那依妳看，到底是找還是不找？」

徐蕙如知道謝玉嬌向來有主意，便道：「要是姑母有什麼好的人選，儘管說出來讓我爹聽聽也好，他一個人住在城裡，其實我也不放心。」

謝玉嬌聞言，便明白徐蕙如是識大體的人，回道：「那敢情好，有了妳這句話，我就讓娘為舅舅物色了，只是妳也說說喜歡什麼樣子的，到時我們好少走一些彎路。」

徐蕙如低下頭，垂眸想了想，她在外祖家住著的時候，外祖母曾經很擔心徐禹行續弦之後，後母會對她不好，所以早已教給她一套為徐禹行擇偶的標準。

雖然徐蕙如不是很了解，但謝玉嬌既然問起，她便老實道：「若是爹要續弦，最好不要找頭婚的，要找一個新寡或是和離的，對方有機會再嫁，必定感恩戴德，不會太過拿大。若是找個頭婚的，非但年紀小不會照顧人，將來大事上頭，只怕也不能給爹什麼好的建議，反倒連累了爹。」

謝玉嬌一聽，這分析得頭頭是道，肯定是有人教過的，不然像徐蕙如這樣老實的姑娘，哪裡能想到這些？她便笑著說道：「妳外祖母真是疼妳，連這些都替妳考慮周全了。她說得沒錯，只是如今這樣的人少，在城裡還好些，村裡頭改嫁的人不多啊……」

嘴上雖然這麼說，其實謝玉嬌想起了大姑奶奶，只是她不知道徐蕙如有什麼想法，她們兩個平常關係不錯，要是她提起這件事，反倒讓她們生分，那就不好了。

徐蕙如安安靜靜聽謝玉嬌說完了，才小聲道：「我瞧雲姑母那樣就挺好的。」

如今徐蕙如跟大姑奶奶熟了，也跟著謝玉嬌一起喊姑母，只不過前頭加上了大姑奶奶名字中的「雲」字，好跟徐氏有所區隔。大姑奶奶一開始還不好意思，後來也就習慣了。

謝玉嬌聞言，微微愣了片刻，她知道徐蕙如臉皮薄，再多的話只怕不會說了，便笑著拍了拍她的手背道：「這事我們也別急了，橫豎等妳出閣之前，舅舅一定會找到一個新舅母的。」

到了城裡，看見商鋪林立的街道，跟錯綜複雜的高樓府邸，謝玉嬌恍然有一種鄉下人進城的感覺。十個月沒出過謝家宅，就算是現代的「宅女」，估計也沒有她這道行。

雖然到了城裡，但因為是來看燈會的，所以白天的時候，徐禹行還是沒放她們出去逛街，只讓她和徐蕙如在徐府裡待著。

徐家在城裡的院落並不大，只有兩進，但對徐家來說已經很夠了，房子打掃得乾乾淨淨，下人們聽說徐蕙如跟謝玉嬌來了，都殷勤得很。

謝玉嬌發現，這宅子裡連個三十歲以下的女婢都沒有，可見徐禹行自律又重名聲。

兩人在正院裡歇了一會兒，眼看要到午膳，看見一個五、六十歲的婆子從外頭進來，她先恭恭敬敬行了禮，才開口道：「回小姐跟表小姐，午膳還要等一等，我家老頭子已經出去訂了。」

謝玉嬌正覺得奇怪，只聽那婆子繼續道：「平常老爺在家的時候不多，之前就吩咐下來，讓我們不要買他吃的那一份，所以現在家裡只有下人吃的青菜跟豆腐一類食物，老爺帶著大偉爺去外面吃了，囑咐我們家老頭子訂菜給兩位送進來。」

謝玉嬌看這婆子老老實實的樣子，就知道是徐家的老傭人，便笑著道：「這位嬤嬤，舅舅平常雖說回來得少，但家裡也要稍微備幾樣東西，萬一哪天他回來晚了，沒有東西吃，豈不是要餓肚子？」

那老婆子笑著回道：「老爺愛吃麵食，晚上要是餓了，奴婢就給他切上一些鮮肉，用青菜燴了，做刀削麵給他吃。」

徐蕙如在一旁聽著，嘸了嘸口水道：「葉嬤嬤，再說下去，我口水都要流出來了，我也好久沒吃妳做的刀削麵了呢！」

葉嬤嬤看著徐蕙如長大，如今這兩年見得少了，又怕徐蕙如去了京城，學了大戶人家的規矩，會跟她這樣的人生疏，不敢一下子顯得太熱絡，如今瞧她又跟自己撒起嬌來，便笑道：「小姐若是想吃，今晚等妳們看完燈會回來，奴婢再做宵夜，讓妳們嚐嚐奴婢的手藝。」

謝玉嬌跟徐蕙如都稱好，大約過了小半個時辰，外頭訂的菜總算送了過來，因為馬車趕得急，菜還是熱的。謝玉嬌跟徐蕙如瞪著滿桌的菜，一時不知該說什麼好。

「老爺說，表小姐頭一次來城裡，得吃好一些，老奴就把綠柳居所有的招牌菜都點了一盤，但有幾樣實在太費時，就沒點了。」葉嬤嬤的丈夫開口道。

葉嬤嬤跟她丈夫退下去後，謝玉嬌看著這些菜，眨了眨眼睛，對一旁的喜鵲、紫燕，還有徐蕙如的兩個丫鬟道：「坐下來一起吃吧！這麼多東西，我跟表妹豈不要撐死了？」

徐蕙如的兩個丫鬟直道不敢，徐蕙如便說：「表姊要妳們坐，就坐下吧！這麼多我們也吃不完。」

幾個丫鬟見她們堅持，這才坐了下來，大夥兒一起享用。

第二十二章　燈會偶遇

夜幕降臨，雖然溫度變低，外頭倒是難得的好天氣，圓圓的月亮高掛在天邊，月光柔和宜人。謝玉嬌和徐蕙如披上斗篷，戴起面紗，跟在徐禹行與大偉身後。

金陵辦燈會的地方在夫子廟，雖然這一帶是最出名的煙花之地，不過每年元宵跟中秋兩天，會有不少姑娘來到這裡，除了大家閨秀會戴上面紗，普通百姓家的姑娘都是素臉示人。

雖然丫鬟們很想跟著出來，但謝玉嬌還是讓她們都在家裡待著，不然走丟就麻煩了，他們一行四人，不多不少剛剛好。

走了好一陣子，他們終於到了貢院西街，徐禹行指著那一條掛滿紅燈籠的街道說：「這一條鋪子原本都是何家的，如今已經被我們買下了。」

謝玉嬌走過去看了一眼，見有布莊、首飾鋪子還有麵館，是一個熱鬧的地段。

此時的秦淮河上，畫舫緩行，遊客如織，謝玉嬌跟著徐禹行一路走，來到河邊花燈最多的地方。

康廣壽今日也應了應天府尹的邀約，來到秦淮河上賞花燈。他的官位雖然低微，可他父親以前當過帝師，如今在朝中官拜大學士，是當朝太傅。

有了這一層關係，南邊一帶的官員沒人敢小看他，雖說不上溜鬚拍馬，但他的仕途還算順遂，加上在他的治理之下，今年江寧縣的稅收是周邊幾個縣當中最多的，因此應天府的季大人對他很是關照。

康廣壽從畫舫裡走出來，深深吸了一口氣，讓晚風吹散方才那些紙醉金迷，雖然北邊打得厲害，可相隔千里的南方，依舊燈紅酒綠，浮華奢靡。

他抬起頭，猛然看見岸邊似乎有一個熟悉的身影，正站在花燈底下，抬頭看著上頭的燈謎，只一眼，康廣壽就認出那是謝家小姐謝玉嬌。

上次見到她是在謝老爺下葬的時候，雖然一眨眼過了這麼久，可對康廣壽來說，他跟謝玉嬌的聯繫一直沒斷過。看見謝玉嬌，康廣壽原先有些鬱結的心情頓時好轉不少，喊了船家靠岸，準備過去跟謝玉嬌打個招呼。

謝玉嬌和徐蕙如兩人正在岸邊猜燈謎，因為大偉只認識幾個中國字，所以一路上都在問東問西，謝玉嬌與徐蕙如懶得理他，只有徐禹行不厭其煩地跟他解釋燈謎中的奧秘。

遠處華燈璀璨，大偉不經意地抬起頭，就看見戴著面紗的謝玉嬌往他和徐禹行這邊看了一眼，兩人眼神交會的瞬間，頓時讓這個外國小夥子覺得一顆心怦怦跳了起來。

謝玉嬌和徐蕙如來到最大的一盞花燈下面，跟其他花燈一樣，下面用紅紙寫著燈謎，若是猜出謎底，就把紅紙撕下來，告訴一旁的攤主答案，要是答對，花燈就歸自己。

徐蕙如見那花燈分為上、中、下三層，像一個倒掛的寶塔，每層顏色都不一樣，裡面點著蠟燭，最底下黏著紅紙。她一時心癢，上前伸手將那紅紙翻了過來，只見上面寫了幾行小字：「黑不是，白不是，紅黃更不是；和狐狼貓狗彷彿，既非家畜，又非野獸。詩也有，詞也有，《論語》上也有；對東西南北模糊，雖為短品，卻是妙文」。

謝玉嬌平常最怕讀書人「之乎者也」一類的文章，可如今這謎題上明明每個字她都認識，卻一點兒也想不出來到底說的是啥，看來這花燈攤的攤主是故意不想把這盞花燈給人，所以才出了這麼一個刁難人的燈謎。

徐蕙如唸完了謎題，一張臉頓時皺成一團，謝玉嬌皺著眉頭想了半天也沒頭緒，抬起頭時冷不防看見一個熟悉的身影。她微微一笑，湊到徐蕙如耳邊道：「表妹，妳想要這盞花燈嗎？」

徐蕙如點了點頭，又看了那燈謎一眼，開口道：「表姊，妳猜得出謎底嗎？」

謝玉嬌噗哧一笑，往康廣壽那邊看了一眼，笑道：「我猜不到，但是有人一定能猜到。」

徐蕙如順著謝玉嬌的視線看過去，只見一個風度翩翩、溫文爾雅的男子正從遠處走來，嚇得急忙低下頭去。

看到康廣壽過來，謝玉嬌知道他大約是認出了自己，索性大大方方迎了過去，對著康廣壽福了福身子道：「康大人好興致，也出來逛燈會？民女的表妹看上了這盞花燈，不知康大人是否願意幫忙呢？」

謝玉嬌說著，也不等康廣壽應了，抬起頭，伸手將紅紙摘了下來，遞到康廣壽手中。康廣壽好歹是個狀元郎，燈謎出得再刁鑽，還能聰明得過他？

雖然謝玉嬌這麼想，其實還是故意想考考康廣壽。她沒穿越之前，總聽說考狀元是非常難的事，一個人要是能中狀元，那可是比現代的學霸還要厲害百倍呢！康廣壽看起來年紀很輕，不知道是不是有真才實學，該不會也是靠爹起家的吧？

康廣壽哪裡知道謝玉嬌這些小心思，見她遞了張紅紙，翻過來，認認真真瞧了一會兒，接著皺眉冥思片刻，忽然間眉頭一鬆，笑著道：「令表妹的花燈只怕到手了，謝小姐請稍等。」

謝玉嬌沒料到康廣壽這麼快就猜出答案，徐蕙如也有些惴惴不安地看著康廣壽去攤子上找攤主，只見他拿著筆，將答案寫在謎題下方，攤主看了，頓時一臉無奈，拿了根叉子過來取花燈，一邊走一邊道：「今天的謎王讓人答對嘍，這大花燈要被拿走了。」

一眾猜燈謎的人聞言紛紛轉身，想瞧瞧到底是誰猜出了這個燈謎，方才已經有好些人看過了謎題，但想不出來，只好乖乖放棄。他們見花燈的得主是縣太爺康廣壽，也坦然接受自己猜不出來的事實，畢竟對方可是狀元郎啊！

攤主取下花燈，轉身交給康廣壽，康廣壽謝過之後，見謝玉嬌和徐蕙如就站在旁邊，便指著徐蕙茹笑道：「攤主，把這個花燈給那位姑娘吧！」

徐蕙如一時羞得不能自已，躲到謝玉嬌的身後去了，謝玉嬌接過花燈，笑道：「多謝康大人相助。」

康廣壽朝謝玉嬌拱了拱手，彬彬有禮道：「謝小姐客氣了，今年的年節謝小姐陸續派劉二管家送了那麼多禮過來，本官應當上門致謝，只因拙荊最近身體抱恙，本官一時走不開，倒是有失禮數。」

謝玉嬌不久前也聽說康夫人玉體微恙的消息，聽劉福根說，是因為生產的時候受了些苦，留下後遺症，聽說請了好幾個大夫看過，也不見有什麼起色，不知道目前狀況如何。

「康大人和夫人鶼鰈情深，真是讓民女感動，改日民女和家母去探望探望康夫人。」謝玉嬌說著，見徐蕙如還躲在自己身後，便稍稍讓開半步，開口道：「這是民女舅舅家的表妹，蕙如，見過康大人。」

徐蕙如經常聽謝玉嬌提起縣太爺康廣壽，她回來得遲，沒見過他本人，又一直以為縣太爺都是五十來歲、肚大腰圓，所以發現康廣壽看起來不過二十五、六歲，相貌堂堂又年輕有為時，不禁有些羞怯。

壓下心頭那股羞澀之意，徐蕙如略略側過身子，向康廣壽行了個禮，幸好這會兒她戴著面紗，不然滿臉通紅的樣子被謝玉嬌給看見，又要被笑話了。

康廣壽還了個禮，轉身離去，忽然間不遠處畫舫的甲板上，有個小廝正在喊他，看見康廣壽在人群中，便躍上了碼頭，一路狂奔過來，上氣不接下氣地說道：「大……大人，收到老爺的家書了……睿……睿王殿下……」

短短一句話講得七零八落，聽得康廣壽一顆心撲通撲通直跳，不禁提高音量問道：「睿王殿下怎麼了？」

之前康廣壽曾收過一次睿王周天昊寫來的書信，說自己收到了他這邊送過去的棉襖，還說打算趁著過年給韃靼一輪猛攻，要他等他的好消息。此時聽見小廝斷斷續續地開口，康廣壽的心不禁涼了半截。

那小廝彎腰撐膝，狠狠喘了口粗氣，這才開口道：「睿……睿王殿下受傷了，如今在京城養傷，不過他這次立下大功，射死了韃靼的左路大將軍巴朗，將韃子趕出了野狼谷。」

康廣壽緊握著的拳頭忽然鬆開，他忍不住一掌拍在那小廝的肩膀上，笑著說道：「太好了，巴朗是一員猛將，我等著他向我吹牛了。」說完，他臉色變了變，問道：「你說睿王殿下受傷了，嚴不嚴重？」

「信上說就是幾處外傷，但後背那一箭傷得比較重，幸虧沒有傷及要害，只是陛下非常擔心，把他召回京城去了。」

康廣壽聞言，心情稍稍平復了一下，正想打發兩句讓小廝回去，轉身卻看見謝玉嬌和徐蕙如還在旁邊站著，只怕方才自己失態的模樣盡入她們眼底。

他有些不好意思，正思索著該怎麼開口，謝玉嬌卻已經將方才的事聽了七、八成，於是走上前去帶著笑問道：「看來是大雍傳來了捷報？」

康廣壽微微一笑，點頭道：「睿王殿下雖然年輕，到底初生之犢不畏虎，韃靼的左路大將軍巴朗陰狠毒辣、老奸巨猾，如今他死了，韃靼便少了一員猛將。」

得了這個好消息，謝玉嬌也算稍微放寬了心，看來大雍雖承平多年，卻還有可用之兵，就算京城最後還是得南遷，北邊的防線也能再抵擋一陣子。

千里之外，京城睿王府中，周天昊正斜倚在貴妃軟榻上，手中拿著一方菱花鏡，嘴角帶笑，一雙眸子直勾勾地定在那鏡面上頭，約有一盞茶的時間沒動過。

服侍周天昊的小廝雲松端了藥碗進來，看見這副光景，嬉皮笑臉道：「殿下，您都盯著這東西看多少天了？依奴才之見，不如去珍寶坊打個底座，把它供起來，也好過您用手托著看，怪重的。」

「不過就是一方破鏡子而已，供什麼供？被人見了多傻。」周天昊將那菱花鏡在手中掂了掂，忽然一個甩手丟到雲松跟前，嚇得他連忙伸手接住。

「殿下，這可是救了您一命的鏡子啊！要不是因為它，您這會兒都見閻王去了，奴才看見您被巴朗那一箭射中，從馬上掉下去的時候，都嚇得尿褲子了。」

周天昊看著嘻嘻哈哈的雲松，嫌棄道：「正經點成不？告訴你，我是戰神下凡，自有皇天庇佑，閻王想見我還不容易呢！沒看見我一轉眼一箭把那個巴朗給射穿了胸嗎？這才叫實力。」

雲松看著自鳴得意的主子，知道他這會兒打了勝仗，正是高興的時候，便笑著放下了菱花鏡，將藥送到他跟前道：「殿下背後這一箭，離穿胸也就只剩下一根小拇指了，還是先乖乖把藥喝了吧！」

周天昊方才太過激動，牽動了身上的傷口，這會兒還真有些疼了，皺著眉頭端起藥碗喝了一口，見那方菱花鏡被隨便擺在茶几上，清了清嗓子道：「不用做底座了，找個好些的匣子收起來。」

雲松看著周天昊將一碗藥乖乖喝了下去，才開口道：「那可不行，這是救命的玩意兒，改日遇上康大人，要他找找這東西是誰的，好好謝謝人家。您說做棉襖的人怎麼這麼聰明，還知道拿鏡子當護心鏡使呢？」

周天昊瞪了雲松一眼，這一看就是做棉襖的人沒腦子，掉了面菱花鏡在裡頭也不知道，還護心鏡呢！怪不得他老覺得這棉襖穿起來彆扭，原來是裡頭擱了這玩意兒。不過要不是它，自己還真是小命不保了。

「行了、行了，少囉嗦，該幹什麼幹什麼去。」周天昊揮手道。

雲松瞧周天昊心情不錯，想起他剛回京那陣子，整日鬱悶地說要回去前線，如今倒是沒再提起，便小心翼翼地問道：「殿下，陛下不讓您再去北邊，等傷養好了，您打算做什麼？」

周天昊隨口答道：「還沒想好呢，等好了再說吧！」

雲松笑咪咪地湊上去，笑著說：「皇后娘娘說，要給您物色個王妃，等您安頓下來，就不會再老想著往北邊跑了。」

「皇嫂這是作媒做上癮了吧！」周天昊默默嘆了一句，若是京城真的待不下去，他還可以跑去金陵，找康廣壽去。

正月過了，便是二月二龍抬頭，作為靠天吃飯的地主人家，謝玉嬌帶著一眾村民祭天、祭神，保佑新的一年風調雨順、莊稼豐收。下過幾場春雨之後，眨眼又過了一、兩個月的光景。

去年年底的時候，謝玉嬌讓劉福根的兒子長順跟著他學做生意，如今他們父子兩個合作無間，能輕鬆把一些外頭的瑣事都打理好。

謝玉嬌規定他們若是沒什麼重要的事情，就每四天來見自己一次；若是有事要回，不管什麼時候都能過來。今日雖然不是正經彙報的日子，但劉福根有事，早早就來了。

「小姐，康夫人的病只怕不好了，老奴聽縣衙裡的人說，康大人之前派人送信去京城，想從那邊找個大夫過來瞧瞧，可是從咱們這裡到京城，來回要一、兩個月，也不知道康夫人熬不熬得過去。」

謝玉嬌聽了這話，到底有些難受，還記得去年十一月，康大人高高興興地為兒子辦百日宴，哪裡知道康夫人現在會病成這個樣子？古代女人生孩子，留下後遺症就算了，治都治不好才讓人心痛。

「唉，我上回在燈會遇見康大人的時候，還說要去探望康夫人，可是後來聽說她病得越發嚴重，深怕我們這時候去看她，她會胡思亂想，就不好意思過去；如今看著倒是不能不去了，要是弄不好，就是最後一面了。」

劉福根的臉色也很沈重，皺著眉道：「似乎是真的不好了，康大人這幾天都沒去縣衙，一直在府裡陪著，康大人是個多愛民如子的人啊！如今竟也這樣怠慢起政務來了，只怕是……」

謝玉嬌越聽越揪心，覺得這件事不能耽擱，便想著等一會兒和徐氏商量好了，找個日子過去探病。兩人正談著，徐氏那邊也遣了丫鬟過來，說是請謝玉嬌過去一趟，原來是附近幾位地主、鄉紳家的夫人，在徐氏的正院裡商量要去看康夫人的事。

謝玉嬌聞言急忙起身，吩咐劉福根繼續觀察縣衙那邊的事，一有什麼消息就來回報。

徐氏正院的大廳裡，幾位夫人看見謝玉嬌過來，都先讚謝玉嬌出落得越發好了，徐氏謝了一回，眾人才商量起正事。

「我們幾個聽說縣太爺夫人就快不行了，特地來問問謝夫人，是不是要一起過去探望一下？康大人來我們這裡一年多，雖說稅銀沒少收，可好歹盡心盡力，管得我們這邊平平安安的，咱們做生意也安心多了。」

開口說話的是江寧縣做綢緞生意的齊夫人，家裡雖然沒有多少土地，但生絲生意很興旺，謝家有幾個村子的佃戶都在種桑養蠶，生絲也會供給他們家，兩家人算是在生意上有來往。

徐氏原本就深居簡出，自從有了謝朝宗之後，更是一心帶孩子，外頭的事情都是聽謝玉嬌說的。之前聽說康夫人病了，她雖沒有親自探視，但也讓張嬤嬤帶了好些人參、當歸送過去，如今聽眾人說這些，疑惑道：「竟然已經病得這麼厲害了？我早先聽說是生產時留了病根，本以為養上一、兩個月就會好，哪能想到會這般嚴重？」

另一個前幾日才去探望過的夫人開口道：「人瘦得不成樣子，我看是難好了。聽說這一帶的大夫請遍了，大家開的方子都差不多，可吃了就是沒效用，康大人已經打發人去京城請大夫了，就是不知道能不能趕得上。其實我覺得請了也是白搭，閻王若是想要你，任憑神仙再世，只怕也救不了。」

謝玉嬌聽這群女人妳一言、我一句的感嘆，越發擔憂起來，在古代還真是不能生病，隨隨便便都有可能要命。現代壓根兒算不上什麼的毛病，在古代就和牛鬼蛇神一樣嚇人，怪不得上回自己不過是感冒發燒，就讓徐氏驚得晚上都不敢安睡。

「既然都到了這一步，肯定要去探望，只是我們這麼多人一起去，就怕吵著她了。生病的人容易胡思亂想，萬一她想多了也不好，所以我們這才過來，問問謝夫人有什麼看法。您也知道，我們幾家向來都是聽謝家的，你們怎麼說，我們就怎麼做。」齊夫人看著徐氏緩緩開口，眾人也都跟著點了點頭。

謝玉嬌低頭想了想，皺眉道：「各位夫人既然都來了，咱們就商量一下吧！依我看，之前去看過的，倒是不必再去了，有誰沒去過的，說好一個時間，我們一起過去看看；至於禮物，不過就是人參之類的補品，別的只怕縣太爺家也不缺，不如大家隨意。」

眾人聞言都點了點頭，如今這些夫人誰不知道謝玉嬌厲害，整個謝家讓她管得嚴實，一幫爺兒們都聽她一個小姑娘的。雖說出了蔣家的事，讓謝玉嬌的名聲聽起來有些嚇人，可到底蓋不住她能幹的事實；若不是捨不得兒子當倒插門，能有這樣一個兒媳婦，家門肯定興旺。

「之前情況還沒這麼差的時候，我和韋夫人去過，這回就不去了，妳們回來再和我們說說情況。」齊夫人開口道。

隔壁鎮黎舉人家的少夫人說道：「我就隨謝夫人去瞧瞧吧！如今我丈夫在京城趕考，家裡的事忙不開，倒是還沒去瞧過。」

商議過後，眾人決定第二日就去康府探望康夫人。謝玉嬌親自送她們出去，折回徐氏正院時，看見謝朝宗睡醒了，沈姨娘剛剛餵飽他，這會兒正由徐氏為他順著後背拍嗝。小傢伙睜著滴溜溜的眼珠子，不斷偏頭盯著徐氏，忽然間眼珠子一瞪，一個飽嗝就打了出來。

徐氏憐愛地捏著他的小臉頰，笑著道：「你這小傢伙，一天到晚吃飽就睡，睡飽就吃，真是無憂無慮，可憐你姊姊，從早上開始忙到現在還沒休息片刻呢！」

謝玉嬌聽了，伸手抱過謝朝宗，晃了他兩下道：「沒關係，等我年紀大了，我享福，讓他養我。」

徐氏見謝玉嬌抱著謝朝宗晃了兩下，急忙道：「他剛吃飽，妳可悠著點，別把奶給吐出來了。」

謝玉嬌忍不住又晃了他兩下，笑著道：「我知道，剛才他打過飽嗝了，不會吐出來的。」

徐氏看見謝玉嬌這般喜歡孩子，又想起若是謝老爺沒走，謝玉嬌也該準備出閣了，頓時嘆了口氣，覺得自己虧欠謝玉嬌太多。

「娘，好好的您怎麼又唉聲嘆氣起來？」謝玉嬌問道。

徐氏怕自己說出來會惹謝玉嬌不高興，便回道：「我是瞧妳這麼寵朝宗，將來小心把他給寵壞了。」

「才不會呢！」謝玉嬌坐下來，將謝朝宗端端正正地放在自己膝蓋上，托著他的後背煞有介事地問他。「朝宗，你說姊姊會寵壞你嗎？」

謝朝宗雖然小，可看人的本事一等一，遇見漂亮姑娘就喜歡朝人家格格笑，所以平常丫鬟們抱著他的時候他不領情，但只要謝玉嬌抱著，他就乖乖瞪大了眼珠子，一副聽得懂話的樣子。

徐氏看著他那模樣就覺得好笑，走過來彎腰問他。「咱們朝宗坐得筆直，這麼聽姊姊的話，真是乖寶寶呢！」

謝朝宗嘴角的口水多得含不住，徐氏拿了帕子為他擦擦嘴，忽然覺得他上排牙齦那邊硬邦邦的，忍不住翻開他的嘴唇來看，接著驚呼道：「啊！我們朝宗長牙了。」

沈姨娘聽見徐氏的話，從裡間走出來，臉上帶著紅暈道：「難怪我覺得這幾日他口水多了，吃奶的時候也不老實，總是咬來咬去的，原來竟是長牙了嗎？」

兩個當娘的說起這事，就沒完沒了，徐氏笑著把謝朝宗抱起來，小心翼翼翻開他的嘴唇指給沈姨娘看，說道：「妳瞧這一塊硬硬的，不是牙是什麼？哎喲，一定是妳奶水好，朝宗才長得這麼快。」

沈姨娘看見一塊發紅的牙肉，覺得裡面也許真的有了小牙，雖然這會兒瞧不出來，但還是樂得眉飛色舞。

謝玉嬌看著她們兩人這副模樣，拍了拍自己空出來的手，笑道：「娘剛剛還說我寵弟弟呢！這會兒到底是誰更寵他一些？牙還沒影兒呢！都能摸出硬硬的來了。」

徐氏與沈姨娘兩人聞言，忍不住大笑，謝朝宗聽了，也跟著傻笑起來，惹得她們更開心了。

第二十三章　康府探病

用過了晚膳，謝玉嬌把準備好去看康夫人要送的禮和徐氏說了一遍，無非就是一些補身子的藥材，雖然不知道康夫人有沒有這個福分享用，到底是她們的一片心意。

「女人要是生孩子時沒照顧好，可是禍害一輩子的事，如今想一想，當時我一心想著保孩子，確實是錯了，任憑孩子再重要，也沒有人命寶貴。妳說要是康夫人去了，留下康大人帶著一個奶娃，該怎麼辦才好？」

謝玉嬌見徐氏說著說著又愁了起來，淺笑道：「娘管好自家的事就成了，還有心思替別人家憂慮？康大人不是派人去京城請大夫了，沒準兒等大夫一來，康夫人就藥到病除了呢！」

「是啊！能平平安安活著，比什麼都重要。」徐氏點點頭，又道：「我好幾天沒看見妳舅舅了，他最近在外頭忙什麼？」

「舅舅說，雖然北邊打得厲害，可南邊安生得很，他這幾日正在收生絲和新茶，打算抓緊時間，派人去泉州坐船出海，再賺一筆銀子回來呢！」

雖說徐禹行現在不打算在外面闖了，可是做生意的人不會眼睜睜看著賺錢的機會溜走，謝玉嬌能理解他這種想法。

「銀子是賺不完的，如今蕙如也大了，徐家又沒守孝，總該為她物色婆家。」徐氏如今很在意這件事，因此時時放在心上。

謝玉嬌想了想，覺得有些道理，便開口道：「舅母不在了，只有舅舅一個人，難免有些疏忽，娘不如問問舅舅，打算為蕙如找個什麼樣的婆家，是否心裡已經有了人選，總比我們這樣無頭蒼蠅般來得強。」

徐氏淡笑道：「既然這樣，我下次問問妳舅舅有什麼想法，等妳表妹出閣了，興許妳舅舅也能想明白些，趁著年輕再娶一房，好歹為徐家留個後啊！」

謝玉嬌知道徐氏說起這些來沒完沒了，便回道：「好了、好了，明日還要出門呢！娘也心疼心疼女兒，早些讓我回去睡吧！」

徐氏見謝玉嬌撒起嬌來，無奈地笑了笑，讓丫鬟送她回繡樓去。

這時候時辰不算晚，徐蕙如的房裡還點著燈火，謝玉嬌進去，見她正低著頭做繡活，便問她。「這是給誰的東西，值得妳熬夜趕出來？」

徐蕙如臉頰紅紅的，想了想才說道：「上次那個背背猴繡得不好看，所以重新做一個。」

其實謝玉嬌聽過徐蕙如在外祖家有一個表哥，如今大約十七、八歲，按理也到說親的年紀了，卻尚未婚配。徐蕙如是個姑娘家，深居簡出的，謝玉嬌實在想不出來，除了她外祖家那個表哥，這東西還能送給誰。

「妳這東西就算繡好了，該怎麼送出去呢？」謝玉嬌坐下來，略帶促狹地看著徐蕙如。徐蕙如頓時面紅耳赤，支支吾吾地說不出個所以然來，最後才發現謝玉嬌臉上帶著幾分賊笑，分明就是逗著自己玩呢！

「表姊真是太壞了，我在想什麼妳都知道，哪有這樣的。」徐蕙如臉頰燒得厲害，索性放下手中的活計，趴在桌子上不說話，過了良久才抬起頭來，視線看著遠處道：「我就是繡繡而已，也沒想過要送出去。舅母好像不是很喜歡我，以前我在他們家住，外祖母特別疼我，難免會遭人說三道四，所以她不中意我，也是沒辦法的事。」

謝玉嬌聽到這些話，深深覺得徐蕙如不僅是外貌，就連性格也是活脫一個林妹妹再世；好在她的命比林黛玉好太多，有一個能幹的爹，還有疼她的外祖母，如今雖然借住謝家，可沒人會給她臉色看，大家都拿她當自家小姐一樣供著。

謝玉嬌有些憂慮，徐蕙如分明對她那個表哥有點意思，若是她外祖母也願意，上回徐禹行去京城接她的時候，就應該把這件事定下來了，不然分隔兩地，時間一長，難保她表哥不會與別家的姑娘訂親。徐禹行雖說是做生意的人，可這作媒提親，似乎還差了些火候啊！

不過話又說回來，徐蕙如畢竟是姑娘家，沒道理讓這邊先開口，徐禹行沒提，大概也是顧慮到這一點，不能讓他們家以為徐蕙如想賴著不走，這點尊嚴還是要維持住。

「這事本來就不該讓妳自己煩惱，這樣吧！改日等舅舅過來的時候，我問問看，想來他肯定替妳考慮過，若妳那表哥真的不錯，我們悄悄派人出去旁敲側擊也一樣；只是距離實在太遠了，要是妳以後真的嫁去京城，我會想死妳的。」

姑娘們長大了總要嫁人，嫁人之後各自相夫教子，以前的姊妹情分也會漸漸淡去，到底是種無奈。

「表姊，我捨不得妳，妳那麼厲害，要是個男的該有多好，我爹一定會把我嫁給妳的，到時候咱們就能長長久久在一起，多好？」

徐蕙如的腦子裡其實沒有百合、蕾絲邊之類的情結，不過就是個假設而已，可謝玉嬌卻覺得徐蕙如說得真是太有道理了，她穿越過來發生的種種問題，其緣由就是因為自己是個姑娘家，而非男兒身……

兩人沈默了一會兒，忽而相視一笑，謝玉嬌用手指戳了戳徐蕙如的腦門，說道：「是啊！只可惜我不是男的，不然就能有個好媳婦了。」

徐蕙如自從回到謝家之後，性格開朗許多，這會兒被謝玉嬌一鬧，臉頰又紅了起來。謝玉嬌囑咐她早些休息，自己先回房去了。

第二日一早，張嬤嬤就安排了馬車，讓沈石虎帶上幾個人一起跟著，共三輛馬車浩浩蕩蕩地往城裡去。

沒想到這次探望康夫人，除了同行的黎少夫人之外，還遇上了舊識——何夫人。三家人一起在縣衙門口下車，何夫人看謝玉嬌越發出落得風姿綽約，隱隱有些後悔自己去年沒堅持讓兒子照她的意思做。何文海覺得謝玉嬌實在太厲害，無論如何都不肯答應，因此謝家派了張嬤嬤回話之後，何家就為何文海另外找了個對象。

那姑娘是城裡員外家的女兒，長得弱柳扶風，大聲說一句話都像是要喘不過氣一樣，可偏偏何文海喜歡這種類型，才瞧一眼就看上了，鬧著要娶進門，何夫人拗不過他，只好准了。誰知道那姑娘進了門，三天兩頭稱病，在她跟前連半天的兒媳婦規矩都沒遵守過。何夫人有些不高興，打發丫鬟去說了幾句，她只回道：「娘只知道說我，不是我不想起身啊！好歹也說說相公去。」

這話臊得傳話的丫鬟臉都紅了，何夫人一聽，更是氣得說不出話來，只盼著媳婦早些懷上孩子，她好塞個通房進去，這樣就能安生了。

徐氏之前回絕了何家，起先還覺得有些不好意思，後來聽說何文海不久後就成親，便釋懷了，如今見了何夫人，仍和往常一樣打招呼。「上回你們家文海娶親，我們家還在守孝，沒有過去，真是對不住了。」

何夫人皮笑肉不笑地說道：「哪裡的話，禮都到了，我還說太重了些，他們是小輩，擔當不起。」

今日何文海沒跟過來，謝玉嬌不用見那隻癩蝦蟆，倒是規規矩矩地向何夫人行禮。談話間，縣衙的人已經迎了出來。康廣壽平常在前頭縣衙辦公，後面的一間兩進宅子，便是他平常居住的地方，也就是目前的康府。眾人從縣衙門口進去，過了夾道，到了後院入口。

康府中有位嬤嬤迎了過來，見到徐氏、謝玉嬌、何夫人和黎少夫人，福身行禮道：「各位夫人、小姐，我們夫人裡頭請。」

謝玉嬌也是第一次來到康府，聽劉福根說，康家在京城是很有名望的人家，這位康夫人必定和徐氏一樣，是京城的大家閨秀，只是嫁了人之後丈夫要外放，不得不遠離京城，如今病成這樣，卻連爹娘也見不上一面，真是可憐。

進了二門口，繞過影壁，從中間的正道上一路走去，正面有三間大房，左邊一間就是康夫人的臥房。領路的嬤嬤一邊走，一邊對徐氏道：「我家夫人知道謝夫人出身自安國公府，說起來你們兩家還是世交呢！我家夫人的娘家是京城永昌侯府鄭家。」

安國公府和永昌侯府曾是姻親，據說是太祖起家的時候，一個村裡一同進城的，兩家向來交好，只是徐氏父母這一房是庶出，到底和安國公府的正房斷了聯繫。康夫人能知道這點，看來是永昌侯府這輩嫡出的小姐。

「我小時候也聽家祖說過，我們兩家原本是一個村的。」徐氏笑著回道。

那嬤嬤聽了，一個勁兒地點頭，又道：「夫人常說，若不是身子不好，她也挺想出來走動走動，和當地的夫人們聊聊家常。聽說江寧地靈人傑，出了好些有頭有臉的人物，況且這一年我們大人在這裡上任，各方面多虧各位幫助，我們夫人都惦記著呢！」

謝玉嬌聽了這些話，到底有些傷感，古代女人一輩子就是這樣，躺在病床上還想著男人的事業，賢妻良母到這分上也確實是天下少有了。

談話間，眾人已經進了房裡外間，嬤嬤招待眾人坐下，命丫鬟去沏茶，自己則掀開簾子進了裡間。謝玉嬌耳力好，聽見裡面傳出低低的說話聲。「夫人，謝夫人、何夫人、黎少夫人來看您，還有謝家小姐也來了。」

只是裡面回話的聲音氣若游絲，謝玉嬌沒能聽得真切。

嬤嬤靠了過去，聽康夫人說道：「我這個樣子，也沒什麼好見的，只是不見她們又覺得失禮，既然她們來了，就把謝家小姐喊進來見一面吧！」

康夫人說著，微微喘了喘，繼續道：「我常聽相公說她穎悟絕倫、舉世無雙，我也想見見她，沾沾她的好運。」

嬤嬤聽她這麼說，連連點頭道：「那謝小姐長得一臉有福氣的樣子，夫人見了，必定也會沾上好運；況且大人早就派人去京城請大夫，這兩日就要到了，夫人放寬心，少爺還這麼小，您還要看著他長大呢！」

康夫人勉強點了點頭，嬤嬤扶她起身，拿了一個寶藍色大引枕讓她靠著，轉身到了簾外說道：「夫人說她形容枯槁，實在不好意思見三位夫人，所以只請謝小姐進去一見。」

何夫人聞言，臉上多少有些尷尬，黎少夫人則沒有意見，徐氏倒是淡定得很，知道生病的人性情多少有些古怪，便囑咐謝玉嬌道：「妳進去稍微勸著夫人一點，讓她好好休息，別的不用多說，省得吵了她養病。」

謝玉嬌點了點頭，跟著嬤嬤進去，才撩開簾子，她就聞到一股濃重的中藥味，而且房間裡的窗簾都放了下來，有種死氣沈沈的感覺。

謝玉嬌看了靠在床上、披頭散髮的女人一眼，沒想到即便病入膏肓，她還這般柔美。她輕輕走到康夫人床前，福了福身子道：「給夫人請安。」

康夫人看見謝玉嬌，只覺得眼前一亮，她最近看什麼東西都提不起精神，唯獨眼前這個姑娘，讓她像被什麼敲醒了一般。

「妳是謝小姐吧！長得真是好看，難怪我相公常說，從沒想到這樣的小地方，也能遇上謝小姐這樣氣質特殊的美人。」

謝玉嬌聽到這番話，便知道康夫人和康廣壽的感情必定好得很，不然一般丈夫，哪敢當著自己妻子的面誇獎別的姑娘？

「康大人只怕是眼力不好，有您這樣好看的妻子在身邊，怎麼可能覺得別人好呢？不是康大人看錯，就是夫人您聽錯了。」

康夫人早就知道謝玉嬌能幹，倒是沒料到她嘴還這般甜，忍不住被逗笑，卻又被牽引得咳了兩聲，一旁的嬤嬤急忙上去幫她順背。

擺了擺手，康夫人示意她退開，又道：「謝小姐說話真有意思，我聽著就歡喜，要是早點認識妳就好了，我們兩個沒準兒能成為好朋友，不過如今只怕遲了……」

久病之人容易心生不安，總覺得自己可能逃不過那一關，康夫人也是如此，儘管她一心想著好起來，但一想到現在的狀況，也覺得離死期不遠了。

「夫人千萬不要說喪氣話，世人都說美夢成真，就是因為先有了夢，才會成真，夫人現在什麼都不要多想，只須好好服藥，一心盼著自己好起來，就會痊癒了。少爺還小，康大人又如此年輕有為，夫人將來還要封了誥命，有後福可享，如今不過就是小病，一眨眼就沒事了。」

謝玉嬌雖然覺得這話多少有些牽強，可安慰生病的人，必定要挑好聽的說，而且不能太過悲傷，省得她落淚。

一旁的嬤嬤聽了，一個勁兒地說：「謝小姐說得可不是嗎?夫人就放寬心，等京城的大夫一來，幾帖藥下去，夫人就好了。」

康夫人聽了這話，多少有些寬慰，努力支了支身子，嬤嬤急忙將她扶正，又替她蓋好了被子，此時康夫人只覺得眼前一晃，彷彿看見一樣東西，但一時看不真切，便撐著身子想起來，嬤嬤忙問道：「夫人，您這是怎麼了?」

嬤嬤這麼一問，康夫人愣住了片刻，大約是身子有些虛了，便鬆開手往後靠，又往謝玉嬌的衣裙上看了一眼，果真見到一枚玉珮，竟然和睿王殿下以前掛著的那個一模一樣。

謝玉嬌也看出了康夫人的反常，不禁低下頭看向身上佩戴的東西。前幾日徐蕙如和大姑奶奶學做宮絛，把謝玉嬌壓箱底的一些玉珮、首飾都拿了出來，每樣都做了一個，下面還墜著穗子，挺好看的，謝玉嬌今日隨便找了一個戴上，正好是徐氏給她的那枚鳳珮。

「夫人看著這個眼熟嗎?」謝玉嬌原本就不忸怩，見康夫人對玉珮有些興趣，便取了下來，遞給一旁的嬤嬤，讓她送過去給康夫人瞧一眼。「這玉珮有些來歷，聽我母親說，是安國公府傳下來的東西，由我外公繼承；不過我外公偏疼我母親，所以給了她，如今就到我手上了。」

嬤嬤拿著玉珮給康夫人過目，康夫人用力睜眼看個仔細，才知道自己看錯了，這上頭刻的是鳳紋，周天昊那一塊刻的是龍紋。不過如今聽謝玉嬌這麼一解釋，康夫人也明白了，這是安國公祖上留下來的龍鳳珮，各自給了後人，誰知如今一枚落到謝玉嬌手上，一枚落到周天昊手上。

康夫人抬起眸子，看著謝玉嬌，原本有些乾澀的眼眸濕潤了起來，伸手撫摸著那塊玉珮，嘴角帶著笑道：「他常說將來要找個有緣的，我原不懂什麼才算有緣，如今見了妳，我總算明白了，興許這世上真的有緣分這一說……」

謝玉嬌聽得一頭霧水，嬤嬤聞言卻嚇了一跳，開口道：「夫人，您怎麼了？」

康夫人沒有回話，怔怔地看著那枚鳳珮，忽然閉上了眼，往後面一靠，似是昏睡了過去。

嬤嬤見了大驚失色，急忙要掐人中喊她，卻聽她悠悠開口道：「我沒死，我還……我還醒著。」

謝玉嬌跟著鬆了口氣，她見康夫人的精神實在不好，便道：「我和夫人也說了一會兒話，就不打擾夫人休息，先告辭了。」

康夫人想支起身子送她，一時又使不出力氣，只讓嬤嬤把那玉珮還給謝玉嬌，眼神中還帶著幾分羨慕，看著她轉身離去。

謝玉嬌從房裡出來，徐氏、何夫人和黎少夫人早已喝過兩盞茶，徐氏想問問謝玉嬌康夫人的情況，謝玉嬌一時不好開口，便道：「娘，我們路上再慢慢說。」

何夫人白跑一趟，灌了一肚子的茶，也沒看見人，臉色有點不好看；黎少夫人還年輕，也沒什麼要攀關係的想法，覺得心意到了就成，倒是平靜得很。

這邊謝玉嬌和徐氏正要出門，外頭忽然有個丫鬟急急忙忙跑進來道：「派去京城裡的人回來了，還帶了杜太醫，大人正在前頭待客呢！讓奴婢過來和夫人說一聲。」

那嬤嬤聞言，連忙開口道：「當真？這可是天大的好消息。」看著徐氏等人要走，一時之間也顧不得了，喊了個丫鬟來送。

徐氏知道他們擔心康夫人的病情，便和嬤嬤辭行，與謝玉嬌、何夫人、黎少夫人一起往外頭去了。

周天昊在戰場上磨了大半年，原先的銳氣蛻變成英氣，以前白淨的膚色，如今也曬成了古銅色，臉上的線條越發稜角分明。

「你怎麼親自來了？皇上如何肯放你出京？」康廣壽一臉不解地看著周天昊，伸手在他胸口拍了一掌。

周天昊假裝疼得弓起身子，捂著胸口道：「別……別亂拍，這裡被韃子開了個窟窿，還沒好呢！」

康廣壽一時之間忘了他的傷口在後背，頓時緊張得青筋都暴了起來，周天昊見自己奸計得逞，大笑出聲，一屁股往椅子上坐了下來。「放心，從後背到胸口，離開了個窟窿還差了一根小拇指呢！」

康廣壽瞪了周天昊一眼，嚴肅道：「說過刀劍無眼，你非要上戰場，要是有個三長兩短，該怎麼辦才好？」

周天昊聞言，沈下了臉色，說道：「這畢竟是周家的江山，就算要死，我也該當個馬前卒，只可惜技不如人……」要不是那棉襖裡的菱花鏡，他這條小命就真的沒了。那東西非但救了自己，還給他機會射死敵方的大將軍，真的是神器啊！

「你身上的傷好全了嗎？就這樣跑出來？」

周天昊聽康廣壽又問起來，帶著幾分無奈道：「別提了，戰場是不讓我去了，皇嫂最近一直在為我物色大家閨秀，我實在看花了眼，就到你這邊躲一躲。」

「你……你是……偷跑出來的？」康廣壽大驚失色，急忙道：「我馬上寫一封信回去，好讓他們知道你平安無事。」

「不用了，我是到金陵才知道嫂子病了，所以過來看看，現在只怕皇兄也知道我在你這裡了，能躲一日是一日，順便辦點事。」

「什麼事？」康廣壽聽周天昊那麼說，不禁好奇起來。

「也沒什麼事，就是想找一個人，看看是圓的還是扁的，給她點銀子，讓她能把日子過好一些，將來就用不著為人做衣服掙錢了，手藝又不好……」

周天昊說得模糊，康廣壽也聽得一頭霧水，見他一時說不清楚，便道：「你要找什麼人？只要是在江寧縣的，我挖地三尺也會幫你找出來。」

「別啊！我這次是微服私行，不能把人給嚇跑了。」周天昊這陣子沒少對著那菱花鏡看，鏡子並不便宜，江寧縣窮苦人家的家裡未必有這東西，按照雲松的分析，縫衣服的必定是小姐的丫鬟，不小心將小姐的東西給落了進來，所以才會碰巧救了他一命。

那麼問題就來了，周天昊這一回過來，到底是報答小姐呢？還是報答丫鬟？

不過周天昊想得很簡單，給些銀子讓人家過上好日子，這就夠了，當然還得偷偷地、不透露身分地給，否則嚇壞人家小村姑就不好了。

「什麼微服私行？我這江寧縣可禁不起你折騰，要是敢在我這裡撒野，我還是回了皇上，請他把你給押回去算了。」

康廣壽正說著，外頭就有丫鬟進來回話道：「回大人，謝夫人、謝小姐、何夫人和黎少夫人都已經走了，是不是這時候請杜太醫過去瞧瞧？」

一想起妻子的病，康廣壽眉頭就皺了起來，道：「我這就和杜太醫一起過去，妳們先服侍好夫人。」

周天昊見康廣壽愁容滿面，忍不住問道：「嫂子的病這麼重嗎？」

康廣壽臉上一片愴然，點了點頭，嘆道：「你也去看看她吧！也許這是最後一面了，我知道她從小就對你……」說到這裡，康廣壽覺得往事有些不堪回首，轉過身子後，任由眼角一滴淚滑落下來。

周天昊沈默不語，他是先帝最寵愛的小兒子，從小風流倜儻、桀驁不馴，欠下無數桃花債，若不是打起仗來，他可能還在京城花天酒地，壓根兒不知世間疾苦。

抿起唇，眉梢添了一絲鬱色，周天昊點頭道：「好，一會兒我去看她。」

康廣壽轉回身，伸出手在周天昊肩膀上重重拍了一掌，千言萬語，盡在不言中。

第二十四章　忽聞死訊

謝玉嬌和徐氏回到家中，看見下人正搬著一簍簍蘆葉往裡頭去，原來過不了多久就是端午節。謝老爺生前沒什麼特別的興趣，唯獨喜歡看划龍舟，每年都要在南山湖舉辦一次划龍舟比賽。

去年端午的時候，謝家還守著熱孝，所以家裡沒籌備，今年就不一樣了，陶來喜特地來問謝玉嬌，謝玉嬌弄清楚比賽的細節之後，決定繼續舉辦。

這個划龍舟比賽，由每個村或幾個村合力組成一支隊伍，要是贏得比賽，他們代表的村明年就能少交一成田租。參加比賽的不只謝家的佃戶，遠近幾個大地主家的佃戶也都會參加，贏了說明田地豐收，百姓們吃飽穿暖、有力氣，對地主來說很有面子。不過近幾年龍舟比賽都是謝家宅獲勝，因為謝家宅範圍大、人口興旺，壯漢也比其他村來得多。

雖然一成田租對這些地主來說實在不算什麼，但是對那些窮苦百姓卻是一筆鉅款。謝玉嬌覺得這活動比起現在的運動會更有意義，更難得的是，聽說端午節時會有很多姑娘家出門，若是瞧上了划龍舟的小夥子，說不定還能成就一段好姻緣呢！

「夫人，今年的蘆葉長得特別好，奴婢們在湖邊摘了幾簍下來，鮮嫩得很。」其中一個幹活的婆子見到徐氏，恭恭敬敬地說。

徐氏笑著回道：「辛苦妳們了，今年就多包些粽子吧！送給族裡親戚的粽子包鹹蛋、豬肉，紅豆粽子自家留著吃。」

雖然謝家族裡的親戚過得不一定清苦，但是不太可能天天吃肉，所以就為他們準備肉粽，而徐氏和謝玉嬌都不怎麼喜歡吃包肉的，反倒喜歡清淡一點的紅豆粽子。

謝玉嬌等徐氏吩咐完，又開口道：「舅舅家和沈姨娘、朱姨娘家也都要送一些過去，舅家人少，少送幾個無妨，兩位姨娘家按人頭每人送三顆。」

那婆子急忙應下，之後幾個人便抬著竹簍往裡頭去了。

一進正院，徐氏看見大姑奶奶正抱著謝朝宗在外頭閒晃，大姑奶奶看見徐氏回來了，笑著迎上去道：「朝宗，看誰回來了……快向母親和姊姊作揖。」

徐氏見了，急忙道：「我們探望過病人，回來還沒換衣服，就不抱他了。」說完，她轉身對謝玉嬌道：「妳去洗洗，換一身衣服，別把病氣帶回家裡。」

謝玉嬌雖然知道這是迷信，但不忍心反駁徐氏，應道：「那我去洗洗，一會兒正好喊表妹一起過來用午膳。」

「去吧！」徐氏雖然沒看見康夫人，卻也不肯抱謝朝宗，帶著張嬤嬤回房，換了套家常的衣服出來，才從大姑奶奶手上接過謝朝宗，笑著問道：「寶貝兒，吃飽了沒有？娘今天讓廚房煮雞蛋羹給你吃。」

大姑奶奶說道：「朝宗長了牙，是能吃雞蛋羹了，寶珍四個月的時候就急著吃東西，看見我們大人上飯桌就哭個不停，後來我弄了雞蛋羹給她吃，竟一口氣吃下半碗，如今朝宗月數還大一些呢！可不饞死了？」

說著，大姑奶奶伸出指頭在謝朝宗嘴邊點了點，謝朝宗以為有什麼好吃的上門了，急忙轉著頭迎過去，一雙眼睛還滴溜溜地找東西，逗得徐氏樂不可支。「可不是要吃東西了，哎喲我的小乖乖，饞壞你了吧！」

謝朝宗似乎知道有人了解他的心意，開心地咿咿啞啞，逗得徐氏和大姑奶奶更樂了。

謝玉嬌洗完澡，便帶著徐蕙如一起去徐氏那邊用午膳。徐氏和大姑奶奶正聊著包粽子的事，徐氏是國公府的小姐，自然不會這些，大姑奶奶卻懂，她笑著說道：「小時候看見婆子們包粽子就羨慕得緊，所以自己也學了幾樣，有三角粽、圓錐粽，還有雞爪粽和方粽，那些婆子們手巧得很，一人能包出十來種，我總共就學會了這四種。」

「雲姑母，您會四種已經很了不起了，總比我們只會吃來得強。」徐蕙如說道。

大姑奶奶笑著道：「妳們要吃，只管吩咐一聲，廚房就做好送過去了，哪裡需要親自動手？我是小時候好奇，什麼事都要自己試試看，這才學的，也不知道浪費了多少米糧呢！」

謝玉嬌心想，大姑奶奶未出嫁前在這個家備受寵愛，只不過後來嫁得不好，才受了那麼多磨難，幸虧如今一切都好轉了。

「學包粽好玩啊！表妹，不如明日我們也去廚房學學？」謝玉嬌提議道。

徐氏聽了，連忙喊停。「妳們兩個去廚房只有添亂的分，要是真的想學，就讓婆子送一些蘆葉和糯米過來，讓妳們姑母來教就成了，要是能學會一種，我就謝天謝地嘍！」

大姑奶奶一聽，掩嘴輕輕笑了起來，謝玉嬌滿臉不以為然，徐蕙如卻不管這話說得挖苦，反而雙眼發亮，期待得很。

眾人用過午膳，各自回房休息，謝玉嬌陪著徐氏聊天時，想起徐蕙如的事來。

「關於表妹的事，娘可問過了舅舅的意思？我上回聽表妹說，她外祖家那個表哥，好像今年就要十八了呢！表妹也已經十四，明年就能出閣了。」

「我哪裡沒提這件事，只是妳舅舅有些放不下心，聽他說，那孩子有點輕浮，喜歡和丫鬟們混在一起，這是頭一個原因；還有一個理由，就是不知道他岳家什麼時候才會搬來金陵，把妳表妹嫁到京城，實在太遠了，眼下北邊不安生，仗一直沒停過，要是有個三長兩短，到底離得遠，沒個照應。」

謝玉嬌覺得這話有道理，又問：「依舅舅的意思，表妹的婚事就在本地尋了嗎？」

不是謝玉嬌小看本地人，徐蕙如的外祖家雖說不再顯赫，好歹也在京城當官，瘦死的駱駝比馬大，鄉下地方能有什麼好東西？要是再遇上一個像何文海那樣的癩蝦蟆，真是有冤沒處訴。

「那倒沒有，我和妳舅舅提了這件事之後，他說會派人去打探他那個姪兒到底娶親了沒，我想他多少會顧念妳表妹的想法，若是她真的喜歡那孩子，這事應該能成。」

謝玉嬌對於這方面的事沒有經驗，但是對輕浮的人並無好感，只是這件事八字都還沒一撇，還不到需要操心的地步。

她低下頭沈默了片刻，忽然想起一件事來。「前幾天有個姓伍的婆子過來找您，喜鵲說她是來說媒的，她找您做什麼？咱們家有人要說媒嗎？」

徐氏聽謝玉嬌一說，這才想了起來，笑道：「那婆子是為東山鎮的卞家老大來提親的，說的對象是妳姑母。卞家以前也是書香門第，後來漸漸沒落了，那個卞家老大，三十出頭了還只是個秀才，每次鄉試都名落孫山，卻還一直考，把整個家都給掏空，如今竟然惦記起妳姑母來，我當時就回絕了。」

雖然徐氏有時候耳根軟，但還是能分得清好壞，卞家老大一看就不成材，不說養家餬口吧！還累著全家沒好日子過，如今想著撿便宜，作他的白日夢去吧！

謝玉嬌聽徐氏這麼說，知道她心疼這個小姑，不覺想起大姑奶奶和徐禹行的事來，便旁敲側擊道：「其實這事倒也不是那麼難辦，娘覺得……舅舅和姑母般配嗎？」

徐氏聽了，表情五味雜陳，見房裡沒有別人，這才開口道：「嬌嬌，我早就想過這件事，可是大夫也說了，妳姑母那次小產傷了根本，不知道以後還能不能有孩子，妳舅舅只有妳表妹一個閨女，我還指望他娶一個能生的進門，為徐家開枝散葉呢！」

謝玉嬌聞言，笑了起來。「娘真是多慮了，我瞧姑母如今好得很呢！之前大夫也沒說懷不上，只是強調要好好養著才行。從姑母回家開始，不知服用了多少阿膠，最近大夫瞧過，也說沒事了，娘還擔心什麼呢？再說了，娘就沒瞧出來，表妹很喜歡姑母嗎？」

徐氏抿嘴想了想，又道：「我以為妳表妹從小沒了娘，對誰都這樣親近呢！」

「表妹喜歡姑母還是其次，最重要的是，舅舅好像也……」謝玉嬌沒往下說，只眨了眨眼看著徐氏。

徐氏皺眉想了片刻，也沒想到蛛絲馬跡，便問道：「他們平常都是懂禮數的人，也沒見過幾回，妳怎麼就能看出這些來？」

「娘難道忘了，元宵節那時的兔子燈嗎？」

徐氏想了想，道：「那兔子燈，不是妳舅舅買回來給妳和妳表妹玩的嗎？」

謝玉嬌有些著急了，徐氏簡直就是被謝老爺寵得腦子都不靈光了。

「我和表妹早就八百年不玩兔子燈了，娘也不想想，我們兩個大姑娘，怎麼可能提著兔子燈在院子裡跑來跑去呢？舅舅到底是買給誰的，他自己心裡清楚。」

被謝玉嬌這麼一提點，徐氏才恍然大悟道：「難道……難道他是為寶珍和寶珠買的？」說完，她自己都要氣自己反應慢半拍了。「我當時還覺得納悶呢！他好些年沒買這東西給妳們玩，怎麼今年又想起來了，原來是因為這個。」

謝玉嬌見徐氏想通了，笑著說道：「娘是日子過得太舒坦，每天逗逗朝宗便心滿意足，所以就懶得動腦子了。」

徐氏聞言，自嘲道：「我真是越活越回去了，如今除了看好朝宗，就是催著大偉爺早些把妳爹的畫像畫好。最近不知道怎麼了，每回問他，都說還沒畫好，他這是想在我們家白吃白喝到幾時啊？」

明明是徐氏要他留下來繼續畫，這時倒嫌棄人家待太久了，謝玉嬌不禁笑道：「畫畫的人講求靈感，要是沒靈感，很難畫出神韻來，這算是慢工出細活，娘千萬別催他，橫豎我們家還供得起。」

徐氏點頭道：「我是不催他，不過上回齊夫人她們來串門子，說大偉爺住著不走，難不成是要留下來給我們當上門女婿，可把我給氣得……」

謝玉嬌瞧徐氏一臉鬱悶，忍不住哈哈大笑。「娘快別說了，我笑得肚子發疼，只怕大偉爺連什麼叫上門女婿都不懂呢！」

徐氏看著謝玉嬌這沒心沒肺地笑，有些擔憂，如今徐蕙如都要議親了，謝玉嬌比她大一歲，卻因為守孝只能耽誤，她實在是怎麼樣都笑不出來。

謝玉嬌從徐氏房裡出來，想起方才她說的話，覺得該去大偉那邊瞧一瞧了，現在他為謝家畫畫，好歹自己算是他的老闆，這樣消極怠工可不成。

此時的大偉，正滿意地欣賞著自己剛完成的一幅大作，還忍不住伸手撫摸著畫上蒙著面紗的女子，花燈燭火下，她一雙眸子明亮動人，帶著幾分銳氣、幾分靈氣，讓人深陷其中。

大偉收回手，對這幅畫深深鞠了個躬，口中唸唸有詞。「我的女王，多希望我能帶妳離開這裡，從此周遊世界，過著無憂無慮的生活。」

這番話才說完，外頭就有婆子敲門道：「大偉爺，我家小姐在門口等您，您方便出來嗎？」

大偉嚇了一跳，急忙用一旁的紫色綢緞將整幅畫蓋了起來，支支吾吾道：「我方便，很方便。」

謝玉嬌聽出他語氣中的慌張，不知道他在裡頭做些什麼，轉過身子，走到一旁的抄手遊廊下等他。

大偉將畫蓋嚴實了，這才打開門，看見謝玉嬌在抄手遊廊等自己，那背影嬌俏可人，還帶著大家閨秀的端莊，正符合他心目中的女王形象。

他走到謝玉嬌身後，謝玉嬌正好也轉過身來，他便將手放在胸口，向她四十五度鞠躬道：「親愛的小姐，您找我有什麼事嗎？」

謝玉嬌臉上帶著淡淡的笑，開口道：「我娘讓我問問你，我爹的畫像畫得怎樣了？」

其實大偉早就畫好了，只是捨不得離去，如今謝玉嬌親自過來問，他不願意欺騙她。

「明天就可以拿給夫人過目了，小姐若是有興趣，我現在就讓您看看。」

謝玉嬌雖然很有興趣，但想起上回丫鬟說在他房裡見過裸女的畫像，頓時改變了主意。

「不用了，明天我派人來取，到時候和我娘一起看。」

大偉聞言，有些失落，見謝玉嬌轉身要走，一步跨到她跟前，攔住了她的去路。

「謝……謝小姐。」

謝玉嬌被大偉的舉動嚇了一跳，見他沒有動手，這才稍微穩住了心神，往後退了一步，問道：「你……你想說什麼？」

大偉看著謝玉嬌，臉漸漸紅了起來，低聲道：「謝小姐，我聽您舅舅說，以前你們謝家沒有兒子，您要繼承家業，如今您的弟弟已經出生了，您能不能……和我在一起？我帶您環遊世界，好嗎？」

謝玉嬌看著大偉一本正經的模樣，不忍心說出「不好」兩個字，細細沈思了片刻，才開口道：「雖然我有了弟弟，但他還是一個奶娃，在他沒長大之前，我不會離開謝家，你願意和我一起住在這裡嗎？一年、兩年，甚至十年、二十年？」

大偉聽見時間一段段加長，越發為難起來。他是一個畫家，要到處旅行才能激發創作靈感，怎麼可能長時間待在一個地方呢？況且……

他正猶豫著到底該怎麼回答謝玉嬌的時候，只聽她笑著道：「你們西方人有段話，叫作『生命誠可貴，愛情價更高，若為自由故，兩者皆可拋』，所以……你一定不會答應我的要求，對嗎？」

大偉再次震驚地看著謝玉嬌，她真的是女王啊！居然能將他的心聲一字不差地說出來，簡直……不，她不是女王，是女神。

他用崇拜的眼神凝視謝玉嬌，深深彎腰鞠躬。「我的女神，您一定會得到您的幸福，我向天主祈禱，祝福您。」

謝玉嬌雖然拒絕了大偉，但心裡其實微微有些失落，若是她沒有穿越，能有個當畫家的老外男友，也是件很不錯的事，可如今她身在謝家，身為謝家長女，就要擔負起責任。

第二天一早，大偉便請人將謝老爺第二幅畫像送了過來。徐氏見了很是歡喜，忙打發人去賞銀子，丫鬟卻回道：「鄭婆子說，大偉爺把東西拿出來之後就走了，那些畫啊、箱子啊也都搬走了，其他東西說是不要的，就留下了。」

徐氏覺得奇怪。「怎麼不打聲招呼就走了？是不是我們家怠慢他，他心裡不高興？」

謝玉嬌明白原因，卻不好和徐氏說，深怕嚇壞她，便笑著道：「大概是在這鄉下地方住膩了吧！所以去城裡了，反正他身上有銀子，也知道舅舅家在哪裡，不會有事的。」

徐氏聽了點點頭，不再多想，這時候忽然有丫鬟從外頭匆匆忙忙跑進來，她見了徐氏和謝玉嬌，喘氣道：「小姐……夫人……」

謝玉嬌見她喘得厲害，吩咐道：「妳慢慢說。」

那丫鬟一口氣接上了，才繼續道：「劉二管家在外頭書房候著，說是縣太爺夫人沒了，昨日半夜嚥的氣，縣衙已經派人來報喪了，劉二管家等著小姐一起商量到底該怎麼辦呢！」

謝玉嬌聞言嚇了一跳，昨天看康夫人的樣子，雖然知道恐怕時日不多了，可沒料到竟然連一晚都沒能熬過去，真是可惜了。京城的大夫日夜兼程地趕來，到底還是沒能救活她。

「這……怎麼就這麼快呢？怪可憐的。」徐氏說著，轉身對謝玉嬌道：「妳快去和劉二管家商討一下吧！康大人來我們這邊不過一年多，看有什麼需要幫忙的，儘管派人過去，再讓劉二管家勸康大人節哀順變。」

謝玉嬌點了點頭，領著丫鬟往書房去了。

劉福根這會兒正在書房外面候著，他見謝玉嬌過來，親自迎上去道：「上回老奴去縣衙，說我們幾個村要一起辦划龍舟比賽，還下了帖子請康大人，康大人也應了，誰知道才沒幾天，就出了這種事，眼看端午就要到來，事情都湊在一塊兒了。」

謝玉嬌沒劉福根著急，只道：「這樣吧！划龍舟比賽交給沈大哥辦，接下來幾天，你帶幾個小廝去康大人家幫忙，我們縣裡的規矩，只怕他還不大了解，要請些什麼人做法事，你都清楚，向康大人說明白，千萬不要漏了什麼，讓人笑話。」

劉福根點了點頭，眼底有些淚水，咕噥道：「這世上好人怎麼都不長命呢？老爺這般好的人，那麼早就走了，縣太爺夫人也很賢慧，竟然這麼年輕就去了。」

謝玉嬌看他這麼難受，不禁勸慰道：「劉二管家別難過了，辦正事要緊。」

劉福根趕緊擦了眼淚就要出門，謝玉嬌喊住他道：「若是遇上要銀子的事，你先回家支取，別煩勞康大人了。」

此話一出，劉福根轉身應下，這才出了門。

謝玉嬌交代完了這件事後回去正院，徐氏正在房裡等謝玉嬌，見她從垂花門進來，慌忙迎了出去，問道：「劉二管家怎麼說的？」

見徐氏這麼著急，謝玉嬌緩緩開口道：「我先讓劉二管家帶幾個小廝過去，看看有什麼能幫上忙的，不管做什麼，跑個腿總行。劉二管家操辦過爹的喪事，也好和康大人說一說。」

徐氏連連點頭稱是，又道：「可憐康夫人客死異鄉，真是讓人心疼，將來只剩下康大人和孩子了，該怎麼辦呢？」

或許是一直帶著謝朝宗吧！徐氏這是典型的母愛氾濫，如今想起康夫人去了，那孩子將來孤苦伶仃的，忍不住又落下淚來。

謝玉嬌知道徐氏難過起來，不哭上一缸眼淚只怕勸不住，正苦惱著，張嬤嬤就抱著睡醒的謝朝宗從裡間出來了。「少爺吃飽了，要找夫人啦！」

徐氏聞言，馬上擦乾了眼淚，帶著幾分笑迎上去道：「朝宗醒啦?來，娘抱。」

謝玉嬌雖然對自己的地位一落千丈感到無奈，卻也忍不住笑了，幾步迎上去，搶先從張嬤嬤手中抱過謝朝宗，笑道：「朝宗先陪姊姊玩一會兒吧!讓娘一邊待著去。」

謝朝宗已有五個多月了，前幾日冒出一顆白白的小牙，牙齦越來越癢，只要一張嘴，口水就會滴下來。謝玉嬌把謝朝宗抱在懷裡，拿出帕子幫他擦嘴，如今因為時不時就要抱他，謝玉嬌都不用繡花帕子了，免得上頭硬邦邦的花紋，磨傷了他嫩嫩的小臉頰。

徐氏看謝玉嬌這麼細心地帶孩子，心裡覺得高興，嘴上卻道：「快放下他吧！這幾天他長牙，一天不知道流了多少口水，要是讓妳得換衣裳就麻煩了，還是我來抱。」

此時鄭婆子進來回話道：「小姐，劉二管家已經支了一些銀兩出門，讓老奴和小姐回一聲；至於划龍舟比賽的事，他也和沈護院說了，這幾日小姐要是有什麼事找他，就差人去縣衙喊。」

謝玉嬌聽鄭婆子說得清清楚楚，點頭道：「我知道了，這樣吧！一會兒吃完了飯，妳讓沈大哥到我書房一趟，我再和他商量划龍舟比賽的事。」

待鄭婆子出了門，徐氏才把謝朝宗接過去，說道：「妳爹平常愛熱鬧，之前他還會在比賽現場為鄉親們擊鼓壯士氣呢！」

謝老爺去了一段時間，徐氏也漸漸走出悲傷，現在再提起謝老爺，有的也只是溫暖的追思。「妳爹常說，莊稼人從四月開始要一直要忙到十月，要是不鼓舞他們，他們也會鬆懈，所以划龍舟比賽是種娛樂，也是打氣的活動，花銀子事小，讓大家有個好心情，幹活更賣力些，秋末糧食收得好，那些花出去的錢也就都收回來了。」

謝玉嬌聽了這話，覺得有些好笑，雖然如今徐氏不怎麼管外頭的事，但謝玉嬌平常也會和她講些道理，只是徐禹行一味讚揚謝玉嬌是個精明的生意人，所以可能給徐氏留下她很小氣的印象了。

如今聽徐氏這樣委婉提點，謝玉嬌忍俊不禁道：「娘就放心吧！女兒懂水能載舟、亦能覆舟的道理。大雍如今連年征戰，尚且不敢隨意加收稅銀，我們謝家雖然只是個地主人家，也不會吝惜這麼些銀子，我早就和劉二管家說好了，爹怎麼辦，我就怎麼做。」

徐氏聽謝玉嬌這麼說，覺得自己有些多心了，不禁嘆道：「我也是聽說朝廷打仗，不知道什麼時候就要漲租，聽說妳之前又捐了東西，怕妳心疼銀子，所以就……」

謝玉嬌聞言，笑著安慰徐氏道：「娘放心吧！靠鄉親繳的田租，我們雖不會餓死，卻未必能發大財。錢向來是賺出來，絕不是省出來的，肯花銀子才有更多心思去賺銀子。」

徐氏哪裡聽過這種道理，在她看來，那些豪門貴冑能享受富貴，都是祖上留下來的基業，謝家如今有這規模，也是靠祖上留下來的田地。

可她到底沒找到什麼能駁回謝玉嬌的觀點，只納悶道：「妳這話，我一聽覺得沒什麼道理，轉念一想，竟然連一句反駁妳的話也想不到，可見還是有些道理。」

謝玉嬌看徐氏一臉茫然的樣子，又見謝朝宗定定看著徐氏，忍不住笑了起來。「娘，朝宗都聽明白了呢！不信您問他。」說完，她伸手捏了捏謝朝宗的小臉頰，他格格笑了起來，往徐氏的懷裡拱了拱。

徐氏抱著謝朝宗問道：「你果真聽懂了嗎？」

謝朝宗笑得身子前後亂顫，倒像是真的聽懂了一樣，惹得徐氏和謝玉嬌開懷不已。

第二十五章　端午前夕

用過午膳，大姑奶奶去廚房看了一下，那些蘆葉都用鹽水洗得乾乾淨淨的，婆子們正在調糯米餡料，於是她就問謝玉嬌她們想不想學包粽子，一會兒在老姨奶奶的院子裡開課。

大姑奶奶雖然只會包四種粽子，但老姨奶奶以前是丫鬟，包粽子的功夫不在話下，聽說姑娘家要學包粽子，也來了興致，讓廚房準備好材料後送到她院中，打算露一手。

謝玉嬌因為下午要和沈石虎商量事情，就不去了，好在徐蕙如有興致，吃過飯就跟著大姑奶奶去了老姨奶奶那邊。

老姨奶奶以前雖然曾經興風作浪，可是摔斷尾椎骨躺在床上幾個月後，想通了很多事，尤其是謝玉嬌幫大姑奶奶整治了蔣家之後，她不得不佩服謝玉嬌，漸漸就多了幾分做長輩的樣子。

可是身為一個母親，她心裡還是擔憂一件事，就是大姑奶奶的下半輩子。一個和離回家，還帶著兩個拖油瓶的女人，總不能真的就這樣永遠待在娘家，就算謝家願意養她們，外頭那些人的閒言閒語卻不會斷。

之前聽說有媒婆來向大姑奶奶提親，老姨奶奶高興了一下，誰知道派人一打聽，居然是東山鎮上那娶不到姑娘的卞秀才，氣得她心肝都疼了。大姑奶奶總歸是謝家的閨女，姓卞的打什麼主意，便是瞎子也能看出兩、三分，還不就是指望謝家的嫁妝夠他再揮霍幾年，虧他想得出來。

幸好老姨奶奶不在現場，不然一定扛著掃帚把媒婆給打出去，不過老姨奶奶挺安慰的一件事，就是徐氏真的是個心疼小姑的嫂子，二話不說直接回絕了對方。這麼一想，她又覺得當年是自己對不住徐氏，看她年輕、個性又溫婉，就在她跟前拿大，到底不應該。

話說回來，如今謝家有後了，她就算再有什麼心思，如今也使不出來了；謝玉嬌精明厲害，自己不是她的對手，這條命還在，都要感謝菩薩保佑呢！所以她現在是真的放下，開始安享晚年了。

此時大姑奶奶抱著寶珠，徐蕙如牽著寶珍的手跟在她們身後，怎麼看怎麼像是一家人。

寶珍在蔣家從沒享受過父愛，對父親一向畏懼得很，所以每次看見徐禹行從外頭帶東西回來給徐蕙如，慈愛地和她說話，就特別羨慕。

不過如今寶珍的心態改變了，因為徐禹行現在回來，不管是城裡的糕點，還是一些小玩意兒，她和寶珠也有一份。

「徐姊姊，徐伯伯好幾天都沒回來了，妳不想他嗎？」寶珍抬起頭問徐蕙如。

「怎麼不想？我還希望爹能回謝家住呢！只是他不肯，說外頭事情多，跑來跑去的不方便。」其實徐蕙如很清楚，雖然徐禹行的確很忙，可是以前大姑奶奶還沒回來的時候，徐禹行就住在謝家，如今他堅持要搬出去，自然有這方面的顧慮。

「住在這裡多好，這樣就能天天看見徐伯伯了，要是我爹對我那麼好，我也願意和他住在一起啊！」寶珍說著，想起爹以前打娘的樣子，眸中充滿了恐懼。

大姑奶奶猛然聽見這句話，覺得心口微微有些悶。蔣國勝死了的事，她並沒告訴兩個孩子，而蔣家那邊，也沒派過半個人來探問兩個孩子，看來他們是不打算認回這一對孫女了。

想到這裡，大姑奶奶覺得有些難受，便轉身對寶珍道：「妳和徐姊姊囉囉嗦嗦半天，人家可要嫌妳煩了。」

寶珍和寶珠兩個孩子在蔣家的時候，並沒得到多少關愛，加上時不時還會看見蔣國勝打罵大姑奶奶，幼小的心靈因此多少留下了一些陰影，因此剛來謝家的時候，都是安安靜靜的。

寶珠年紀小還好一些，並不怎麼懂事，有時還會和人說說笑笑；寶珍知道的事情卻多得多，丫鬟和婆子說話的時候也會聽到那麼幾句，嘆她們身世可憐之類的。

小姑娘心思敏感，聽見別人可憐自己，越發覺得自己可悲，更加沈默寡言。

後來還是謝玉嬌命令家裡下人不准說任何關於蔣家的事，寶珍聽得少了，又有原先的奶娘來帶自己，膽子才稍微大了一些，話也比以前多了。

寶珍聽見母親訓斥，頓時有些失落，好像自己又做錯了事一樣，低下腦袋不說話，徐蕙如見了，忙拉著她的手道：「我正愁沒有人和我說話，才不會嫌棄寶珍囉嗦呢！以前姑父在的時候，表姊不用忙家裡的事，倒是經常陪著我，如今表姊那麼忙，我一個人在繡樓住著，有時候真是無聊得很呢！」

聽見徐蕙如這麼說，寶珍睜大了眼睛問道：「徐姊姊，那我以後能去繡樓找妳玩嗎？」

「當然可以了，妳什麼時候來我都歡迎。」徐蕙如說著，拉著她的手一起往前走。

走到院子門口的時候，看見幾個婆子正從廚房出來，手裡還端著好些蘆葉和調製好的糯米餡料。

寶珠急急忙忙掙脫大姑奶奶懷抱，迎上去看那些東西，臉上帶著甜甜的笑說道：「好香啊！今天寶珠也要包粽子給娘吃、給外婆吃，還要給舅母和表姊吃。」

大姑奶奶聽了，臉上的笑容藏都藏不住。記得寶珠剛回來的時候，不懂為什麼她娘要叫自己的母親「姨娘」，而且還告訴她不能喊老姨奶奶「外婆」。

後來她童言無忌問到了謝玉嬌跟前，謝玉嬌才開口對大姑奶奶說：「寶珍那麼小，告訴她什麼嫡出、庶出的，只怕她不會明白，她若想喊老姨奶奶『外婆』，就讓她喊吧！不用太重那些規矩。」

大姑奶奶聽了很是感激，回去和老姨奶奶說了之後，老姨奶奶也高興得落下淚來。

寶珍聽了寶珠的話，不服氣地說：「人人都有份，怎麼就沒有我的呢？」

寶珠眨著眼睛想了半天，發現果然把寶珍給漏掉了，格格笑了起來。「姊姊要吃自己包。」

她說完撒腿就跑，寶珍立刻追了上去，留下大姑奶奶和徐蕙如兩個人在原地笑了好一會兒。

謝玉嬌一邊在書房等沈石虎，一邊拿小勺子為植物澆水，沒過多久，就看見沈石虎一身汗從外頭進來。

雖然他滿身是汗，但臉上乾乾淨淨的，髮根處還有一點潮濕，像是特地洗過臉。其實沈石虎很後悔自己沒在謝家多備一身衣服，以後天氣越來越熱，這樣一身汗臭來見謝玉嬌，多尷尬啊！

沈石虎覺得有些不好意思，見謝玉嬌的時候，就稍微有些拘謹。謝玉嬌雖然看出來，卻沒說什麼，直接問道：「劉二管家這幾日有別的事，划龍舟比賽就交給你辦，之前二管家和我說過比賽的內容，只是我還有不明白的地方，想問問你。」

一聊起正事，沈石虎方才那些尷尬就散了，回道：「小的參加划龍舟比賽是三年前的事了，那時候年輕力壯的，帶著咱們謝家宅一群小夥子拿了第一。」

謝玉嬌聽了這話，又看了沈石虎年輕的容貌一眼，忍笑道：「沈大哥說得自己如今好像七老八十一樣，既然都一把年紀了，上回我聽沈姨娘說有人來為你說親，你怎麼回絕了呢？」

婚後的婦女不知為何談話內容都大同小異，謝玉嬌每次去徐氏房裡，聽見的要麼是謝朝宗今日吃了幾回奶、又尿濕了幾條褲子；要麼就是誰家的哪個姑娘嫁給另外一家的哪個小子，沒多久又懷了個孩子之類的話題，讓謝玉嬌覺得自己也變得婆婆媽媽了。

聽了這話，沈石虎的臉頰瞬間脹紅，憨笑道：「想等石舟這回考上秀才再說，家裡人多開銷大，若找了媳婦，也只是跟著小的受苦罷了。」

其實謝玉嬌不過就是隨口一句玩笑，聽沈石虎說得有道理，便不多問，回歸正題道：「那就和我說說，當年你們是怎麼得第一的？」

沈石虎想了想，答道：「那時候我們聽陶大管家說，贏了就可以免一成田租，所以大家沒事就在一起練習，足足練了幾個月，這才拿第一的。因為這比賽是以村為單位，所以村裡人口少的就居劣勢；聽陶大管家說，以前有幾個大村子，因為想要贏，還請了外頭專門划龍舟的人去比賽，若是贏了，就給他們一些銀子，後來有別村的人不服，揭發了真相，鬧得很不好看。」

謝玉嬌皺起了眉，要辦好划龍舟比賽，少不了需要訂定一套完整的規矩，規矩沒訂好，鑽空子的人肯定不少；就像那幾個想辦法請外援的村子，若是放在現代，就算被揭發，只要賽制沒規定不允許，其實算不上違規。

「想要完全公平，自然不可能，但鄉親們的心思我也明白，畢竟一成田租，對於他們來說確實不少。」

謝玉嬌思考了片刻，站起來從身後的書架上抽出一本冊子，遞給沈石虎道：「這上面有我們謝家所有佃戶的名單，你看一下，能不能按照壯丁的人數，為這些村子重新劃分一下，讓他們按照新的隊伍參賽，要是贏了，幾個村子的佃戶都能免租一成。再言明規矩，不准用外村的人，但是可以請村裡那些已經定居下來的難民，這樣也好讓那些難民早日融入大家，就不會再和本地人敵對了。」

沈石虎一聽，覺得這是個好辦法，那些從北方逃來的難民，有不少身強力壯的漢子，要是真的能讓他們加入比賽，肯定實力大增。

「小姐這辦法是好，可是隊伍到底該怎麼劃分呢？要是分得太大，一下子好幾個村子加起來贏了比賽，田租收得少了，陶大管家肯定會嘮叨，小姐能否出個主意？」

謝玉嬌揉了揉眉心，伸手拿回那本佃戶名冊翻了幾頁，抬起頭道：「就按照謝家宅這樣的規模吧！兩、三百戶人家為一個單位，拿去湊湊看。」

沈石虎聽謝玉嬌這麼說，心裡一下子就有底了。這個方法能把隊伍數量限制在一定的範圍，一來可以平衡各個村子的實力，避免小村子沒機會獲勝；二來可以限制幾個大村子聯合起來取得第一。按照這樣分配下去，就算幾個村子一同獲勝，損失的田租也有限。

謝玉嬌安排好事情，兩人一時無話可說，謝玉嬌見沈石虎還處在沈思之中，便抬起頭問他。「沈大哥，你在想什麼？」

沈石虎一驚，回過神來開口道：「沒……沒什麼，在想小姐真是聰明，這樣既方便了村民，又公平。」

對於沈石虎，謝玉嬌一直覺得他是個老實的漢子，沒想到他居然會開口誇讚自己，不禁有些不好意思，笑著道：「行了，出去辦事吧！這麼多村子也夠你跑的了。」

沈石虎應了一聲，上前收下謝玉嬌手裡的冊子，出門去了。

老姨奶奶帶著孩子們包了一下午的粽子，這會兒終於閒下來，寶珍和寶珠也累得小睡去了，徐蕙如見她們都睡了，便起身告辭。大姑奶奶親自送徐蕙如到門口，轉身的時候徐蕙如看見老姨奶奶正拄著枴杖從裡頭出來，急忙迎上前去扶著她回房。

「徐家這丫頭當真不錯，又安靜又懂禮數，比嬌嬌好多了。」

大姑奶奶聽了這話，只淡淡一笑，反正老姨奶奶是刀子嘴，豆腐心，就隨她了。

「蕙如這姑娘是不錯，只可惜打小就沒了娘，也是可憐。」大姑奶奶說道。

其實老姨奶奶對徐禹行早有念頭，卻開不了這個口。在她看來，徐家的人地位高、家世好，是天上的雲彩，可自己卻是地裡的泥濘，當年她之所以常常對徐氏挑刺兒，正是因為這種極度自卑的心態。如今過去那麼多年，她已經打從內心屈服於現狀，可那種自慚形穢的心理卻沒有改變。

老姨奶奶抬起頭看了大姑奶奶一眼，見她表情淡淡的，沒有半點多餘的情緒，忍不住嘆了口氣。大姑奶奶未必對徐禹行有什麼心思，但是就算有，只怕她也不會開口，這層紙到底要怎麼戳破，連老姨奶奶也為難。

「妳雖然是謝家的閨女，也不是沒人來說親，總不能真的在謝家住一輩子吧？」老姨奶奶開口道。

大姑奶奶臉色變了變，扶著老姨奶奶的手鬆開了，低著頭道：「嫂子和嬌嬌都不急，妳倒是急著要趕我走了嗎？嫌棄我這個閨女讓妳丟人了是吧？」

老姨奶奶看大姑奶奶有些動氣了，便沒再繼續說下去，只碎唸道：「是啊！家裡的事不歸我管，我不過是個等死的人罷了，妳們愛怎麼樣就怎麼樣吧！我進房看外孫女去。」

大姑奶奶見老姨奶奶一瘸一拐地走，覺得沒什麼好跟她計較的，笑著走過去，攙著她道：「妳要真的能這麼想，那就好了。」

一眨眼過去了小半個月，康夫人的後事也一件件操辦中，劉福根抽空回來報了信，說康大人已經向朝廷上書，懇求能親自扶靈回京，待朝廷批准，差不多五月底就會出發，到時康大人一、兩個月都不會在江寧縣。

對謝玉嬌來說，康廣壽在不在江寧和她沒什麼關係，唯一的好處就是今年秋收的時候，康廣壽不會親自來地裡看每一畝的產量，也不會知道今年謝家又加收了多少糧食，若還是按照去年的稅收，多出來的糧食就能賣給糧商，應該能賺得不少銀子。

謝玉嬌回徐氏那邊時，還沒到擺晚膳的時候。中午謝玉嬌吃得少了些，徐氏便讓丫鬟去廚房為謝玉嬌熱了一顆紅豆粽子過來，親自剝好，蘸了糖遞給她。

古代並沒有細砂糖，謝玉嬌頭一次吃粽子的時候，覺得白砂糖太粗了些，有點難以下噡。徐氏知道了後，要廚房找了小石臼，把粗糙的白砂糖碾成像麵粉一樣細的顆粒，如今再蘸著吃，果然好入口多了。

謝玉嬌看了粽子上沾著的糖粉一眼，知道徐氏對這種小事最上心，不禁覺得窩心。本來謝玉嬌還覺得有了謝朝宗，徐氏大概不會像以前那樣疼自己了，如今想來到底是多心了呢！

「娘，明日是端午，您要和我去南山湖看划龍舟嗎？」原本謝老爺走了，這事交給陶來喜也一樣，畢竟那些鄉紳地主沒幾個不給陶來喜面子，但若是謝玉嬌親自去，意義就不同了。

徐氏如今已不攔著謝玉嬌拋頭露面了，謝家的門楣都是謝玉嬌撐起來的，將來還要找上門女婿，既然要走出去，不如乘機多結交一些人，只是徐氏並不想面對人群，便說：「明日我就不去了，我和張嬤嬤去隱龍山的龍王廟上個香，保佑划龍舟比賽順順利利就好。」

謝玉嬌聞言笑道：「也好，只是隱龍山和南山湖不順路，明日不能和娘一起走了。」

徐氏見謝玉嬌唇邊沾了一些糖粉，拿著帕子替她擦了擦嘴角，說道：「妳玩妳的，記得多帶幾個人跟著，順便問問妳表妹，要是她也想去的話，就帶上她吧！只是得再帶幾個丫鬟，好好看著她才行。」

徐蕙如早就聽說划龍舟比賽的事，本來就想拜託謝玉嬌帶自己一起去，又怕徐禹行不答應，已經憋了好些日子，如今見謝玉嬌來請，迫不及待地拉著謝玉嬌翻起衣櫃，看看明日要穿什麼。

謝玉嬌見徐蕙如那麼開心，之前又聽說辦划龍舟比賽的地方有賣東西的小攤販，弄得很像廟會，索性派人去大姑奶奶那邊問要不要讓寶珍和寶珠一起去玩一趟。

大姑奶奶很快就遣了人回話，說是天氣熱，又怕人太多，所以不去了。謝玉嬌心想，如今大姑奶奶和離，只有躲在謝家才能遠離那些閒言閒語，也就不強求了。

第二天，謝玉嬌特地起了個大早，為丫鬟們留了足夠的時間替自己穿衣打扮。

衣服昨晚就挑好了，是一套粉白撒花金色滾邊緞面對襟褙子，因為謝家還在孝中，鮮豔的顏色自然不能穿，但今日要出去見人，若是太素淨了，到底和比賽的場面不搭。粉白鑲上了金邊，看著就透出幾分喜氣，下身的流仙裙也是粉白色，只是裙襬上繡著幾朵淺紫色的丁香花，添上些許青春的氣息。

謝玉嬌膚色潔白如玉，根本不用打什麼底，稍微描了描眉梢，唇上點了些胭脂，就清新動人、顧盼生姿。

紫燕為謝玉嬌梳了個桃心髻，並在桃心處綴上一顆龍眼大的珍珠，她拿了一面小鏡子讓謝玉嬌瞧瞧後面的髮型，說道：「上回讓奴婢的爹去首飾坊裡重新打的菱花鏡不知道什麼時候送來，都有一陣子了。」

去年一時不見那面菱花鏡，後來過了好一陣子也沒找著，謝玉嬌才讓紫燕悄悄帶話給劉福根，讓他去城裡找原先做那面鏡子的工匠，重新打個一模一樣的。

原來那菱花鏡是謝玉嬌小的時候，謝老爺親自畫圖，交由自家首飾坊的工匠打來送給謝玉嬌的，世上只此一面。謝玉嬌和謝老爺雖沒什麼父女緣分，但那菱花鏡畢竟是他留給自己的，要是被徐氏知道弄丟了，只怕會傷心。

「妳幫我問妳爹菱花鏡打好了沒有，要是好了，就早些送進來吧！」謝玉嬌說道。

紫燕點頭道：「奴婢今天晚上見到他就問一聲。」

第二十六章　半路遇劫

金陵城中，周天昊穿著一身月白色銀絲暗紋團花長袍，坐在一家茶館二樓靠窗的位置。茶樓對面不遠處，是一家首飾坊，周天昊低著頭抿了一口茶，看見垂頭喪氣從首飾坊裡走出來的雲松。

上了二樓，雲松皺著眉頭回話。「殿下，這根本就是大海撈針，怎麼找啊？都第十家店了，這家掌櫃也說沒賣過這樣的菱花鏡。」

頓了一下，雲松又道：「不過那掌櫃倒是挺喜歡這面鏡子，還問是從哪裡弄來的，能不能賣給他，開價十兩銀子呢！」

周天昊在縣衙陪了康廣壽一段時間，如今見他對妻子過世的事稍微釋懷幾分，便開始尋找這面菱花鏡的主人。

起先周天昊在江寧縣地方上的首飾坊探問，結果第一間的掌櫃看過之後，說這面菱花鏡做工精美，不是他們那種小工坊擁有的技術做得出來的，應該是在金陵城中有名的首飾坊打的。

周天昊得了這條消息，便帶著雲松進了金陵城，一整天下來，已經足足跑了十家首飾坊了。

「你懂什麼，首飾坊不賣菱花鏡，什麼地方會賣？」周天昊拿起摺扇敲了一下雲松的腦袋，忽然那扇子啪的一聲，斷了一根扇骨。

上了一趟戰場，握過寶劍和長矛，再拿起這扇子，一切都變得不太對勁，連往常穿戴的行頭也顯得不稱他的氣質了。

周天昊臉色不禁一沈，隨手將那扇子丟到一旁，正色道：「我說過不准喊我殿下，我們這是微服私行，你懂嗎？」

雲松縮著脖子，看了一本正經的周天昊一眼，又瞧了瞧那被他敲斷扇骨的扇子，小聲道：「奴……奴才知道，那殿……不對，少爺，咱們還繼續打聽不？」

「打聽，怎麼不打聽？」周天昊看了街上的人潮一眼，開口道：「等我喝完這盞茶，咱們繼續找下一家。」

就在此時，方才雲松打探過的那家首飾坊，掌櫃從店裡探出頭來，在門口張望了一圈，不見雲松的蹤影，這才折回店裡，向夥計吩咐道：「這幾日舅老爺不在城裡，我寫一封信，你馬上送去謝家宅給劉二管家。」

原來這家首飾坊是謝家開的，謝玉嬌丟了的這面菱花鏡，正是出自這間店的的工匠之手。這幾日工匠剛把劉福根吩咐的鏡子打好，誰知來了個操外地口音的小夥子，手裡竟拿著謝玉嬌原先那面鏡子，豈不讓人吃驚？

掌櫃一見那鏡子，懷疑這是從謝家偷出來的贓物，便故意說好看，開了一個不高不低的價格，打算買下來，誰知道那人卻不肯賣，倒是讓掌櫃難辦起來。

謝家小姐的東西落在一個外男手中終究不妥，掌櫃只好馬上寫信稟告劉福根。

周天昊一盞茶沒下肚，就看見在門口鬼鬼祟祟、東張西望的掌櫃，一雙幽深的黑眸忽然亮了起來。他雖然沒在軍中混多久，可還是知道斥候們的小門道。比方這菱花鏡，打探了幾個首飾坊都說沒見過這種樣式，那必定是專人訂製的款式，金陵城能訂製首飾的工坊不多，眼前這家金玉緣就是其中之一。

方才雲松說掌櫃的給這面鏡子開價，周天昊就略略疑心起來。這面鏡子雖然做工精美，可上面並未鑲嵌珠寶，十兩銀子聽似不貴，多少還是提了一些價；世上有誰會提價買一面普普通通的鏡子呢？這其中必有蹊蹺，所以周天昊就在這邊又坐了片刻。

雲松看周天昊專心地盯著那家首飾坊，不免覺得有些奇怪，正要再問一句，忽然就看見一個小廝從店裡跑出來。

周天昊事先已經打探過了，金玉緣的老闆本家姓謝，並不在城裡生活，瞧那小廝急急忙忙的樣子，倒像是送信的，於是他放下茶盞，將那斷了扇骨的扇子拿起來，往掌心一拍，笑著道：「還不快走，魚兒上鈎了。」

雲松這會兒剛倒了一杯茶，才喝一半，就聽見周天昊喊話，急忙放下茶杯，見周天昊一溜煙已經到了樓梯口，忙喊道：「少爺，等等奴才……等……」

眼看雲松跟著周天昊走到門口，掌櫃的急忙讓小廝攔住他，說道：「哎喲，客官還沒付帳呢！」

雲松一愣，這才回過神來，從荷包中拿了一錠碎銀子丟到小廝手中。「不用找了，剩下的賞你。」

周天昊遠遠跟著那個小廝，果真見他去了西面的一家驛站。

小廝正打算租一輛馬車請人帶他去謝家宅，碰巧驛站的車伕都有事出去了，驛站裡的管事大爺便道：「要不你就等一等，要不然自己騎馬過去，謝家宅不遠，騎馬快的話一個時辰就能到了。」

那小廝苦惱地說：「可是我不光不會駕車，也不會騎馬啊……」

此時周天昊正好從外頭進來，那管事大爺見他相貌堂堂，上前招呼道：「這位爺要去哪裡？咱們這裡的馬腳程可好了，您是要馬車，還是單單要馬？」

「我要去謝家宅找一個故人，我們一行兩人，就租兩匹馬好了。」周天昊怕這小廝認出雲松來，故意讓他在外面等著，自己一個人進來。

管事大爺聽了，笑著道：「巧了，這位小哥也有事要去謝家宅，可是他不會騎馬，不知爺能否帶他一程？」

周天昊轉身看了那小廝一眼，瞧他的模樣很老實，便問他道：「小哥是要去探親，還是去送信？要是探親，我就帶你一程；要是送信，我就幫你捎過去，何必你親自去一趟？」

那小廝聽了眼睛一亮，正想答應，又覺得不認識眼前這個人，到底有些不妥，便婉言謝絕道：「算了，我還是等車伕回來，自己走一趟吧！」

周天昊聞言，淡淡笑了笑，看來自己長得還不夠正氣，不然怎麼連替人送信這種小事，人家都不放心交給自己呢？

「我認識謝家宅幾個人，像是謝家的二管家劉福根。」周天昊說道。

「您……您認識劉二管家？」那小廝聞言，頓時睜大了眼睛，心想——這信不就是送給劉二管家的嗎？既然他認識，倒不如讓他順路送個信。

想到這裡，他問道：「您是哪位？我回去和我們家掌櫃說一聲，也好交差。」

周天昊想了想，答道：「我是江寧知縣康廣壽康大人的表弟，從京城來的，康夫人去了，我過來奔喪的。」

康廣壽的姑母是先帝的妃子，周天昊勉強算是他的表弟，使用這個身分，方便他在外面行走；至於為康夫人奔喪一說，也是用最近發生的事件取信於人，畢竟他在她過世之前就已經來到江寧縣了。

那小廝一聽，覺得這下準沒錯，上次他還聽掌櫃的說，劉二管家連過節都沒來城裡，就是在幫康大人料理康夫人的喪事；怪不得這位爺口音是外鄉的，原來是從京城來的。

想到眼前這個人是縣太爺康廣壽的表弟，小廝頓時恭敬了幾分。「既然這樣，那就煩勞這位爺，把這封信交給劉二管家。」

因為小廝並不識字，所以掌櫃的信封並未封上火漆，這小廝也不懂，直接就把信交給了周天昊。周天昊看了到手的信封一眼，目送那小廝離去，付了押金後，周天昊和雲松兩人翻身上馬，走了十來里路，到了城外一處涼亭才停下來。

雲松在身後一邊追趕周天昊，一邊問道：「少爺，有這個時間，您不繼續找鏡子，還白白替別人跑腿送信，這是什麼意思呢？」

周天昊一記眼刀飛過去，翻身下馬，從胸口拿出那封信來，得意地笑道：「找不找得到鏡子的主人，就全看這裡頭的內容了。」

雲松湊過去，見周天昊就要把信打開，不禁說道：「少爺，替人送信就送信，還要偷看，不太好吧？」

周天昊對自己這個跟班的智商無話可說，只丟下一句。「我就是為了看信才答應替他送信的啊！傻瓜。」

說完，周天昊將裡頭的信紙打開，仔仔細細看了一遍，臉上頓時浮現幾分不屑的神色。「那掌櫃的眼力太差，居然說我們是銷贓的小賊，我像嗎？」

雲松聞言，笑著道：「少爺您自然是不像，那就是奴才像嘍！」

說著，他接過信看了看，這才佩服起自家殿下的遠見來。那個掌櫃果然有古怪，這……這鏡子居然是謝家小姐的。

雲松抬起頭，一臉不解地問道：「這鏡子如果真是謝家小姐的，那她的丫鬟也真有意思，好不容易偷了一面鏡子，不好好藏起來，怎麼塞進棉襖裡了呢？」

他一邊說，一邊努力思考，忽然間茅塞頓開道：「奴才明白了，她一定是拿棉襖來窩藏贓物，最後忘記，就縫了進去。」

周天昊無奈地看了雲松一眼，之前他不是還說做棉襖的人聰明，拿菱花鏡當護心鏡使嗎，怎麼現在又編起另一個故事來了？周天昊搖了搖頭，拿起斷了扇骨的扇子，又往雲松頭上敲了一記，這才收起信件，翻身上馬繼續趕路。

其實徐氏想去隱龍山那邊的龍王廟上香，主要是因為龍王廟離謝家的祖墳並不遠，徐氏想在上過香之後，去墓地看一看謝老爺。往年端午節，謝老爺不管外頭多忙，都會回到謝家宅，兩人一起去南山湖看划龍舟比賽，晚上再吃一頓團圓飯，雖然看著平平淡淡，可對於徐氏來說，這就是最大的幸福。

如今謝老爺去了，徐氏卻沒有忘記這些，她帶著家裡包好的粽子，先去龍王廟。端午節來廟裡上香的人並不多，徐氏在香堂裡供奉了粽子，又讓張嬤嬤去添香油錢，待一切處理妥當，這才和張嬤嬤到廟門外。外頭兩個丫鬟已經候著了，眾人一起上了馬車，往謝家祖墳去。

謝家的祖墳依山傍水，正是所謂的風水寶地，唯一的不好之處就是偏遠了點，周圍並沒有什麼城鎮村戶，正因如此，謝老爺生前特地每年撥一百兩銀子出來，找專人為謝家守祖墳，只是今日正逢端午佳節，守墓人卻不知道去了哪裡。

徐氏看著守墓人住的院子大門緊閉，知道他現在可能不在，張嬤嬤跟在後頭，見到這情況，開口道：「老爺和小姐每年給守墓人的銀子一點兒都沒少，二老太爺當真以為我們永遠關在家裡，不會知道嗎？這裡竟連個人影也沒有。」

徐氏聞言，嘆道：「大約是過節，回家去了吧！」

張嬤嬤不像徐氏這般好說話。「奴婢進去看一看這房子裡的灶臺幾天沒開伙，就知道這裡還有沒有人住了。」

徐氏笑道：「罷了，回去再說吧！我們看老爺要緊。」

謝老爺的墓地離守墓人的住處不遠，因為清明節才來過，周圍雖長了些雜草，但還算乾淨，只是一旁的石碑長了些青苔出來。徐氏拿著刷子輕輕刷去青苔，見張嬤嬤已經擺好了祭品，便跪下來，凝視著刻著謝老爺名字的墓碑，她的眸子紅通通的，嘴角卻帶著幾分笑意。

「老爺，如今嬌嬌越發大了，家裡的事情都處理得井井有條，朝宗也長得很好，最近他在長牙，可把我高興壞了；老爺若還在，如今也是兒女雙全的人了……」

說到這裡，徐氏忍不住落下淚來，她急忙拿著帕子擦了擦，繼續道：「現在家裡沒有什麼難事，唯一放心不下的，還是嬌嬌的親事。上次蔣家的事情鬧得這般大，我雖然不常出門，也知道方圓百里之內好一點的人家，只怕對嬌嬌都有了偏見。如今我也不求別人家求娶嬌嬌，只盼老爺在天有靈，保佑嬌嬌遇上一個肯入贅我們謝家的如意郎君，那就謝天謝地了。」

張嬤嬤站在一旁，聽見徐氏說起這些，忍不住擦了擦眼角，開口道：「夫人放心，老爺上心著呢！一定會保佑小姐將來嫁個如意郎君的。夫人也別著急，如今小姐年紀還小，我們可以慢慢物色。」

徐氏站起來，拿著乾淨的帕子，擦去謝老爺墓碑上的灰塵，回道：「雖說嬌嬌年紀不算大，但是上門女婿到底難尋，我還想找個有點能耐的，將來嬌嬌也好專心相夫教子，總不能讓她成婚之後，還這樣拋頭露面。」

其實徐氏最近向人打聽過附近招了上門女婿的人家，是什麼情況。有一個是從小沒了爹娘的，被當成童養女婿一樣養大；有一個是爹娘都死了，念了幾年書，卻連個秀才都沒考中，後來去東家的鋪子裡做帳房先生，被東家看上，招進了門；還有一個是因為家裡窮，快養不活孩子了，想著反正兒子多，入贅一個給人家也無所謂，所以才當了上門女婿。

無論是哪一個，都是吃軟飯的，要是招了這樣的女婿進門，謝玉嬌還不是得和現在一樣累？況且男人就該有幾分氣概，軟飯吃多了，難免抬不起頭來，讓人看著心裡也不舒服。

想到這裡，徐氏忍不住又唉聲嘆氣起來，然而她不知道的是，不遠處的灌木叢中，有幾個土匪正盯著自己。

隱龍山一帶，是江寧縣和秣陵縣的交界，江寧縣這邊的難民過得頗為安穩，有謝家當表率，就算被分到其他村，他們也和當地的佃戶一起耕種勞作，漸漸適應這樣的生活。

可秣陵縣卻有大約一百來名難民，因為官府無力安置，選擇隱沒在山林裡，時不時出來搶一些地主人家的東西，幾個村子的地主雖然聯合起來驅趕過幾次，可是每次只要他們一逃到山裡，就不見蹤影。

這批難民原先只在秣陵縣南部活動，最近慢慢擴大地盤，已經快到江寧縣境內。附近的地主受了騷擾，有人因此報官，偏偏康夫人去世，康大人多日沒有理政，事情就耽擱了下來。

這群人到了邊界，就想打劫幾個地主人家，好犒賞兄弟們，頭一個遭殃的就是蔣家。

蔣家雖然大不如前，可還有一些底子，且他們家在當地名聲不好，村裡人看見一群騎馬、扛棒子的人去他們家搶東西，都嚇得不敢出門，躲在家裡看熱鬧。

蔣家兩老躲在桌底下，只是一個勁兒地求饒，蔣老爺說道：「我們蔣家哪有什麼銀子？誰不知道隔壁江寧縣的大地主謝家，才是最有錢的。」

領頭的漢子之前聽過蔣、謝兩家的過節，聽了這話笑道：「你當我們不知道你們家和謝家的過節嗎？如今還想利用我們去打劫謝家，想得倒是美。咱們盜亦有道，哪些是好地主，哪些是惡地主，分得可清楚了。」

蔣老爺聽了，嚇得一雙腿直發抖。「各位好漢……小……小的不是這個意思……只是你瞧，這麼多的兄弟跟著你，你好意思讓他們挨餓受凍嗎？但凡我蔣家村有的東西，我一定給，可我這裡沒有，只有謝家有。謝家明天有人會去南山湖看划龍舟比賽，你們只要抓住謝

大。

「聽說謝小姐聰明絕頂，巾幗不讓鬚眉，你們幾個去，只怕不是她的對手。」

細瘦漢子聞言，嘻笑道：「老大也太小看我們了，不過是個丫頭片子，能有什麼能耐？我一隻手就能解決她了。」

徐氏聽了，身子止不住地顫抖。「你們不要傷害嬌嬌，我們給銀子就是。」

說完，她忽然一把推開張嬤嬤，從髮間拔出一支銀簪來，抵在自己的頸子上道：「你們……放張嬤嬤走，不然我立刻死在這裡，你們一文錢都別想拿到。」她平常看似軟弱，但到了被人逼入絕境的時候，態度反而很堅定。

眼看著那銀簪已經微微刺入徐氏白皙的頸子，蕭老大道：「好，我們放她走。」

張嬤嬤兩腿一軟，跪在地上看著徐氏，眸中都是淚，她伸出手對徐氏道：「夫人，讓奴婢留下，您回去……」

徐氏的銀簪還抵在頸子上，血從傷口冒出來，她含淚道：「妳快走，他們要抓的是我，快回去。」

張嬤嬤跟著徐氏那麼多年，如何不清楚自己主人的性子？她擦了擦眼淚，慢慢站起來，緩緩退後幾步，最後轉身飛奔離開。

「老大，就這樣放那個婆子走了？」糙漢子問道。

「她不值錢，走就走。」蕭老大轉頭看了徐氏一眼，冷冷道：「謝夫人還是少費些力氣吧！請。」

徐氏膝蓋一軟，跌坐在地，不遠處正是謝老爺的墓地，她看著墓碑，低喃了一句「老爺……」，隨即暈了過去。

第二十七章　仗義相救

張嬤嬤飛也似地跑著，可是隱龍山實在太偏僻了，若不是清明掃墓，平常人煙稀少，雖說這裡是通往金陵的近路，可有些人避諱墳地，從不往這邊走。

不過很巧，有這麼一個人，他不避諱這些，那就是周天昊。

從金陵城到謝家宅，如果騎馬的速度快，大約要一個時辰，周天昊在軍營中歷練了一段時日，趕起路來不嫌累，只是雲松從未這麼做過，這會兒在後面追得哀號不已。

周天昊勒韁調轉馬頭，看了雲松一眼道：「看來我再去軍營時一定得帶上你，好讓你知道屁股一整天不離開馬背的滋味。」

「奴才是想去啊！只是馮將軍說奴才沒『那個』，不能去……」雲松七、八歲就入宮當了小太監，一直在周天昊身邊服侍，可臨到周天昊要去軍營的時候，卻被攔了下來。

「罷了、罷了，也不知道皇兄什麼時候才肯再讓我上戰場，到時候我一定帶上你就是。」

周天昊說完，甩開馬鞭，正要回頭飛奔而去的時候，忽然聽見身後的雲松大喊。「少爺，前頭有個人，正往這裡跑呢！」

張嬤嬤一路跌跌撞撞跑下山，一時之間分辨不出方向，看見大路便跑了過去，又不敢高聲大喊，怕引來那些土匪；只是她畢竟有了年紀，跑到這裡已是強弩之末，又碰巧看見路上有兩個騎馬的人，顧不了其他事，直接扯開嗓子大喊道：「兩位壯士，救命啊！」

周天昊之前沒走過這條路，是聽驛站的管事說近才走的，而且那人也說了，這一帶人煙本就稀少，又因為有一片墳地，尋常很少人路過，如今忽然間出現一個四十來歲的婦人，還大喊「救命」，難道是遭了賊？

這麼一想，周天昊用力夾馬腹，拉了韁繩往前衝去，雲松急忙跟在後面，追趕上去道：「少爺，當心有詐啊！」

「詐你個頭，沒看見是個婦人嗎？」

「那少爺也得小心些，萬一是個誘餌呢？」

「若是誘餌，好歹也得找個美人，別廢話了，過去瞧瞧。」

張嬤嬤此時氣喘吁吁，見那兩個人正往她這邊趕過來，一口氣漸漸提不上來，只覺得腳底一軟，跪在地上爬不起來。

周天昊騎馬上前，這才看清張嬤嬤的模樣，他拉住韁繩縱身下馬，扶起她問道：「這位大嬸，您這是怎麼了？」

張嬤嬤這會兒像溺水的人抓住浮木般，扯著周天昊一截衣袖道：「壯……壯士，請快救救我家夫人，到時候我家小姐必定重謝。」

雲松下馬迎了過來，聽見張嬤嬤這麼說，咕噥道：「這位大嬸，您知道我家少爺是誰嗎，怎麼逮著人就求救？先說您家在哪裡，我們送您回去，要是想救人，還是去找官府吧！」

周天昊見張嬤嬤滿臉老淚，身子還不斷顫抖，睨了雲松一眼，開口道：「不得無禮。大嬸，您先說說，怎麼會一個人在這荒郊野外？」

張嬤嬤驚魂未定，邊哭邊道：「我……我是謝家的下人，和我們夫人來為老爺上墳，卻遇上土匪，他們把夫人抓走了，說是要拿夫人跟我們家小姐換銀子。」

周天昊知道謝家是這一帶的大地主，只是他沒想到江寧的地界上居然出了土匪，看來康廣壽最近真的懈怠不少。

「雲松，你送這位大嬸回謝家報個信，我上山瞧一瞧。」周天昊說道。

雲松聞言，急忙道：「不行啊少爺，您可千萬不能亂來，不然奴才就沒命了。」

「慌什麼，先看看情況。」周天昊雖然在戰場上經歷過九死一生的狀況，骨子裡卻還是帶著幾分輕狂傲氣，他自詡為拿過真刀真槍的人，怎麼會怕幾個烏合之眾，便問道：「他們有幾個人？」

張嬤嬤回想了一下，開口道：「我看見四個人，不知道還有沒有藏著的。」

周天昊皺起了眉，四個人似乎有點多，看來得智取了。「雲松，你送大嬸回去，我在這邊打探，記住，千萬不要打草驚蛇。」

雲松從小在宮裡長大，自然沒遇過這種事情，不禁好奇地問道：「少爺，怎麼樣叫不打草驚蛇？萬一謝家要帶人來救人怎麼辦？」

張嬤嬤一聽，急忙道：「他們要銀子，給銀子就成了。」

「他們要多少銀子，您知道嗎？」周天昊問道。

張嬤嬤微微一滯，隨即愣愣地答道：「我……我不知道，他們沒說。」

周天昊聽張嬤嬤這麼說，便知道她只是逃出來求救，而非轉達要多少贖金。那群土匪要銀子，必定還會派人去謝家聯繫，此時可以先不用擔心謝夫人的安危，在錢沒拿到之前，人應該不會有事。

眉梢一動，周天昊說道：「雲松，送大嬸回謝家後，要他們按兵不動，等土匪聯繫；我去縣衙一趟，找康大人商量對策。」

雲松聽周天昊說要去找康廣壽，這才放下心來。「少爺，奴才就在謝家宅等您，您可要早些回來。」

周天昊扶著張嬤嬤上馬，待他們走遠了，才牽著自己的馬，緩緩向前頭走去，不遠處就是隱龍山南麓的一片墳地。方才他和雲松過來，馬蹄聲響，若是有經驗的土匪，聽見馬蹄聲中斷，必定能猜到他們救了張嬤嬤。

想了想，周天昊忽然調轉馬頭，拿起手裡的馬鞭朝馬背揮舞了兩下，馬兒長嘯一聲，朝著縣衙的方向揚長而去。

蕭老大站在一處山石上，聽著馬蹄聲漸漸遠去，才開口道：「兩個人都走了，我們也撤。」

「老大，不對啊！另外一個方向是朝著縣衙的，他們去報官了？」糙漢子說道。

「報官又怎麼樣，那些捕快都是吃白飯不幹活的，也沒什麼能耐，你讓老二把這封信交給謝家小姐，我們早些完事，離開這裡。」

「老大，你不是說要親自去嗎？怎麼又不去了？」

蕭老大看了糙漢子一眼，無奈道：「老四啊！他們都去報官了，我還親自過去，豈不是送死？」

趙老四還是有些不明白，又道：「你不是說那些捕快都是吃白飯不幹活的嗎？能奈你何？」

蕭老大無奈地拍了拍趙老四的肩膀，繼續道：「行行行，我說不過你，總之計劃有變，咱還是等老二送信回來，再靜觀其變吧！」

馬車在山道上不緊不慢地行駛著，徐氏悠悠轉醒，睜開眼的時候看見一個糙漢子正不眨眼地盯著自己，嚇得往後縮，結果撞在後面另一個人身上。

趙老四看著徐氏驚恐萬分的臉，有些不好意思地說：「謝夫人別怕，我們不會傷害您的，只要謝小姐給了銀子，我們就放您回去。」

徐氏聽了，只是低著頭一個勁兒地哭，哆嗦著身子不說話。

趙老四從沒見過徐氏這樣柔弱中又帶著幾分剛強的女子，倒是狠不下心來，只開口道：

「你們謝家那麼多銀子，拿點出來接濟接濟大家也沒什麼不行，我們是走投無路了。」

「老四，和她囉嗦那麼多做什麼？再囉嗦下去，你直接把她放了得了？」細瘦男子——也就是陳老三，實在看不下去了，低聲喝道。

趙老四連忙住口，轉過頭，不看依舊哭哭啼啼的徐氏。

周天昊方才在四周觀察了一圈，發現隱龍山雖然偏遠，下山的路卻只有一條，到了岔口之後，一邊能通往謝家宅，另一邊便是朝江寧縣徜而去，只是另外有一條小道，可以轉往秣陵縣。

他在草叢中蹲了一會兒，聽見不遠處果然傳來馬車的聲音，悄悄踢了暈倒在自己腳邊的高老二一腳，接著大搖大擺走到路中間，看見正有一輛馬車轉彎駛來。

原來周天昊剛剛找了個地方躲藏，就聽見山上有人騎馬下來，瞧那一身穿戴，不過就是普通百姓，但騎馬的架勢倒是有幾分練家子的模樣。周天昊料定他便是其中一個土匪，便將人擒住打暈，果然在他身上搜到要送去謝家的信。

蕭老大見路中間忽然出現一個人，有所警覺，微微拉住了韁繩，卻不降低車速，此時只聽周天昊朗聲笑道：「這位大哥，小弟一時迷路，還請大哥行個方便，載小弟一程。」

馬車裡兩個男人聽見這話，都抄起了傢伙，徐氏正要呼救，卻被趙老四一把捂住嘴巴，那粗裂的掌心磨得徐氏臉上生疼，她忍不住一口咬下去，結果趙老四卻一點反應也沒有。

蕭老大沈聲道：「來者不善，你們坐穩了。」

說話間，徐氏只覺得馬車快了幾分，將她整個人甩到角落，她顧不得疼，推開車門喊道：「救命……壯士救我。」

說時遲、那時快，正當馬車就要撞到周天昊時，車身忽然一晃，恰恰避過周天昊，往前頭衝過去。周天昊沒有稱手的兵器，只有馬鞭還在手中，便單手一揚，用馬鞭捲住馬後蹄，馬兒揚起前蹄嘶叫一聲，後面的車廂頓時反彈回來，幾個人一同從車裡摔到了地上。

蕭老大一個翻騰跳下馬車，一雙陰鷙的眸子直直盯著周天昊道：「這位小兄弟，還請讓路。」

「該讓路的是你們吧！放了那位夫人，就讓你們走。」周天昊揚起下巴，帶著幾分不屑道。

「我只是請夫人去我家喝茶，小兄弟若是不介意，亦可同行。」蕭老大瞧周天昊頗有架勢，一時之間不敢小看他，語帶謙和地說道。

徐氏正要開口，嘴巴又被趙老四捂住，只聽周天昊笑道：「那倒是巧了，我也想請這位夫人去我家喝茶，不如你們先去我家如何？」

「老大，別跟他囉嗦，把他一起捆了，等我們辦完事……」陳老三沒接著往下說，只比了個切菜的手勢，示意要把周天昊幹掉。

蕭老大心想，敢這樣當街攔路，必定早就料到馬車裡有人，想來眼前這個人還有兩把刷子，於是他撫掌大笑道：「這位小兄弟的好意，蕭某心領了，改日再去小兄弟府上喝茶，今日只怕是沒空了。」

話音剛落，蕭老大伸手往後背一探，抽出一把刀就往周天昊面前砍過去。這一刀又快又準，周天昊身子一偏，刀鋒貼著他的鼻尖呼嘯而過。周天昊一個俯身抽出剛才的馬鞭，一鞭打在趙老四的手臂上。

趙老四吃痛，鬆開徐氏，徐氏嚇得尖叫了一聲，趕緊躲在馬車背面。周天昊又一鞭驅趕陳老三，此時徐氏忽覺腰間一緊，之後整個身子就被馬鞭捲了起來，丟進馬車車廂中。

徐氏覺得全身疼得厲害，還沒坐穩，周天昊接著一鞭打在馬屁股上，馬兒吃痛，飛奔而去，陳老三急忙從地上爬起來，拚了命追趕上去。

此時蕭老大和趙老四才反應過來，兩人欺身上前，對周天昊左右夾擊。

「這位小兄弟何必多管閒事，斷我們的財路？」蕭老大一邊打鬥一邊道。

周天昊一人對付兩人，一開始還有餘裕，過了一段時間就有些吃力，只深呼一口氣道：「我天生姓愛，名管閒事。」

蕭老大眉峰一皺，又砍出一刀，刀鋒劃過周天昊的左臂，劃開一道血線，周天昊吃痛地後退一步，他一個翻跳踢開趙老四的攻擊，接下來勉強用馬鞭擋住蕭老大第二波砍殺，刀刃離他的臉只有兩、三寸距離。

「閣下功夫了得，此時大雍需人孔急，不去邊關殺敵，反倒躲在此處對付老弱婦孺，算什麼英雄好漢？」周天昊問道。

蕭老大微微皺了皺眉，手中的刀往下壓了一分，正欲開口時，周天昊忽然身子一軟，倒在地上。原來高老二不知道什麼時候醒過來，在路邊撿了一塊石塊，把周天昊給砸暈了。

此時去追趕徐氏的陳老三回來了，他氣喘吁吁道：「媽的，那馬車跑得太快，一眨眼就不見了。」說著，他看見在地上躺著的周天昊，走過去，從靴中抽出一把匕首，狠狠道：「本來事情都成了，卻半路殺出個程咬金來。老大，不如我們殺了他？」

蕭老大低下頭，掃過周天昊一身非富則貴的裝扮，回想起他的口音，道：「把他帶走，沒準兒我們放走了一隻肥羊，卻來了一頭肥牛。」

謝玉嬌今日去南山湖看划龍舟比賽，興致很是高昂，她自從穿越過來，唯一一次去大街上遊玩，還是今年元宵節的時候，此時又過去好幾個月，早已憋壞了。

陶來喜早就命人在岸邊搭了涼亭，謝家又是大戶，占了好大一塊地方。沈石虎今年被拉去當划槳的船員，他的眼神穿過人群，遠遠看了謝玉嬌一眼，頓覺有幾分羞澀，不禁低下頭去。

徐蕙如坐在涼亭裡，手中捧著一小碟切好的水蜜桃，一邊吃一邊道：「表姊，這裡可真熱鬧呢！」

謝玉嬌看著四周圍繞湖邊搭出的各種攤子，點頭道：「一會兒等比賽結束了，我們也去逛逛，看看有什麼好東西。」

徐蕙如高興地點頭，拿小籤子戳了一塊水蜜桃，送到謝玉嬌唇邊。謝玉嬌就著吃了一小口，陶來喜就過來說道：「小姐，往年都是老爺說開場白，今年大夥兒請您過去講幾句話，好鼓舞士氣。」

謝玉嬌急急忙忙嚥下水蜜桃，拿帕子擦了擦嘴角，皺眉道：「陶大管家，一定是你出的餿主意吧！怎麼沒早點告訴我呢？」

陶來喜低下頭，笑道：「大家說平常不怎麼能見到小姐，今日難得有機會，他們也想聽聽小姐說話。」

謝玉嬌到底是現代人，態度比古代人大方許多，聽陶來喜這麼說，便起身道：「那好吧！我就和你去看看。」

今日共有九支龍舟隊，除了謝家六支隊伍外，還有三支隊伍是其他地方的，謝玉嬌一出現，便有人竊竊私語，多是談論謝家小姐如何聰明，又如何厲害。

謝玉嬌走到眾人中間，和其他三支隊伍的代表們打過招呼之後，才轉身對一眾划船的小夥子道：「今日舉行划龍舟比賽，一來是為了讓大夥兒高興，為農忙時節開一個好頭；二來也是為了紀念先父，希望他能看見他熱愛的活動依然保留，並永遠流傳下去。」

眾人聽完後歡呼起來，更有個大膽的小夥子，看謝玉嬌這麼漂亮，半真不假地開玩笑道：「小姐，聽說您以後要招上門女婿，咱行嗎？」

他一開口，周圍就噓聲四起，謝玉嬌往說話的人那邊看了一眼，見是一個十七、八歲的小夥子，開口道：「行啊！等我守過了三年孝期，你再到謝府來毛遂自薦吧！」

一眾小夥子聽了這話，個個臉紅起來，一旁的齊夫人聽了，笑著道：「謝小姐真會開玩笑，要是這樣，謝家的門檻只怕都要被踏破了。」

謝玉嬌捏著帕子，捂起嘴笑了笑。「他是你們那邊的小夥子吧？要是他一高興，加倍賣力，到時替你們贏了比賽，我們謝家不就能省下好些銀子了嗎？」

齊夫人聽謝玉嬌這麼說，笑得更厲害了，兩人開開心心坐定，一起等划龍舟比賽開始。

雲松帶著張嬤嬤一路到了謝家宅村口，張嬤嬤此時才稍微回過神，她拽著雲松的衣角道：「小兄弟，我們小姐不在家，你帶我去南山湖，她今日去那邊了。」

此話一出，雲松丈二金剛，摸不著頭腦，回道：「這位大嬸，南山湖在哪裡？我不知道路啊！」

其實雲松騎了這一路，屁股都快裂開了，如今明明到了謝家宅，這大嬸卻不肯下去，實在沒辦法了，他只好咬著牙道：「您為我指路，我帶您過去吧！」

張嬤嬤這會兒是一把鼻涕、一把眼淚，一邊巴望徐氏平安無事，一邊恨不得馬上見到謝玉嬌，便一個勁兒地催促道：「小夥子，你快點，我這把老骨頭還禁得起。」

雲松暗暗道苦，您這老骨頭禁得起，我這小身板只怕吃不消了……

徐氏在馬車裡跌跌撞撞，也不知道過了多久，興許是馬走累了，這才停了下來。徐氏探出馬車看了一眼，見不遠處就是今日上香的龍王廟，一顆卡在喉嚨的心總算落了下來，踉踉蹌蹌走過去敲門。

老廟祝見是徐氏，急忙將她迎進門，徐氏驚嚇過度，扶著牆走了兩、三步，就暈了過去。

老廟祝安頓好徐氏，急忙讓廟中的小道童去謝家宅報信。

湖岸上鑼鼓陣陣，划龍舟比賽即將開始，謝玉嬌看見謝家宅的小夥子們都在準備，便親自上前去為他們鼓舞士氣。「我方才話是那麼說，但可不希望你們輸，一成田租，謝家還給得起，有時候面子遠比銀子重要，你們若是贏了比賽，我另外有賞。」

眾人都知道謝玉嬌幹練闊氣，聽她這麼說，越發來了精神。沈石虎躲在人群最末端，正一本正經地往手腕上纏繃帶，見謝玉嬌過來，低著頭憨笑一聲，掩飾自己的尷尬，開口道：「小姐放心，小的經常帶著他們演練，這一回，我們謝家宅贏定了。」

謝玉嬌聽沈石虎這麼說，笑道：「勝敗乃兵家常事，只要你們盡力了就好。」

沈石虎不斷點頭，此時忽然聽見有人在遠處喊道：「上船了，上船了。」

他朝謝玉嬌笑了笑，跟著眾人往龍舟上去，謝玉嬌正欲去涼亭裡觀戰，忽然看見紫燕急急忙忙跑過來，臉色蒼白，帶著哭腔道：「小姐，不好了，夫人被土匪綁架了。」

謝玉嬌聞言大驚，提起裙子向前跑了幾步，就看見張嬤嬤被人扶著坐在椅子上，她看到謝玉嬌過來，顫抖著從椅子上滑下來，跪在謝玉嬌面前哭道：「小姐，夫人被一群土匪抓走了，她還拚命讓奴婢逃出來……夫人……」說到這裡，張嬤嬤已經泣不成聲。

相反的，謝玉嬌此時卻慢慢冷靜下來。大概是因為看多了警匪片，她現在可以肯定對方是衝著銀子來的，他們不該自亂陣腳，反而要制訂完善的計劃，等待土匪聯繫他們，再看看到底如何解救徐氏。

「張嬤嬤先別慌，那些人既然是衝著銀子來的，自然不會傷害我娘，我們先回謝家宅去，等待土匪的消息。」說完，謝玉嬌匆匆忙忙地轉身離去，此時鑼鼓聲響了起來，九艘龍舟齊頭並進，周圍的群眾喊叫聲四起。

忽然間，人群中響起尖叫聲，有人喊「張嬤嬤昏過去了」，只見沈石虎忽然站起來，丟下手中的船槳，跳入水中，朝岸邊游了過去。

第二十八章　聚眾救人

隱龍山位於江寧與秣陵兩縣交界處，方圓二、三十里之內，只有幾家以種茶為生的茶農。蕭老大一行人原本是朝廷分給秣陵縣的難民，但是因為當地縣官無用，加上各戶地主人家推諉，以至於百來名難民無處安置，只能靠乞討維生。

後來蕭老大在隱龍山建立青龍寨，將這些難民集中在一起生活。起初靠打獵度日，後來漸漸無法養活寨中老小，他們便開始對秣陵縣裡一些為富不仁的地主人家下手，用的大多是打劫跟上門勒索這種辦法。那些地主人家不是沒聯合起來報官或驅趕，可是蕭老大他們對山林實在太過熟悉，常常轉眼就不見蹤影；而周圍的百姓見青龍寨只搶那些惡地主，並不欺侮平民，就覺得他們是劫富濟貧的好人，因此不向官府舉報。

柴房的門一關上，周天昊就睜開雙眸，聽著外面的動靜，順勢坐了起來。

「那小子醒了嗎？」

「還沒醒，就像頭死豬，也不知道是暈過去還是睡懵了，依我看，乾脆一刀了結他。」陳老三不屑地說道。

蕭老大冷哼了一聲，開口道：「老三，殺了他，我們還是什麼都沒有，不如留著他，弄清楚他的身分。」

「老大，你說他是一隻肥牛，怎麼身上連一樣值錢的東西也沒有？」趙老四摸遍周天昊全身，只發現一面菱花鏡，忍不住問道。

原來是周天昊微服私行，怕平常戴著的那些配件洩漏了自己的身分，因此一樣都沒有放在身上，唯一帶著的，就只有謝玉嬌這一面菱花鏡。

蕭老大拿起菱花鏡看了看，覺得這不過是普普通通一面鏡子，只是背面似乎有個被硬物砸出來的小坑。

他轉過身，把鏡子丟到高老二手中，吩咐道：「既然弄不清那人的身分，就把這鏡子送到謝家，聽說那位謝小姐巾幗不讓鬚眉，大概不會對自己母親的救命恩人見死不救吧？」

高老二點了點頭，蕭老大又吩咐道：「這次你若又在半路讓人截了，就別回寨子，省得丟人。」

聽見外面的談話聲漸漸遠去，周天昊用頭頂開了擋住他視線的幾捆柴草，透過牆壁上的縫隙，看見院子裡幾個婆子正搬著柴草走動。方才他被那群人帶進柴房的時候，就瞄見門口還養著雞鴨，看著不像是個山寨，反倒像一處人們安居樂業的世外桃源。

周天昊扭了扭身子；可惜手腕上的繩索捆得結實，一時之間掙脫不了，此時外頭忽然傳來腳步聲和木棍敲地的聲響，到柴房門口卻停了下來。

「夫人別進去，裡頭關著人呢！」一位婆子開口道。

「怎麼蕭大哥又抓了人回來？上回我不是說了，不准他再抓人回來嗎？吳嬤嬤，妳和我一起進去，把那人放了吧！」那女子說道。

「哎喲，這我可不敢。蕭老大抓這個人回來，必定有他的道理，萬一是個壞人，豈不是縱虎歸山了？夫人還是別為難我了。」那婆子說著就走了。

周天昊聽見腳步聲又響了起來，急忙開口道：「這位夫人，我不是壞人，妳口中的蕭大哥想抓謝家的夫人向謝家要銀子，我救了謝夫人，才被他抓了進來。」

這話引得門外的女子一聲驚呼，可她不是開門救他，反而加快了腳步離去，留下周天昊無奈地面對空蕩蕩的柴房。

「救……救命……雲敬……救救我……」徐氏不停喃喃自語，當她猛然睜開眸子時，入目的是熟悉的青色帷帳。

謝玉嬌急忙坐到床邊，握著謝氏的手道：「娘，別怕……娘，您已經到家了。」她一邊用帕子替徐氏擦乾臉上的汗漬，一邊轉身吩咐道：「快把大夫開的安神藥端上來讓我娘喝。」

徐氏微微喘了一口氣，這才看向坐在自己床前的謝玉嬌，一把握住她的手道：「嬌嬌，是妳嗎？娘還以為這輩子再也見不到妳了。」

謝玉嬌見徐氏清醒了，才稍稍安心了些。「娘放心，吉人自有天相，如今您不是好好地待在家裡嗎？」

說著，謝玉嬌幫徐氏墊上引枕，扶著她稍微坐起來，又端起喜鵲送上來的安神藥餵徐氏，繼續道：「女兒收到張嬤嬤回報，急忙趕回家，沒想到遇上龍王廟的小道童，說您在他們廟裡，就去把您接回來了。」

徐氏低頭抿了口藥，忽然間想起了什麼。「那個年輕人呢？他回來了沒有？」

謝玉嬌微微愣了片刻，隨即笑道：「您說的是帶張嬤嬤回來的那個小夥子嗎？已經吩咐丫鬟帶他下去休息了。」

徐氏忙搖頭道：「不是他，是他們家少爺，救了我的那個人，他回來了沒有？」

謝玉嬌有些弄不明白，搖頭道：「倒是沒看見，聽那小夥子說，那個人去縣衙向康大人報信了。」

徐氏頓時心下一驚，開口道：「他沒去縣衙報信，而是半路殺出來，攔住那幾個土匪，救了我一命。」

兩人正說著，紫燕進來回話道：「小姐，外頭有人送了東西來，說是要讓小姐親自過目。」

謝玉嬌見徐氏安然無恙，原本以為這件事差不多了結了，沒想到還有後續，便說道：「去把東西拿進來。」

紫燕領命出去，不一會兒就捧著兩樣東西進來，只聽她口中唸唸有詞道：「這不是小姐去年弄丟的那面菱花鏡嗎？怎麼會在那幫土匪手中？」

謝玉嬌接過來一看，果然是自己去年弄丟的那面菱花鏡，只是她記得鏡子背面原本光滑平整，此時卻多了一個小坑，倒像是被硬物磕了一下似的。

她放下鏡子，打開隨著鏡子一起送來的信，略略看了看，嘴角綻出一絲冷笑道：「胡亂抓一個人，就要我謝家十萬兩銀子，真是笑話。」

徐氏一聽，急得從床上坐起來道：「嬌嬌，那個年輕人果真被抓了嗎？妳可一定要救他啊！他是為了救我才被抓走的。」

謝玉嬌知道徐氏一向心善，今日又受了那麼大的驚嚇，這會兒只怕是語無倫次，便回道：「娘放心，該救的人女兒一定會救，只是救之前得弄明白，我的鏡子為什麼會在那個人身上。」

徐氏壓根兒不曉得這面菱花鏡被弄丟了，她只知道謝玉嬌會處理那個人的事，便冷靜下來。「救人要緊，其他事可以慢慢再問。」

徐氏喝了安神藥，不一會兒就昏昏欲睡起來，謝玉嬌服侍徐氏歇下，命喜鵲請那位送張嬤嬤回來的小廝去書房，說完她就起身往書房去，沈石虎正在那邊等她。

「沈大哥，你其實不必跟著我們回來，要是因此輸了比賽，鄉親們會怪你的。」謝玉嬌說道。

當時沈石虎的舉動嚇壞了很多人，畢竟事關一成田租，謝家宅剩下的人還是盡力完成比賽，順利獲得第一。

沈石虎低著頭不說話，沒等謝玉嬌繼續提問，先開口道：「綁架夫人的那夥人應該出自秣陵縣青龍寨，他們原本是北邊來的難民，被分去秣陵縣，可是那邊沒有人收留他們，所以那夥人就在隱龍山結寨，目前為止大約有半年多的時間。」

「你知道這群人？」謝玉嬌好奇地問道。

「小的和陶大管家去秣陵縣那邊幾戶茶農家看茶的時候聽人說過，他們還說這群人雖然結寨，但不是為非作歹之徒，而是專門對那些地主惡霸們下手，並未危害百姓，所以小的以為……是小的失職了。」沈石虎說完，單膝跪在謝玉嬌跟前，一副領罪的態度。

「這樣看來，我們謝家在那群人眼中，也是地主惡霸了？」謝玉嬌冷笑了一聲，抬眼道：「你起來吧！這件事不怪你，只是如今還有一個人被那群人扣著，你幫我打聽打聽，青龍寨到底有多少人？有幾個是練家子？若認識什麼道上的朋友，只管請過來，銀子我付，把人給我劫出來就成。」

「小姐這是不打算報官了嗎？」沈石虎問道。

「報官有用嗎？康大人在『化緣』和取名方面是一等一的高手，招安工作恐怕不太適合他；況且康夫人去世沒多久，只怕他現在沒心思辦這些事。去查查他們的底細吧！越清楚越好。」

沈石虎點頭稱是，轉身離去。外頭丫鬟站在門外回話道：「小姐，送張嬤嬤回來的人到了。」

謝玉嬌讓丫鬟引人進來，只見他年約十七、八歲，白白淨淨，看起來不像一般人家的小廝，見了謝玉嬌，也只微微福了福身。

打量過雲松，謝玉嬌微微一笑，示意他坐下喝茶，雲松哪裡敢坐，一雙眸子滴溜溜轉個不停，心道這謝小姐果真和康大人說的一樣，既漂亮又霸氣。

雲松一時想得有些呆了，謝玉嬌見他不肯坐，也沒多說，開口道：「我問你，這東西怎麼會在你家少爺身上？」

謝玉嬌說完，伸手指了指放在案桌上的那面菱花鏡。

雲松看見那面鏡子，只當是周天昊回來了，又見謝玉嬌這樣一本正經地問自己，便笑著道：「謝小姐為什麼不親自問我家少爺呢？奴才是一個外人，不好說什麼。」

謝玉嬌瞧他那樣子，知道他會錯意了，只能無奈地笑了笑。「我是想親口問他，不過土匪只送了這東西過來，所以只能問你了……」

她的話還沒說完，雲松就臉色大變，驚呼道：「什麼？少爺被土匪抓了？謝小姐不是開玩笑吧？少爺明明說是去找康大人啊！怎麼會……」

「我騙你做什麼，他救了我娘，卻被土匪抓了起來，這是土匪送來的東西，要我明天帶著十萬兩銀子去隱龍山下的山神廟換人。」

雲松聞言，急忙跪下來道：「謝小姐，您一定得救救我家少爺，不然的話會天下大亂的。」此時他已經亂了陣腳，滿腦子想著自己要被砍頭了。

「天下亂不亂，和我們沒什麼關係，我只希望謝家能安安心心過日子。」謝玉嬌淡然開口，她低頭想了片刻，繼續道：「那些土匪大概是頭一次做這種事，十萬兩銀子說要就要，他當我們謝家的房子是用銀子砌成的嗎？」

看見謝玉嬌的態度，雲松頓時愣住了，只能跪在地上靜靜聽謝玉嬌分析。「我今天已經派人打聽青龍寨到底是什麼來路，明天一早應該能有消息。要銀子可以，只是得我說了算，你家少爺既然是路見不平，拔刀相助的仗義之人，大概能明白我這一片苦心，只能勞他在那邊多忍耐一些時日了。」

雲松很想反駁幾句，可話到嘴邊，卻覺得謝玉嬌句句都說得有道理，反倒讓自己慌亂的心稍微鎮定了一些，於是他小聲問道：「謝小姐，康大人那邊，派人去說了嗎？」

「我並不打算告訴康大人，一來青龍寨不在江寧縣境內，康大人有心無力；二來，康夫人去世沒多久，只怕他現在沒這個精神管這件事。我聽說那群土匪原來是北邊來的難民，我們謝家宅收留了那麼多難民，從沒發生過這種事，這年頭兵荒馬亂的，要是能有口飯吃，誰願意去搶劫？」

說完，謝玉嬌又掃了桌案上的菱花鏡一眼，眉梢一挑，開口道：「繞了這麼一大圈，你還是沒告訴我，我的鏡子怎麼會在你家少爺身上？」

雲松聽謝玉嬌又問起這件事，到底憋不住了，便把周天昊在戰場上受傷，卻又恰好被這面鏡子所救的事說了出來，唯獨隱瞞了周天昊的真實身分，只說他是康廣壽的表弟。

「我們家少爺這次來江寧縣，其實就是為了找到這面鏡子的主人，好好謝謝她的，只是沒想到會是謝小姐您。」

謝玉嬌聽完這個故事，雖說覺得略微荒誕，但是到底有些不好意思，她用指尖摩挲著鏡面上凹陷下去的地方，說道：「如今他救了我娘，也算是還了恩情，等我救他出來，就兩不相欠了。」

青龍寨裡，夜幕降臨，兩旁的瞭望臺上點著熊熊柴火。周天昊在這柴房中待了大半天，聽見外頭做飯的婆子們聊的都是普通人家的家常，實在不像是混山寨的賊婆子。

這麼一想，周天昊透過牆壁的縫隙對洗碗的婆子說道：「這位大嬸，我都餓了一整天了，有沒有吃的？」

「小夥子，蕭老大沒交代我給你送吃的，你還是老老實實待著吧！」那婆子頭也不回，專心地刷著木盆裡的碗。

周天昊笑道：「大嬸，可是你們老大也沒交代您不給我吃的吧？他們還指望我去換銀子呢！我要是餓死，豈不是換不成銀子了？」

那婆子一聽這話有理，正打算站起來，就看見不遠處有人拄著枴杖，慢慢走過來。

「夫人，這麼晚了，您怎麼又來了呢？」婆子問道。

「蕭大哥他們正在喝酒，我來瞧瞧那個被抓的人。」這個聲音的主人，正是之前來門外問過話的女子。

那婆子一聽，開口道：「夫人是想把那人放走吧？還是別這麼做了，蕭老大這樣都是為了夫人，這裡沒有銀子，如何能為夫人治病呢？夫人還是在外頭等著吧！方才那人喊餓，我去廚房弄點吃的過來，先讓他填飽肚子，等明日他家人來贖他，他就能走了。」

周天昊從縫隙望出去，就著周圍的火光，只見一個二十出頭的清秀婦人站在那婆子身邊，手中拄著一根枴杖，聽見那婆子這麼說，她黯然低下頭，拄著枴杖慢慢走開了。

不一會兒，柴房的門開了一道縫隙，從外頭遞進一碗飯，接著門又飛快關上了。

周天昊靠到門板背後，聽見外頭那婆子又洗起了碗，說道：「大嬸，我的手還被綁著，怎麼吃飯？」

「那你就趴著吃。」婆子滿不在乎地說。

「趴著吃怎麼吃？難道其他被關在這裡的人，也都是這麼吃的？」

那婆子聽了，冷笑一聲道：「被關在這裡的人不少，只是他們沒你這種好胃口，你是頭一個要飯吃的。」

周天昊聽那婆子這麼說，嘴角澀然一笑，單手拿起碗往地上一砸，只聽「啪嚓」一聲，地上多了一堆碎片，周天昊假裝驚呼道：「不好，飯碗被我給打翻了。」

那婆子也不生氣，笑道：「叫你趴著吃你不肯，好好一碗飯都被你打翻了，你知道這年頭一碗米飯要多少銀子嗎？活該你們這群天天雞鴨魚肉的少爺受這種罪……」她的話還沒說完，只覺得後頸一疼，整個人就暈了過去。

周天昊將那婆子拖到柴房裡，將門掩上，一個飛身上了屋頂。

白天和那群人上山的時候，周天昊就留意過了，雖然這山寨中大約只有十五、六間房子，但一路上隱形哨站不斷，那些隱藏在叢林中的木屋小樓，還有放眼望去有些格格不入的消息樹，都顯示這是個成熟的山寨。

可是那些打雜的婆子，分明就是普通的村婦，一時讓周天昊有些想不明白，他正要跳下屋頂，忽然覺得肩上一緊，身子猛然往下一沈，幸好他反應極快，一個翻身就拖著背後的人一起摔到地上。

「快說，你到底是誰，混到我們寨中做什麼？」蕭老大沈聲問道。

周天昊一個翻身，和蕭老大糾纏起來，臉上帶著幾分笑意道：「不是你們把我捆來的嗎？怎麼說是我混進來的呢？這話可是有失公允。」

蕭老大朗聲一笑，一口氣和周天昊過了五、六十招，兩人不疾不徐地切磋著，蕭老大開口道：「不管你是誰，等謝家的銀子送來，你就能離開，只是現在你還走不了。」

話音剛落，蕭老大忽然使出全力，再次和周天昊糾纏在一起，周天昊一躍而起，兩人在屋頂又展開一番爭鬥。忽然間，周天昊身子一閃，單手接住從下面飛來的一個石塊，轉手丟了出去，只聽見遠處一聲哀號，趙老四捂著額頭從牆後跌了出來。

蕭老大見狀，連忙收招，跳到趙老四面前道：「老四，我說了多少次，不能在背後偷襲人，你怎麼又犯了老毛病？」

周天昊反倒笑了起來，說道：「背後偷襲也是一種本事，只是並非每次都能成功而已。」

蕭老大拉開趙老四的手，見他額頭上多了一塊青紫，並未傷到皮肉，也知道周天昊這是手下留情，便拱手道：「這位小兄弟身手了得，蕭某佩服。」

周天昊雙手負背，轉身朝蕭老大笑了笑道：「蕭寨主，有酒嗎？」

青龍寨聚義堂中，蕭老大親自為周天昊斟滿一杯酒，兩人舉杯相碰，繼而一飲而盡。蕭老大笑道：「沒想到小兄弟的酒量如此之好，真是讓人佩服啊！」

其實周天昊並不太會喝酒，可還是硬將嗆人的酒灌入喉中，清了清嗓說道：「我母親說過，要像英雄一樣喝酒，要像勇士一樣生活，要像鬥士一樣前進。」

蕭老大嘆了口氣，淡淡道：「令堂說得很對，可大多數人只能像蝸牛一樣活著，躲在自己的殼中，跑不出去。」

周天昊淡然一笑，問道：「蕭寨主，青龍寨是您的殼嗎？您難道沒有想過，有一天能破殼而出？」

蕭老大聞言，只是為自己斟滿一杯酒，抬起頭看著漫天繁星，一飲而盡。

由於掛念著青龍寨的事，謝玉嬌一宿都沒睡好，早上起來的時候覺得微微有些頭疼，剛剛穿戴整齊，就聽見丫鬟過來傳話，說是沈石虎來了。

謝玉嬌也顧不得去徐氏那邊請安，先到了書房，只見沈石虎眼圈有些黑，顯然是徹夜未眠。

「小姐，小的連夜去隱龍山附近的村莊打探消息，青龍寨雖說有上百人，但好些都是老弱婦孺，壯丁和漢子大約只有三十來人，要是我們多帶一些人過去，還能和他們拚一場。」

謝玉嬌聞言，搖了搖頭道：「村裡的人都是種地的莊稼漢，到底不能和他們硬拚，湊個數嚇唬嚇唬人倒是可以，一會兒你讓巡衛隊的人走前頭，讓其他鄉親們在後頭跟著就好，我們人多勢眾，不需要害怕。」

說完，謝玉嬌淡淡嘆了口氣，揉了揉眉心，繼續道：「銀子我已經準備好了，就在那個箱子裡。」

沈石虎順著謝玉嬌的視線看過去，看見一旁放著一口半公尺來寬的樟木箱，蓋子微微合著，並沒有上鎖。沈石虎走過去打開蓋子，只見上頭平平整整放著銀元寶。

心頭一驚，沈石虎正要開口，謝玉嬌卻搶先道：「連沈大哥都被騙過去了，看來我這箱子做得不錯。」

沈石虎定睛一看，才發現除了最上面一層銀元寶，下面只是在隔板上鋪了一層銀色紙張，所以看上去閃閃發亮。

「最下面放了幾塊石頭，分量不輕，應該瞞得過去，到時只要人一救出來，就讓巡衛隊的人上去擋一陣子，其他人先撤走。」

沈石虎覺得謝玉嬌的計謀雖然有點危險，可怎麼樣也想不出比這更好的辦法，便說道：「既然如此，那就讓小的帶錢過去，小姐在府上靜候佳音。」

有這麼多人為自己撐場子，謝玉嬌並不害怕，只是青龍寨在江寧縣附近的一天，謝家宅就一天不能過安穩日子，畢竟難保他們沒錢的時候，又會想出別的法子，再來「化緣」一次。

「我和你們一起去，因為我還有幾句話要送給那位寨主。」謝玉嬌回道。

沈石虎知道謝玉嬌說一不二，就不再攔著她，只說：「時辰還早，小姐先用些早膳，等小的把人召集齊了，我們再一起出發吧！」

謝玉嬌從書房出來時，聽丫鬟說徐氏已經起床了，這才去正院向徐氏請安。張嬤嬤經歷昨日一場驚嚇又昏倒以後，暫時起不了身，因此今日徐氏身邊只看到百靈。

徐氏穿著一件家常的月白纏枝褙子，臉色蒼白，從裡間走出來的時候步履還帶著幾分虛軟，謝玉嬌看見了，急忙過去親自扶她坐下。「娘怎麼不多睡一會兒，這會兒時辰還早呢！」

只見徐氏愁眉苦臉道：「哪裡還睡得著，一閉眼就想到昨日的事，我們謝家素來積善，怎麼會遇上這種事情呢？」

說著，她忍不住拿帕子壓了壓眼角，聽說謝玉嬌是從書房過來的，又問道：「你們商量好怎麼去救那位公子了沒有？」

謝玉嬌知道徐氏欠了人情，肯定恨不得現在就掏出十萬兩銀子把人給贖回來，便笑著道：「說來也巧，那位公子是康大人的表弟，他年前還在軍隊中，是受了傷才回家的。」

說到這裡，謝玉嬌頓了頓，又道：「其實這世上還真有不少巧合的事，去年做棉襖的時候，我一時大意，把菱花鏡落在棉襖裡頭，後來那件棉襖被那位公子拿去穿，沒想到鏡子在戰場上替他擋了一箭。聽他那個小廝說，他原本是來探望康大人，順便想找到鏡子的主人道謝的，如今他正巧救了娘一命，可見是老天爺幫著他還這份恩情，娘就不必太掛懷了。」

謝玉嬌這樣說了一大堆，本意是想讓徐氏寬心，反正自己無意間救過那人一命，如今只是剛好反過來而已，希望徐氏別把事情想得太嚴重，可徐氏一聽，頓時就生出別的想法來。

一想到周天昊那一表人才的模樣，徐氏不禁心疼起來，蹙眉道：「如何能不掛懷？妳的鏡子替他擋了一箭，那是他運氣好，如今他救我，卻是俠義心腸，這根本就是兩回事，妳快用銀子把他換回來，我還要好好謝謝他呢！」

謝玉嬌見這招對徐氏不靈驗了，便笑著道：「娘放心吧！女兒這就去，只是您好歹讓我歇口氣，吃點東西再走。」

徐氏反應過來，這才吩咐外頭的丫鬟道：「我心一急就忘了，妳們快去廚房傳膳，只準備小姐的就好，我一時還吃不下。」

等謝玉嬌用過了早膳，丫鬟進來回話，說沈護院已經召集眾人在門口等著了，謝玉嬌一聽就站了起來，往門外去。

徐氏急忙往前走了兩步，喊住謝玉嬌道：「嬌嬌，千萬不要和那些土匪講道理，那些人都是一些亡命之徒，妳只要遠遠躲著，讓沈護院處理就好了。」

謝玉嬌轉身點了點頭，淺笑道：「娘放心，他們要的是銀子，不會傷人的。」

徐氏一臉擔憂地送謝玉嬌到門口，接著便雙手合十，默唸了幾句「阿彌陀佛」。

謝玉嬌走了出去，見黑壓壓幾排人都站在謝家門口，有提著鐮刀的、有扛著鋤頭的，也有拎著扁擔的。他們見謝玉嬌出來，一個個都振奮起來，有個年輕人安慰她道：「小姐別怕，有咱們在，那群土匪還欺負不到我們謝家宅來，咱們今天就帶人過去，把青龍寨給鏟平。」

面對這些人的熱情，謝玉嬌頓時感動得不知該說什麼才好，一雙眸子不禁紅了起來。她平常不過就是照自己的良心辦事，仔細照顧謝家宅的鄉親，可這對謝家來說並算不上什麼大事，只是遵照謝老爺留下來的傳統罷了。

「玉嬌在這裡謝過各位，世道混亂，我知道大家都希望吃上一口安穩飯，那青龍寨與我們謝家宅井水不犯河水也就罷了，如今既然出了這種事，我自然不能袖手旁觀，只是大夥兒家裡都上有老、下有小，本不必跟著我冒險，如今只能先道一聲謝了。」

沈石虎站在謝玉嬌身旁，正囑咐幾個小夥子去書房把那一箱「銀子」搬出來，眾人聽了都憤憤不平，有人開口道：「小姐，這些銀子就算留著餵狗，也不能給那些賊人啊！就讓沈大哥帶著我們，把他們的山寨給鏟平。」

謝玉嬌見群情激憤，開口道：「若是能不動粗，還是不動粗得好，那位公子是我娘的救命恩人，就算費一些銀子，也沒什麼。」

包括巡衛隊在內，在場眾人畢竟都是些莊稼漢，到底不想真的動刀動槍，聽謝玉嬌這麼說，也都沒什麼異議。

第二十九章　峰迴路轉

謝玉嬌帶著紫燕，上了中間一輛馬車，前後還各有好幾輛馬車。沈石虎親自為謝玉嬌趕車，而雲松一覺睡到現在，聽說謝家要去救人，急急忙忙趕了出來，跳上謝玉嬌的馬車。

紫燕見了，趕忙說道：「要死了，也不看看這車裡坐著誰？你快下去。」

謝玉嬌瞧雲松瘦小的樣子，又想起他昨日救了張嬤嬤一命，還帶著她向自己報信，便說道：「讓他坐裡面吧！反正也寬敞。」

紫燕聽了，挑眉掃了雲松一眼，接著就靠在謝玉嬌身邊坐下。

「謝小姐，你們村裡人可真多啊！」雲松拉開簾子，看著後面跟著的馬車，不禁感嘆起來。睿王府也養了不少府兵，可是怎麼感覺還沒這些莊稼漢多呢？一個王爺的排場，竟不如一個地主家的小姐大……

「他們都是村裡的鄉親，是過去替我壯膽的。」謝玉嬌低下頭說道。如今她的心情淡定得很，若真是徐氏被那些人抓去，只怕此時的她就像熱鍋上的螞蟻吧！「我昨日聽你說，你們家少爺在戰場上殺過敵，那他應該會一些拳腳功夫，是不是？」

「我們家少爺功夫可好了，小時候就跟著師父練過，打仗的時候，還一箭射死了敵方的大將軍呢！」雲松興奮地說道。

謝玉嬌淡淡應了一聲，把這件事當笑話聽。一個拳腳功夫「可好了」的人，遇上四個土匪，居然會被抓走，可見雲松說的話有多少水分。

雲松見謝玉嬌不信，著急道：「謝小姐，這可不是假話，我家少爺和韃子打了場勝仗，是因為受傷才回京休養的，少爺真的很厲害啊！」

紫燕聽了半天，有些聽不下去了，嘟著嘴道：「要是真的那麼厲害，怎麼不自己逃出來呢？我家小姐為了要救他，一個晚上都沒睡好。」

謝玉嬌心想果然是自己的丫鬟貼心，又看見雲松滿臉尷尬，便笑著道：「確實挺厲害的，至少把我娘救出來了。」

雲松還想再說些什麼，到底覺得底氣有些不足，就不再多說了。

蕭老大是山西太行山人，那個地方九溝十八寨，他從小就在寨子裡生活，要不是一次去寨子外頭辦事時被人暗算了，他如今還是寨子裡的三當家。說來事情就是這麼湊巧，他被山下一戶姓韓的地主人家救了，那戶人家沒有兒子，只有一個年方十六的女兒，他們兩個日久生情，蕭老大就順理成章做了他們家的上門女婿。

原本以為日子能一直這樣安安穩穩過下去，誰知道一年前韃子進村，將韓家的東西搶奪一空，等大雍軍隊趕來的時候，韓家的老夫婦已經慘死，只有蕭老大帶蕭夫人逃了出來，變成南下的難民。

朝廷分配他們一群人到秣陵縣安置，原以為能有個棲身之所，可當地的地主們，卻還是不肯給他們一塊地耕種，最後他們只能到處乞討。

蕭老大就是在此時萌生了結寨的想法，他將那些難民集合起來，在秣陵和江寧兩縣三不管地帶，建了一個青龍寨。因他小時候在山寨生活過，所以一應規矩都清清楚楚，大家便推舉他當山寨的老大，可是與此同時，百來人的生計問題，也落到了他頭上。

這一帶的山林不像太行山中的深山老林，並沒什麼大型猛獸出沒，只靠一些山禽、野兔，壓根兒養不活寨中老小，所以蕭老大才會帶人去搶那些名聲不好的地主。

青龍寨人多勢眾，加上他自己又有些拳腳功夫，能唬住那群膽小的地主人家；至於為什麼要綁謝夫人，做一票大的，其實是因為蕭老大覺得有些累了，若能得了這筆銀子，大夥兒可以考慮一起逃去別處，置地安家，或是各家都拿些錢去做點小本生意，往後各自營生。

當然……對他來說最重要的一點，就是治好自己妻子的腳。在韃子闖入韓家的過程中，他的妻子被砍傷了腳，若不是這樣，他也不會救不了韓家岳父和岳母。只是逃難這一路上，實在沒辦法讓妻子接受大夫診治，雖然如今她只能拄著枴杖走路，但蕭老大還是堅信有大夫能醫好她的腳。

蕭老大迷迷糊糊地睜開眼睛，動了動身子，卻發現渾身被捆得結實。

「小兄弟，你既然要走，為什麼昨晚不走，還要趁著我喝醉把我捆起來，豈不是趁人之危？」蕭老大無奈地扭動了一下，蹙眉看了靠牆躺著的周天昊一眼。

周天昊皺了皺眉頭，睜開眼睛道：「我自己也喝醉了，捆你做什麼？」

他正想起身，卻發現自己動彈不得，便對蕭老大說道：「我也被捆住了，這是怎麼回事？」

話音剛落，柴房大門忽然被打開了，陳老三帶著幾個年輕小夥子站在門口，開口說道：「老大，當初結寨的時候你怎麼說的？說要帶兄弟們吃香喝辣，永遠不被那些有幾個臭錢的富人們瞧不起。可如今呢？大夥兒跟著你，吃不到幾頓飽飯就算了，你還讓兄弟們開山墾荒，留銀子買糧食種子，這是想讓兄弟們再過以前那種被地主欺負的日子嗎？」

說完，陳老三忽然笑道：「這也難怪，你當初就是韓家的上門女婿，做慣了收租的事，如今想變個法子，讓兄弟們再供著你？」

此時外頭幾個年輕小夥子有些激憤，陳老三繼續說道：「昨天就是因為老大不中用，才讓謝夫人逃走，不然十萬兩的銀子，今日就到手了。」

眾人聽了，越發激動起來，還有人舉起武器喊道：「去謝家搶銀子。」

柴房裡正吵鬧不休，忽然聽見山下響起了哨聲，幾個年輕小夥子到山寨口望了一眼，嚇得連連退了幾步，其中一個人走到陳老三跟前開口道：「三當家，山神廟那邊來了好多人，估算有百十來個。」

這些小夥子沒什麼真本事，每次和蕭老大他們下山，都是仗著人多勢眾，如今瞧謝家一夜之間就召集了這麼多人，不禁緊張起來。

周天昊見時機成熟，朗聲道：「兄弟們可否聽小弟一言？昨夜我和蕭老大把酒言歡，可謂是不打不相識，也知道大家原本都是大雍的百姓，如今讓你們在這山林裡過著朝不保夕的日子，是朝廷的錯，也是皇上的錯。」

眾人聞言，都好奇地盯著周天昊，瞧他不過二十歲出頭，卻敢這樣光明正大說皇帝壞話，倒是不簡單。

周天昊見他們漸漸冷靜下來，便繼續道：「但皇上只有一人，天下的百姓卻有千千萬，他一人如何照顧所有百姓？若是有不周到的地方，我替朝廷、替皇上向大家請罪。」

說著，周天昊起身低下頭，換上一副肅然的神色，接著道：「大家聽我一言，江寧縣的知縣康廣壽大人，是乙未年的狀元郎，其父康顯宗乃是帝師。他是個好官，你們若是肯放下手中的武器，我便帶你們去見康大人，讓他為你們安置去處；就算不能衣食無憂，但必定不再這般清苦，最重要的是，從此不必再躲躲藏藏，可以光明正大地當大雍的百姓。」

「我們……我們為什麼要聽你的？」人群中有人質疑道。

「三當家說，我們現在就是土匪，下山以後要吃牢飯，你不會是騙我們的吧？」又有人說道。

陳老三見眾人情緒激動，說道：「他就是個騙子，我們不要相信他，等謝家的銀子到手，我們有錢買地，到時候就不必窩在這窮山僻壤了。兄弟們，帶他們走。」

蕭老大見陳老三要抓他們，忽然抬腿往陳老三腰間繫著的刀一踢，刀就這樣出鞘，往半空中飛，周天昊一個轉身接住了刀柄，手轉了幾下，麻繩全落了地。

周天昊甩開手腕上的繩子，揉了揉被捆過的地方，接著對蕭老大說：「多謝。」

眾人哪裡見過這樣的身手，全都震驚於剛才那完美的一幕，啞口無言。

接下來周天昊一刀劈開蕭老大手腕上的麻繩，再將刀丟到他手中，然後扯開衣裳，露出胸口緊實有力的肌肉，還有身上幾處帶著粉色疤痕的傷口。

「國家興亡，匹夫有責。實不相瞞，幾個月前，我還在北方對抗韃靼大軍，因為負傷才被家中長輩勒令回京。雖然此刻我人不在北方，可心卻在戰場，我一定幫你們搶回家園，但是請你們不要掠奪別人的心血。相信我，大雍一定不會繼續讓百姓流離失所，也一定會想盡辦法讓你們重返家園的，如今你們暫且忍耐，我絕對會讓康大人妥善安置你們。」

這些小夥子都是十七、八歲的年輕人，本就血氣方剛，聽周天昊這麼一說，不禁熱血沸騰起來，就連原本帶頭造反的陳老三，也不再持反對意見。

有個人開口說道：「壯士，我不需要安置，只要照顧好我爹娘就成，我要跟著你上戰場，殺韃子。」

周天昊拍了拍他的肩膀道：「好樣的，我們一起殺韃子。」

一直沒吭聲的蕭老大，此時也喊道：「帶上我。」

周天昊轉身與他擊掌，點頭道：「好，帶上你。」

有人看到周天昊一身傷，好奇地問道：「壯士，為什麼你的箭傷在後頭，是不是你逃跑的時候被射中了？」

這問題實在有點尷尬……周天昊清了清嗓子，笑道：「在戰場上哪有地方讓你逃跑？我是運氣好，背後剛好擱了一面護心鏡，所以逃過了一劫。」說到這裡，他想起他的鏡子被蕭老大拿走了。

「我那鏡子呢？上哪兒去了？」周天昊問道。

蕭老大先是一愣，隨即才反應過來，回道：「送謝家去了。」

周天昊大驚，口中唸唸有詞道：「這下完了……暴露了來意。」

謝玉嬌一行人到了隱龍山下，果然見到一處破舊的山神廟。沈石虎帶人先去四周檢查一番，見沒什麼異狀，才請謝玉嬌下來。

下了馬車之後，謝玉嬌抬起頭開始觀察周遭的環境，沈石虎指著山谷中兩株青松說道：「那是消息樹，方才我們到的時候，就聽見了鳴哨聲，只怕現在他們已經在路上了。」

謝玉嬌聽了覺得很有意思，道：「以後在謝家宅也這麼做，要是有可疑的陌生人進村，我們就能提早防範。」

經歷這次事件，謝玉嬌越發小心謹慎，沈石虎知道她嚇得不輕，安撫道：「小姐不必害怕，謝家宅還是很安全，這些土匪並不敢上門挑釁。」

謝玉嬌稍稍放心了些，看青龍寨的人還沒下來，往前走了兩步，見山神廟裡供著山神的尊位，便雙手合十，合上眸子默默祈求起來。

約莫過了小半個時辰，周圍還是一點動靜也沒有，謝玉嬌見沈石虎站在山神廟外頭看著山頂上的寨子，忍不住問道：「沈大哥，他們會不會是見我們帶了這麼多人，就不敢下來了？」

沈石虎一時之間沒什麼主意，見謝玉嬌似乎有些擔憂，便道：「既然他們不敢下來，那小的就上去一趟，探個究竟。」

謝玉嬌聽沈石虎這麼說，忍不住搖頭笑道：「沈大哥別急，我們是來送銀子的，要銀子的人不急，我們更不著急，等著吧！」

沈石虎聞言，憨憨地笑了笑，道：「那小姐在這邊等一會兒，小的過去看看兄弟們。」

謝玉嬌點了點頭，正要轉身在山神跟前再拜幾拜，就聽見外面人群中有人高喊。「山上有人下來了，兄弟們，拿好手中的傢伙，和他們幹一場。」

沈石虎急忙跑上前去，果然見到一群人正浩浩蕩蕩往下走。不只是巡衛隊，其餘拿著鋤頭、扁擔的村民都緊張起來，各自握緊手中的傢伙，睜大雙眼等山上的人過來。

雲松竄到了前頭，用手遮住日光，伸著脖子往上頭看去，臉上閃過一絲驚喜之色，興奮道：「大家快放下武器，我家少爺領著山上的人下來了。」

此時謝玉嬌也帶著紫燕走到人群最前方，雲松看見謝玉嬌靠過來，一個勁兒地說道：「謝小姐，您看我沒騙您吧？我就說我家少爺可厲害了，他可是……」

雲松一時高興，差點兒就說出周天昊的真實身分，幸虧及時反應過來，乾笑了兩聲道：「他可是吉人自有天相呢！」

謝玉嬌鬆了口氣，顧不上雲松說了些什麼，只看著遠處一群人簇擁著兩個年輕人往這邊過來，其中一人雖然看上去俊朗瀟灑，但袒胸露背的，實在讓人有些不敢恭維。

周天昊領著眾人下山，遠遠就看見一位身穿白衣的女子站在人群之中，有如出水芙蓉一般。不知道為什麼，周天昊感覺到那女子銳利的視線，頓時覺得有些緊張，便拍了拍蕭老大的肩膀道：「蕭寨主，借你的衣服一用。」

蕭老大原本就是一介草莽，根本不在乎這些，爽快地脫下自己的外衣遞給周天昊，挺著胸繼續往前走。謝玉嬌看著領頭那兩個男人莫名其妙的換衣動作，有些不明所以，不過現在她也懶得再去想了。

青龍寨的人一走近，謝家眾人手中的傢伙就越握越緊，只有雲松高興地迎了上去，他看見周天昊穿著一件粗布衣裳，手臂上還血跡斑斑，驚訝地說道：「少爺，您怎麼又把自己弄傷了？咱們快去康大人那裡，讓他請個大夫替您瞧一瞧。」

謝玉嬌見來人並沒打算動手，這才朝著周天昊微微福了福身子道：「這位就是救了家母的好漢吧！請受小女子一拜。」

謝玉嬌天生聲音清脆，模樣又粉妝玉琢，可她平時辦事時一本正經，甚至帶了點冷酷，這一福身，雖說顯得柔媚，卻還是挺有氣勢的。

周天昊看著謝玉嬌盈盈一拜，雖然溫婉有禮，卻顯出不卑不亢的氣節，讓看慣了京城淑女的他頓時眼前一亮。

一時之間，周天昊只覺得有些愣怔，正不知道開口說些什麼才好時，雲松就迫不及待地提醒他道：「少爺，謝小姐向您行禮呢！您還不快請人家起來，她可是您的救命恩人呢！」

謝玉嬌被說是救命恩人，倒是有些臉紅，周天昊此時反應過來，趕緊說道：「謝小姐請起。」

他看周圍浩浩蕩蕩來了許多村民，淡笑道：「難為妳還帶了這麼多人來相救，我真是受寵若驚。」

謝玉嬌起身，淡淡掃了周天昊一眼，輕笑道：「這是應該的，你救了家母卻反被抓，我救你是理所當然。」

平常周天昊時常聽康廣壽提起謝玉嬌，對她的印象就是朵玫瑰花，雖然外表好看，但誰要是敢占她半點便宜，只怕會被她扎得千瘡百孔。如今瞧謝玉嬌這謙卑的模樣，一時之間有些摸不著頭緒。

周天昊不知如何回話，謝玉嬌就繼續道：「既然公子已經脫險，就請和我回謝家宅去，我好盡地主之誼，順便請個大夫替公子診治。」

有美人請自己去她家，只要是個男人都會同意，不過周天昊想起方才答應青龍寨中兄弟的事，婉言謝絕道：「謝小姐的好意我心領了，只是我說好要帶這些兄弟去請康大人安置，不讓他們繼續留在隱龍山當土匪。」

謝玉嬌聽了，不禁有些佩服周天昊，又想起康夫人剛剛故去，康大人必定心神難安，這群難民數量不少，若要安置，少不得還要謝家出面。

她低著頭想了半天，雖然知道這事難辦，卻還是咬牙開口道：「我聽說青龍寨裡的人原本都是北方來的難民，出於無奈才結了山寨。我們謝家雖然勢單力薄，可先父素來有憂國憂民之心，也曾幫助過不少難民，謝家別的沒有，在江寧和秣陵一帶，還有幾畝薄田，你們若是願意留下來過普通的日子，我可以分地給你們耕種。」

說到這裡，謝玉嬌眼底閃出幾分銳利的精光，繼續道：「我們謝家都是老實人，我能保證絕不做欺壓百姓的事，但若是有人吃謝家的飯，卻想刨謝家的牆角，那就自便吧！」

山寨中的漢子們聽了這話都竊竊私語，後面跟著的一些姑娘、媳婦和婆子也交頭接耳起來。此時只見人群後方，有個拄著柺杖的女子緩緩往前頭來，她走到蕭老大身邊才停了下來，說道：「相公，我們就把山寨散了，讓鄉親們去種田吧！」

蕭老大喉頭微微一動，聽蕭夫人繼續道：「如今寨子裡，除了一幫年輕小夥子，還有待嫁的姑娘，更有處在學齡的孩子，我們避世容易，可他們怎麼辦？姑娘們嫁不出去，孩子們又沒地方念書，難道要一輩子躲在山裡嗎？我們沒有地，只能靠搶人過活，朝廷總有一天會來對付我們，到時候自己死了不打緊，還要搭上一家老小的命，這又何必呢？」

謝玉嬌聽女子說得有理，便開口道：「謝家宅有義學，可以免費讓你們的孩子去念書；

至於待嫁的姑娘，抬頭看一眼吧！我們謝家宅的小夥子，夠不夠妳們挑？」

此話一出，青龍寨那些躲在後面的姑娘們都害羞起來，一個個低下頭不說話。

謝玉嬌頓了頓，繼續道：「我給你們三天時間考慮，若是你們想好了，三天之後，就把願意跟著謝家的名單交上來，我必定為你們安置周全。」

這話說得鏗鏘有力，眾人為之嘆服，有個小夥子開口道：「謝小姐要是真的能幫我們把家人安置好，我們就跟著這位壯士打仗去。」

不少人紛紛附和道：「對，我們要跟著壯士打仗去。」

謝玉嬌轉頭掃了周天昊一眼，見他眼神中帶著幾分得意看著那些人，有些無奈地皺了皺眉頭，一改方才對周天昊的稱呼，說道：「壯士，請。」

回去的路上，謝玉嬌特地讓周天昊和雲松單獨搭一輛馬車，周天昊好不容易鬆了口氣，便安靜地靠在車廂壁上閉目養神。

雲松瞧周天昊疲倦又邋遢的模樣，委屈道：「少爺，您什麼時候能別這樣折騰自己呢？奴才從小就跟著您，這回都被您嚇得尿了好幾回褲子了。」

周天昊抬眼掃了雲松一眼，不屑道：「你膽子小，賴在我身上？」

雲松見周天昊不生氣，便悄悄湊上去，小聲道：「少爺，您覺得謝小姐長得好看嗎？」

「好看也跟你沒什麼關係。」周天昊隨口答道。

雲松聽了嘻嘻笑起來，帶著幾分諂媚道：「奴才覺得謝小姐不光是好看，還有俠義心腸，那些土匪昨日才送信過去，今日一早謝小姐就帶著人來救您了，您瞧瞧，這效率可不比咱們家的府兵差呢！」

周天昊點了點頭道：「嗯，效率確實很高，隨便扛一把鋤頭就能湊數了，你拿他們和我的府兵比？」

還沒等雲松躲開，周天昊一記爆栗就敲在他腦門上，連帶扯開了自己手臂上的傷口，疼得齜牙咧嘴起來。

第三十章　肢體接觸

自從謝玉嬌出門之後，徐氏便不吃不喝地跪在佛堂裡唸經，又命丫鬟派人在村口守著，只要一有消息就回來稟報，老姨奶奶、大姑奶奶等人也在大廳裡等消息。

寶珠和寶珍兩個孩子暫且交給奶娘照顧，大姑奶奶看徐蕙如一言不發地坐在椅子上，心想她只是個小姑娘，父親又不在身邊，難免感到恐懼，便上前安慰道：「蕙如不用害怕，那些土匪都是欺軟怕硬，聽說嬌嬌帶了百來個人過去，一定能把人救出來的。」

徐蕙如點了點頭，擰著手中的帕子，低聲道：「要是爹在家就好了，這樣表姊也不用親自出面。」

雖說徐禹行如今不再往北邊去，可只要有做生意的機會，他還是多少會往南邊跑。古代的女人對男人都有一種依賴的心理，謝玉嬌做得再好，總歸是個姑娘家，將來還是要找個男人嫁了，然後跟其他女人一樣相夫教子。

老姨奶奶聽了這話，跟著說道：「過幾日我也勸勸夫人，為嬌嬌找上門女婿這件事，可得早些物色起來，真等出了孝才開始張羅，嬌嬌都要十七歲了，要是一時沒個合適的人選，再耽誤個一、兩年，就是老姑娘了。」

大姑奶奶聽老姨奶奶這麼說，笑著道：「姨娘這會兒怎麼不盤算著讓嬌嬌嫁出去了？」

老姨奶奶知道大姑奶奶是故意拿話刺她，也不生氣，只道：「不就是沒辦法嗎？朝宗還是個奶娃，這個家沒了嬌嬌也不成啊！」

大姑奶奶見老姨奶奶終究屏除對謝玉嬌的成見，不禁高興起來，只是想起自己一直留在謝家，到底不是長久之計，又多了幾分擔憂，怕再次遇人不淑，讓兩個孩子跟著自己受苦。

徐蕙如見大姑奶奶忽然皺起眉頭來，正要開口問幾句，就看見鄭婆子一邊跑一邊往裡頭大喊道：「夫人……夫人……小姐回來了，身邊還有一個俊俏的公子，已經到大門口了。」

大姑奶奶聽了，大喜道：「快去佛堂請夫人出來。」

老姨奶奶跟著站了起來，聽鄭婆子說有位俊俏的公子，忍不住問道：「妳從二門口過來，人家才到大門口而已，怎麼知道那是個俊俏的公子呢？」

鄭婆子聽了，笑著道：「那是門口回話的小廝說的，奴婢這把年紀，眼睛早就不行了，就算站在跟前，也未必能瞧出個子丑寅卯來呢！」

此時徐氏從佛堂裡頭出來，正巧聽見了她們的對話，便回道：「可不是，就是個俊俏的公子呢！別以為他只是模樣好，還有功夫呢！一個打三個，硬是救了我一命。妳還站著做什麼？快去把他請進來。」

鄭婆子連連稱是，大姑奶奶與老姨奶奶見事情順利解決，便各自告退。徐蕙如知道有男客進門，雖然很擔心謝玉嬌，也只能乖乖退下了。

周天昊揉了揉眉心，慢慢地從馬車上下來。昨晚雖然喝得不多，但他的酒量實在不怎麼樣，方才在眾人面前一路忍著，這會兒卻覺得有些頭痛難耐。

雲松瞧周天昊精神不濟的樣子，心中很是擔憂。「少爺，要不咱們還是去康大人府上休息幾日吧！上回太醫說過，您身上的傷要靜養，可是您偏偏偷偷跑出來，要是『上頭』怪罪下來，奴才的小命就不保了……」

他的話還沒說完，周天昊就開口道：「還記得我們來這一趟是為了什麼嗎？」

雲松皺眉想了想，回道：「報恩。」

「那這裡是什麼地方？」周天昊又問道。

雲松眼睛一亮，脫口而出。「恩人家。」

周天昊點點頭，眉梢一挑，跟在謝玉嬌身後，大大方方進門。

謝玉嬌走著、走著，微微轉過頭來，只見周天昊上身穿著粗布衣裳，下面卻踏著銀線鑲邊的綢緞靴子，要說多不搭，就有多不搭，強忍著笑，吩咐道：「紫燕，妳去舅老爺房裡，拿一身乾淨的衣服讓這位公子換上。」

周天昊低頭謝過，雲松在一旁開口道：「請問謝小姐，府上可有金創藥？好先為我家少爺處理一下傷口。」

謝玉嬌點了點頭，吩咐迎出來的陶來喜道：「陶大管家，你派個小廝去把仁安堂的大夫請過來，好好為這位公子診治。」

周天昊一聽，笑道：「多謝謝小姐，在下姓楊，木易楊，謝小姐若是不嫌棄的話，可以稱呼我一聲楊大哥。」

謝玉嬌抬起眸子看了周天昊一眼，並未搭話，反倒向迎過來的鄭婆子開口道：「鄭嬤嬤，妳先帶這位楊公子去客房休息，楊公子若是有什麼需要，只管照辦，接著等大夫過來為他診治就好了。」

鄭婆子點頭應了，領著周天昊與雲松往客房去，雲松縮著脖子跟在周天昊的身後，小聲道：「少爺，奴才怎麼覺得謝小姐有點嫌棄您呢？」

周天昊向雲松掃去一記眼刀，嚇得雲松整個身子抖了一下，頭也低了下去。

謝玉嬌才剛步入正院，徐氏就急忙從大廳中迎了出來，她見謝玉嬌身後並沒有別人，問道：「那位公子呢？怎麼沒跟著妳一起進來？」

知道徐氏心急，謝玉嬌還是不疾不徐地回道：「正院裡都是女眷，我讓鄭嬤嬤領著他去客房休息，他身上受了一些傷，已經命人去請大夫了，只怕這一天一夜他也折騰得夠嗆，娘先讓他好好歇一會兒再說。」

徐氏見謝玉嬌安排得井井有條，自嘲道：「我顧著想見他好好謝一回，倒是忘了這些事。」說完，她喚了自己的丫鬟百靈到跟前。「妳去鄭嬤嬤那邊看看還有沒有什麼要幫忙的，這幾日妳就留在外院服侍那位公子吧！」

謝玉嬌瞧百靈應了，正要往外院去，便道：「妳先吩咐廚房熬一碗醒酒湯送過去吧！」

原來周天昊下馬車的時候，謝玉嬌就聞到一股酒味，她鼻子本來就好，又天生對酒味敏感，周天昊昨晚喝了一些，今天又穿了和他一起喝酒的蕭老大的衣服，那味道讓謝玉嬌不嫌棄都難。

徐氏見謝玉嬌這般細心，不禁想歪了，悄悄多看了她幾眼，可是謝玉嬌神色卻泰然自若，徐氏倒也沒什麼好說的了。

謝家的客房整理得很整潔，讓人一看就覺得舒適，周天昊也很滿意。不久後，鄭嬤嬤就送了乾淨的衣服過來，雖然看起來小了一些，但至少比他身上這件好上許多。

周天昊脫下衣服，左臂上那處刀傷便完全裸露在外。雲松拿著沾濕的帕子，輕輕替他擦去傷口兩旁的血跡，說道：「殿下，您怎麼沒上戰場也能把自己弄得滿身傷？這一身疤痕，將來王妃見了，不知道會多心疼呢！」

雲松見房間四下無人，又不像在外面說話時要時時注意可能被人聽到，便大方喊起周天昊「殿下」。

周天昊疼得臉都皺了起來，可嘴上卻還不服輸。「身上沒幾道疤，算是個男人嗎？」

雲松皺著眉頭想了半天，忽然笑了起來，說道：「按照殿下這說法，奴才也是個男人了？」

周天昊低下頭，往雲松褲襠處瞄了一眼，搖頭道：「你那個除外。」

這對主僕正互相調侃，忽然聽見外頭傳來丫鬟的聲音。「公子，我家小姐讓奴婢給您送醒酒湯來了。」

周天昊聞言一愣，沒想到謝玉嬌如此細心，還能察覺到他喝了酒，頓時覺得一顆心暖暖的，暫時忘了方才謝玉嬌那嫌棄他的表情，笑著道：「妳端進來吧！」

百靈端著醒酒湯進來，抬頭看了坐在一旁上藥的周天昊一眼，見他後背上密布著大小傷痕，不禁嚇了一跳，急忙放下手中的茶盤，躬身退了出去。

雲松看見百靈緊張的樣子，忍不住低聲嘮叨起來。「殿下，您瞧瞧，連丫鬟都嚇壞了，將來王妃看到可不嚇死？聽說皇后娘娘有個什麼玉膚膏，等咱們回京城，奴才替您求一些過來，好歹去掉幾道疤痕，瞧著也好看些。」

周天昊聽雲松囉嗦了半天，眉頭一皺開口道：「就你多事，人家都說女人嘴碎，你這半個男人怎麼反而比好幾個女人還囉嗦？」

說完，周天昊只覺得後腦勺脹得生疼，端起一旁茶几上的醒酒湯，一飲而盡。

謝玉嬌從徐氏房裡出來後，就命喜鵲把劉福根喊進書房。昨天她雖然聽雲松說過周天昊的身分，可到底有些不敢確定，她做事素來小心，便要劉福根過來，好問個清楚。

「老奴在康大人府上辦差的時候，確實見過這位公子，康大人說是他從京城來的表弟，不過具體是什麼人家，老奴並沒有細問，只聽說姓楊。」

從劉福根這邊得到的資訊，跟昨天雲松說的並沒有任何出入。其實謝玉嬌原先沒起什麼疑心，可是今日這件事辦得實在太過順利了，浩浩蕩蕩帶了一群人去，還沒動真格就被那小子給搞定了，就連她這般精明的人也有些摸不著頭緒。

送走了劉福根，謝玉嬌站了起來，一個人在窗前走來走去，眉頭漸漸皺了起來。謝家目前的生活看似平靜，卻時不時有意外發生，這次的事對謝玉嬌而言是個警告，身處這樣的亂世，光有銀子是不夠的，戰爭能破壞所有東西，包括現在謝家擁有的一切。

想到這裡，謝玉嬌不禁嘆了口氣。

周天昊喝了醒酒湯，這一覺睡得極好，等他醒過來的時候，聽見雲松引了人進來。「我家少爺身子骨兒還算健朗，不過昨日受了點傷，還請大夫進來看看。」

談話間，雲松已經帶著人進了房間，周天昊從床上坐起身來，大掌往臉上擦了一把，就見雲松把大夫領到了自己跟前。

跟班的小廝把大夫的藥箱放下，站在一旁恭恭敬敬候著，大夫替周天昊把過了脈，才說道：「這位公子的身子沒什麼大礙，好好休養幾日就行了。」

周天昊此時剛剛睡醒，只覺得腦袋還不是很清楚，而且後腦勺仍舊有些脹痛。這時候他才想起昨天被高老二拿石塊砸了一記，倒是錯怪那些酒了。

「大夫，我昨日被人用石塊砸了，這會兒頭疼得厲害，您幫我看看。」周天昊說道。

大夫聞言，順著周天昊指著的地方，用手撥開頭髮仔細查看，只見頭皮腫了很大一塊，膚色青紫，大夫驚道：「這裡已經撞出瘀血來，難怪方才這位小哥說公子頭痛難忍，原來是這個原因。在下先開一帖活血化瘀的藥，公子喝上幾日，看疼痛能不能稍稍緩和。」

周天昊謝過大夫，命雲松親自送他出去，自己則下床走到外間，他正要倒些熱茶來喝，忽然有人從簾子外頭閃了進來，慌忙倒了茶遞給他，還小心翼翼地說道：「楊公子有什麼吩咐，只管說一聲，奴婢就在外頭候著。」

話一說完，百靈立刻退回簾子外，留下一時愣住的周天昊。

周天昊有些受寵若驚，默默端起茶盞抿了一口，只覺得茶味清香，是上好的明前雨花。

雲松送走大夫後回來房裡，見周天昊臉色好了不少，笑著道：「謝小姐真是挺細心的，這麼快就把大夫請了過來。」

周天昊瞧了一臉諂媚的雲松一眼，抖了抖嘴角道：「還細心呢！我一天一夜沒吃一口飯，一來就給我灌了一碗醒酒湯，嘴巴都泛酸呢……」

話還沒說完，便聽見百靈在簾外恭恭敬敬地說道：「楊公子，廚房送了吃的過來，您要不要用一些？我家小姐說了，楊公子一醒就去廚房傳膳，這些都是現做的，還熱著呢！」

周天昊尷尬地笑了笑，一旁的雲松揚聲向外頭回道：「百靈姊姊，先讓人拿進來放著吧！我家公子一會兒就吃。」

其實謝玉嬌原本沒考慮到這件事，只是她早上吃得少，一個人在書房又動足了腦子思考，覺得有幾分餓了，這才想到周天昊被關在山寨裡一整夜，只怕沒吃什麼，就叫廚房準備起來。

謝玉嬌不知道周天昊喜歡吃什麼，雖然徐氏也是北方人，但似乎沒什麼特別喜歡或常吃的東西，所以謝玉嬌就要廚房準備紅稻米粥、鴨油小燒餅、什錦燒賣、烤鴨卷、南瓜餅、蒲菜餃子等食物。這些都是她平常愛吃的，廚房裡每日都備著食材，做起來也方便。

周天昊確實餓了，原本他飯量一般，自從上過一回疆場，回來以後不管吃什麼都津津有味，如今這一頓餐點雖然比不上宮中的御膳，可是比起戰場上的乾糧，簡直不知道好上多少倍。

放下手中的白瓷粥碗，周天昊滿意地深深吐了一口氣，看著桌上那些吃得精光的碗盤，不禁覺得有些尷尬，清了清嗓子站起來，躲到裡間去了。

百靈帶著廚房的幾個婆子收拾桌子，那婆子見到東西被吃得一乾二淨，驚道：「我聽鄭婆子說小姐帶回一個再俊俏不過的小夥子，怎麼吃起飯來這麼厲害啊？」

百靈被問得臉都紅了，她往裡間瞧了一眼，小聲對那婆子道：「俊俏是俊俏，可是誰知道呢！也許就是臉長得好看一些罷了。」

周天昊耳力極好，聽了這話，只有暗暗嘆息的分，沒想到這一頓飯，竟把自己苦心經營的良好形象全毀了。

謝玉嬌坐在書房裡，一邊聽百靈回話，一邊百無聊賴地翻著手邊一本帳冊，一旁的紫燕聽到百靈說的話，忍不住笑出聲來。謝玉嬌略略抬了抬眸子，銳利的眼神一掃而過，紫燕趕忙禁聲，規規矩矩地在一旁站好。

謝玉嬌合上帳冊，開口道：「人家一天一夜沒吃東西，自然是餓了，若是換了妳，不見得能比他好上多少，說不定還會把盤子舔乾淨呢！」

紫燕撇了撇嘴，臉頰憋得通紅，一旁的百靈又道：「大夫說楊公子的後腦勺被硬物撞傷了，所以才會頭痛不止，他已經開了藥，囑咐每日須服一帖，分早晚兩次服用，奴婢已經讓廚房去熬了。」

謝玉嬌點了點頭，往紫燕那邊看了一眼，說道：「紫燕，今日妳去楊公子那邊服侍吧！一會兒還是讓百靈回我娘那邊，張嬤嬤休息，那邊人手不太夠。」

百靈見謝玉嬌這麼安排，點頭道：「那奴婢先回去了，一下午沒看見少爺，怪想他的呢！」

謝玉嬌在書房窩了半日，這會兒聽百靈提起謝朝宗，也很想他，索性站起來道：「那我和妳一起過去吧！反正快到用晚膳的時候了。」

說著，謝玉嬌忽然覺得眼前一陣昏天黑地，一片黑影壓了過來。她昨日先是受到驚嚇，後來想著法子救人，整夜都沒睡好，今天一早又跟著大夥兒出門，一來一回路上顛簸得厲害，人頓時有些虛軟。

其實她原本身子就不好，最近又是農忙時節，時不時還要和兩位管家商量事情，實在費腦子，本來就瘦了一圈，現在這些事接連發生，身體就吃不消了。

百靈和紫燕看見謝玉嬌的身子忽然軟了下去，嚇得連忙上前扶住她，口中不停喚著「小姐」。此時謝玉嬌分明能聽見她們說話，可就是回不了話，只能勉強靠著椅子坐下。

兩個丫鬟這下子真是嚇壞了，紫燕伸出手在謝玉嬌的額頭探了一下，驚呼道：「壞了，小姐的額頭好燙啊！」

百靈此時心慌意亂，卻還強自鎮定道：「妳在這裡看著小姐，我去通知夫人。」

紫燕急得哭了起來，嘴裡唸道：「小姐一定是這兩天急病的，我看姊姊先去請大夫，再去通知夫人吧！」

百靈原本直直往外走，聽紫燕這麼說，轉身道：「這會兒都快掌燈了，晚上馬車又看不見路，只怕大夫不肯來，我還是先去告訴夫人，再派人去請大夫吧！」

紫燕應了下來，趕緊拿出帕子替謝玉嬌擦了擦臉，接著伸手試著掐她的人中，卻又不敢用力，只能不斷落淚，心急如焚。

就在此時，雲松剛好從周天昊的房裡出來，原來周天昊吃飽以後，便想讓雲松去縣衙走一趟，除了向康廣壽回話，也順便當作是報平安。他已經兩天沒給康廣壽消息了，只怕他也正著急。

雲松才走出來沒多久，就見百靈匆匆忙忙地從他眼前走過去，便笑著問道：「百靈姊，妳這麼急著去哪兒呢？」

百靈一邊落淚，一邊道：「小姐暈過去了，我急著去回夫人，有什麼事一會兒再說吧！」

原本書房的院子裡有幾個打雜的婆子，後來謝玉嬌嫌她們平常不幹活的時候在一旁瞎嘮嗑，嘰嘰喳喳的讓她心煩，所以就規定她們，要是她在書房就不要進院子，因此這會兒才會連個婆子都沒有。

雲松聽謝玉嬌暈過去，嚇了一跳，不禁想起謝玉嬌那瘦小的模樣，雖然她說話的聲音清脆又有威嚴，但仍是個嬌滴滴的姑娘。他一急，趕忙回過身，轉頭往客房那邊去了。

客房就在書房隔壁的院子裡，跨過一道小門順著抄手遊廊直走就到了，不一會兒，周天昊就到了書房。

此時謝玉嬌還暈在椅子上，她雖迷迷糊糊的，卻知道有人進來了。紫燕看見周天昊過來，急忙道：「楊公子，快看看我家小姐，這是怎麼了？」

周天昊這時候也顧不得什麼男女授受不親，伸出手探了一下謝玉嬌的額頭，見她燒得厲害，皺了皺眉頭道：「這裡有床嗎？先讓她躺下來。」

紫燕忙回道：「裡間裡有一張軟榻，平常小姐會在那邊小憩。」

說完，就努力地想扶謝玉嬌起身，可紫燕畢竟是個姑娘家，謝玉嬌的身子骨兒雖然輕盈，但要讓紫燕一個人扶她過去，實在有些困難。周天昊看見了，手一伸就將謝玉嬌攔腰抱了起來，大步往裡間走去。

謝玉嬌本就瘦弱，少女的身體又特別柔軟，這一抱，周天昊只覺得鼻間盈滿馨香，情不自禁低下了頭，卻看見謝玉嬌的眸子微微閃了一下。

似乎是覺得這樣不妥，謝玉嬌原本靠在周天昊胸口的手輕輕推了推，卻沒什麼力氣，倒像是小貓在撓人一般。

周天昊風流歸風流，卻沒真的和誰胡來，他到底沒想到，這輩子頭一個讓他抱在懷中的女人，竟然會是這個似乎不太喜歡他的小丫頭……

謝玉嬌一張開眼睛，便看見徐氏一臉擔心受怕，她見謝玉嬌終於醒過來，不禁鬆了口氣，含著淚道：「嬌嬌，妳好些了沒有？」

謝玉嬌輕輕應了一聲，覺得嗓子有些脹痛，但其實她臉色蒼白得可怕，和在隱龍山下句句鏗鏘有力的模樣有著天壤之別。

徐氏聽謝玉嬌有了回應，又關切地問道：「妳還有什麼地方覺得不舒服？娘已經派了人去請大夫，一會兒就來了。」

謝玉嬌勉強開玩笑道：「只怕一會兒大夫來了，會說他這一、兩天跑了不知幾趟，乾脆住下來算了。」

徐氏道：「妳還有心思說玩笑話，我都要急死了，多虧楊公子在，不然我真的不知道該怎麼辦才好。」

此時謝玉嬌看見周天昊正坐在不遠處的一張靠背椅上，他已經換上一身乾淨的衣服，頭髮梳理得很整齊，除了下頷的鬍碴還沒處理掉之外，外表還真是俊俏迷人。

謝玉嬌勉強支起身子，朝周天昊點了點頭道：「多謝楊公子出手相助。」

此刻天色已晚，房間裡點著幾盞油燈，謝玉嬌原本蒼白的臉色染上幾分蠟黃，那雙眸子也不像白天那樣閃著精光，周天昊忽然覺得，之前他看見的那個謝玉嬌，只是個假象，這般嬌柔無力、讓人心生憐愛的模樣，才是真正的她。

周天昊一時看得有些呆了，過了片刻才不好意思地低下頭，謙道：「小姐是為了救我，才殫精竭慮地累病了，我才該謝謝小姐。」

這話雖然充斥著一股拍馬屁的味道，謝玉嬌卻覺得心頭一暖，忍不住莞爾一笑道：「殫精竭慮算不上，但也沒少費腦子就是。楊公子今日也累了，不如早些回去休息吧！」

周天昊的屁股才剛在椅子上坐熱，謝玉嬌就開口趕人了，他不禁有些不高興，可看她如今還病著，到底要讓著她一點，便站起來說道：「謝小姐好好休息，在下先告退了。」

第三十一章　鬱火攻心

謝玉嬌見周天昊走了，略略鬆了口氣。雖然方才她暈了過去，身上沒有半點力氣，腦子卻還保持幾分清醒，後來進門抱自己上軟榻的人，不就是剛才離開的那個人嗎？

謝家雖然人手不多，難免有幾個愛嚼舌根的婆子，這件事要是被傳出去，到底不好聽。

徐氏見謝玉嬌故意趕走周天昊，倒有幾分失落。原本徐氏今日想請周天昊去正院那邊用晚膳，她的主要目的，就是和周天昊聊聊天，順便打聽一下他的祖宗八代，還有他本人有無婚配、家中父母可健在、是否還有兄弟姊妹們，這些問題都不能漏掉。可這會兒看見謝玉嬌對周天昊的態度，別說喜歡了，反而有那麼一點避之唯恐不及的樣子。

「嬌嬌，楊公子是客人，妳這樣做不對，他好歹是娘的救命恩人，今日又……」徐氏說到這裡，也不好繼續再講下去，謝玉嬌被外男抱過了，她到底心疼，原本還想說個兩句，可想起謝玉嬌還病著，便安慰道：「這事妳也別往心裡去，紫燕說當時妳暈過去了，她一個人扶不動妳，才讓楊公子稍微搭了把手，其他人都不知道。」

其實謝玉嬌並不是討厭周天昊，只是她許久沒接觸過外男，之前又遇上何文海那樣噁心的貨色，加上她一時弄不清楚周天昊的背景，因此刻意對他保持距離罷了。

「娘想到哪裡去了？楊公子救了您，女兒感激他是應該的，只是他畢竟是遠客，我一個姑娘家，和他過於熟識不好。」謝玉嬌這時候身體不舒服，也沒心思和徐氏拐彎抹角。

徐氏見謝玉嬌臉色依舊不好，嘆了口氣，輕輕理了理她的劉海，說道：「也不知道妳舅舅什麼時候得空，如今妳又病了，這家就跟少了主心骨兒一樣。」

謝玉嬌知道徐氏雖然處理起內務還有個樣子，但是最不喜歡管外頭那些瑣事，如今又有了謝朝宗，整天把他捧在手裡哄著都來不及，更顧不上那些事了。

明白徐氏的煩躁因何而起，謝玉嬌笑著道：「我雖然病了，但是養兩日就行，娘不用擔憂。」

徐氏聽了，越發難受起來，她看著謝玉嬌尖尖的下巴，嘆息道：「上回張嬤嬤跟我提起該為妳張羅婚事了，我本來還覺得早呢！如今看著，倒是真的不能再拖了。妳身子本來就不好，那些男人們做的事，落在妳一個姑娘家身上，到底太重了；也是我不對，如今有了朝宗，便沒心思專心顧著妳，剛才我瞧妳不省人事，心都要碎了。妳爹在的時候，是怎麼千嬌百寵地把妳養大，結果妳現在卻要為了這個家這樣苦苦撐著，教娘怎麼忍心？」

謝玉嬌見徐氏幾句話下來又淚漣漣的，有些扛不住，便皺著眉頭勸慰道：「娘快別難過了，好端端的怎麼又提起這事來？不過就是小病而已，誰沒有個頭疼腦熱的？我一病您就急著為我找對象，這樣能找到什麼好的人選嗎？」

說著，謝玉嬌支起身子，往徐氏懷中靠了靠，又道：「娘，女兒還小呢！不想這麼早就嫁人，至於招上門女婿，這事也要靠緣分，我可不想找個吃軟飯的回來，那樣倒不如沒有的好呢！」

其實徐氏不是不了解這個問題，她知道那些上門女婿基本上都是吃軟飯的，不然要是真的有能耐，怎麼會願意當上門女婿？想到這裡，她就莫名心煩起來。

這時候外頭婆子進來回話道：「夫人，大夫來了，是請大夫在這邊診治，還是去小姐的房間裡頭診治？」

謝玉嬌並不喜歡閒雜人等往書房來，而且這會兒她已經覺得好了不少，只是雙腿還有些軟，徐氏便讓婆子們抬了一頂小竹轎過來，帶著謝玉嬌上繡樓去了。

大夫替謝玉嬌瞧過之後，也說並無大礙，只是如今天氣熱，又受了一些驚嚇，有些急火攻心，只要燒退下來就沒事了。

徐氏眼看天色晚了，便留大夫在謝家住一宿，還付了雙倍診金。

一番折騰下來，就耽誤了晚膳的時辰，徐氏這才想起家裡還住著個兩個客人呢！趕忙吩咐下人預備晚膳。

周天昊從謝玉嬌那邊回來時，覺得納悶得很，沒想到平常看著像根小辣椒一樣的謝玉嬌，生病的時候卻是這副模樣，但是一醒來，那個乖巧的她就消失無蹤了。他攤開掌心，回味起方才抱著謝玉嬌的那種感覺，那柔若無骨的觸感，真是讓他有些癡迷。

雲松見周天昊站在門口沒進去，問道：「少爺，謝小姐怎麼樣了？醒過來了沒有？」

周天昊皺著眉頭微微嘆了口氣，鬱悶道：「大夫還沒來，我就先被請出來了，怎麼會知道？」

雲松瞧周天昊一臉吃癟的模樣，忍不住消遣道：「少爺，看來這謝小姐不止嫌棄您一點點呢！」

周天昊不禁覺得奇怪，他在京城的時候也算風流倜儻，不僅為人大方，又不需要「特殊服務」，那些教坊名妓沒幾個不喜歡他的；至於那些豪門貴冑的大家閨秀，雖然對他芳心暗許，但他從來不敢過分，只要給一個眼神，那些小姐都能非君不嫁，要是真的上手，他的睿王府這會兒只怕已經住滿人了。

京城的百姓都知道睿王風流，但也曉得他今年已經二十有三，府裡卻連個小妾甚至通房都沒有；他是在外頭花天酒地沒錯，可府中卻沒個長相出眾的丫鬟，這種落差著實讓人意外。

即使外人看待他的眼光各有不同，但是周天昊心裡明白，就算在這個世界待了這麼久，可他擁有現代人的靈魂，有些準則永遠都不能忘記。即便身處這樣一個男權至上的世界，還擁有身分上的便利，也不應該在男女之事上為所欲為。周天昊堅信，總有一天，他會遇上自己喜歡的女子，和她談一場浪漫的戀愛，成婚後再生一群鬧烘烘的孩子。

第二日謝玉嬌沒能起得了床，靜靜地在自己的繡樓裡休養。她平常就苦夏，到夏日就吃不下東西，去年吃中藥調養了一陣子，也沒見改善多少，後來入秋才慢慢精神了些，身上也養出幾兩肉來，如今又要消瘦了。

因為有了謝朝宗，徐氏的心思被分去大半，此番謝玉嬌病了，徐氏自責不已，聽丫鬟說謝玉嬌還沒醒，想去看她一眼，又怕吵著她。

就在此時，老姨奶奶和大姑奶奶用過早膳來到繡樓，徐氏親自迎了出去，大姑奶奶一見到她便急忙問道：「我昨日睡得早，怎麼今日一早就聽說嬌嬌病了，這到底是怎麼回事？」

徐氏聞言嘆息道：「終究是我不好，讓她這幾天折騰了，她的身子原本就不結實，受到驚嚇又勞累，可不就病倒了？」

老姨奶奶聽徐氏這麼說，過了片刻才開口道：「我早些天就想勸勸妳了，嬌嬌雖然能幹，畢竟是個姑娘家，就算是打定主意為她招上門女婿，將來這些拋頭露面的事也不能再讓她做，姑娘家要是累壞了身子，將來麻煩可大了。」

徐氏聽了老姨奶奶這番話，到底也有些警覺。謝家出孝之後，要是確定了上門女婿的人選，等他一進謝家的門，謝玉嬌自然要預備懷胎生子。只是如今看謝玉嬌這身子，如何能承受得了？去年那番調養都不怎麼見效，就算現在開始加強火力，時間也有限。

「等她舅舅回來，我再問問他的意思，他見多識廣，必定認識一些好人家，不像我們住在這謝家宅，放眼望去，實在沒什麼入得了眼的人選，嬌嬌又是這般人品，我怎麼捨得委屈了她？」

老姨奶奶知道徐氏的心思，謝家的獨女，自然要找個有模有樣的對象，可如今謝玉嬌是招上門女婿，不是嫁人，當然不能用嫁人的那套來選人。

「我如何不明白妳的意思，可妳不想想，要是真的有出息，誰家捨得讓自己的兒子當上門女婿？」老姨奶奶說道。

徐氏聽了，不禁又為難幾分，皺著眉頭道：「我如何沒打聽過，這方圓百里被人招了當上門女婿的人，都是吃軟飯的，要我怎麼辦才好？要是真的招這樣一個女婿回來，還不如不招得好，橫豎如今謝家有了朝宗，嬌嬌原本就能找個好人家嫁了，又何必非要把她困在這個家裡？」

雖然捨不得謝玉嬌，徐氏到底不忍心委屈了她，要是謝家不堅持招上門女婿，按照謝玉嬌的條件，倒是真的能好好挑一個對象。

此時徐氏眉梢一挑，又想起了周天昊，不知道他到底娶親了沒有？要是各方面條件都符合，的確是個不錯的人選。

老姨奶奶見徐氏的心思活絡起來，一時之間也不知道說什麼才好，一旁的大姑奶奶倒是開口道：「嫂子若真想把嬌嬌嫁出門，也要早點安排，那些個大戶人家都早早就開始張羅婚事，之前他們聽說我們家要招上門女婿，已經有幾家不等了；這會兒要是放話說要嫁嬌嬌，求娶的人應該還有不少，這樣一來尚能精挑細選，要是再晚個一、兩年，只怕可以挑的人就少了。」

這話說得不是沒有道理，徐氏也很著急，但是這地方上她認識的無非只有那幾戶人家，說真的，沒有什麼特出的人選。金陵城裡倒是有幾戶好人家，只是徐氏向來不愛跟那些惺惺作態的人家結交，又怕謝玉嬌嫁去那種地方會受委屈，如此一來，要嫁個好人家，似乎跟招個上門女婿一樣有難度。

徐氏想得頭都疼了，不禁皺起了眉頭，大姑奶奶見了，又開口道：「不過這件事，嫂子也不用太著急，嬌嬌是個有主意的人，還是先問問她，是想留在謝家，還是嫁出去。」

徐氏聞言猛然驚覺，不管是招上門女婿，還是要讓她嫁出去，這件事都應該問問謝玉嬌的想法，她一向有主見，自己這麼一頭熱，倒是不對了。

想到這裡，徐氏點了點頭道：「對，這件事還得聽嬌嬌自己的意思。」

謝玉嬌睡到快中午才起來，剛喝了一口熱粥，徐氏就來了。她這一病，像點了火一樣，徐氏昨晚問了她一回婚事，今日又來探了。

聽徐氏把話說完，謝玉嬌挑眉看著她說道：「娘真要問女兒的意思？那我就說嘍？」

徐氏點頭溫柔地笑道：「妳說就是。」

得到了允許，謝玉嬌帶著幾分撒嬌的意思說道：「按照我的意思呢！最好是一輩子不嫁人，也不招什麼上門女婿，安安心心待在家裡，這樣最好了。」

徐氏聽了嚇了一跳，驚道：「妳這是要做老姑娘呀！別胡來。」

謝玉嬌見徐氏果然被嚇壞了，這才笑道：「娘要問我自己的意思，我說了又要罵我，以後我不說了，隨便您要把我嫁出去還是招女婿，別再問我了。」

病中的人思慮本就多，謝玉嬌根本不想聽人提這些，可她知道徐氏是一片好意，這才勉強沒動氣，還能和徐氏有說有笑，但心裡到底有些不是滋味，只覺得憋屈得很。

這件事若是發生在現代，壓根兒不會讓人那麼心煩，她愛嫁就嫁，不想嫁就在家裡待著，誰還能拿她怎麼樣？可偏偏一到了古代，就變成再難處理不過的事了。若是沒有謝朝宗，謝玉嬌招上門女婿還好說，如今謝家有了男丁，她要是還想招上門女婿，少不得會被人說是貪圖謝家的財產，所以才不想嫁出去。

想到這裡，謝玉嬌忽然覺得有些心累，她身子往引枕上靠了靠，偏過頭道：「罷了，娘還是替我張羅嫁妝，讓我嫁出門好了。」

徐氏一聽這話，一時之間有些驚心，弄不清謝玉嬌心裡在想些什麼，看她的樣子，分明不是很高興，又不像真的不高興，讓人摸不清頭緒。徐氏一下沒了主意，見謝玉嬌合上了眸子，便起身道：「妳好好歇著吧！這件事我們以後再說，不急在一時。」

謝玉嬌見徐氏離開，覺得渾身頓時沒了力氣，喜鵲上前摸了摸她的額頭，才發現又燙了起來，急忙讓謝玉嬌躺下。謝玉嬌這會兒卻睡不著，整個人迷迷糊糊的，清醒不過來，恍惚間聽見有人在喊自己，卻應不出聲，只覺得身子輕飄飄，卻似乎一路往下沈，就像快要墜入海底一樣，再也浮不上去。

忽然間，謝玉嬌感受到額頭上的涼意，思緒也稍微清醒了一些，聽見床頭有個聲音道：「姊姊也太心急了，如今嬌嬌還在生病，妳跟她提起婚事做什麼？難道她生來就是為了要撐起這個家的嗎？她一病，妳就急著要把她嫁出門，這讓她聽了怎麼不難受？當務之急，不是應該先養好嬌嬌的身子嗎？」

徐氏一向耳根軟，如今聽徐禹行這麼說，便哭著說道：「我早就在想這件事了，也是心疼嬌嬌辛苦，所以才想早些把事情定下來，哪裡知道她會多心呢？她應該知道我是一片好意才對啊……」

徐禹行知道徐氏性格軟弱這個毛病，這次他出了一趟遠門，沒想到謝家就發生了那種事，他們孤兒寡母的，到底受了不少驚嚇，雖然看著他們如今都安然無恙，但徐禹行還是覺得心有餘悸，越發覺得以後自己還是儘量不要出門。

「便是真的著急這件事，也該等她身子好些了再提啊！方才大夫也說了，嬌嬌這病原先還好，現在又添了心病，可不是從這上頭起的？」徐禹行說道。

徐氏一時之間沒辦法回嘴，只坐到謝玉嬌床邊垂淚，握著她的手心疼地說道：「都是娘不好，嬌嬌妳快醒醒，娘以後都順著妳的意思。」

其實謝玉嬌只是覺得疲倦，此時知道徐禹行回來了，忽然覺得自己又有了依靠，不再煩心，又睡了過去。徐氏見謝玉嬌沒有半點要醒的樣子，坐在床邊一個勁兒地抹淚。

徐禹行見狀，忍不住勸慰道：「姊姊也去歇著吧！大夫說過嬌嬌要靜養，這幾日就讓她安心養病，外頭的事，明日我再請兩個管家過來一起商討，暫且應付一陣子。」

徐氏連忙點頭稱是，又道：「外院還住著一個楊公子呢！我原本還想謝謝他，如今你既然回來了，就替我招待一下，他可是我們謝家的大恩人。」

徐禹行才回來就知道謝家來了客人，小廝也已經把這幾日家裡發生的事說得差不多了，因此聽徐氏提起外院住著一個楊公子，並不覺得驚訝。不過他在京城有不少人脈，如今聽徐氏說起楊公子，便隨口問道：「姓楊……可是晉陽侯府那位楊公子？」

京城姓楊的人雖多，但與康廣壽一家有姻親關係的，就是晉陽侯府了，他既然自稱是康大人的表弟，想來應該是出身自晉陽侯府。徐禹行只知道晉陽侯府確實有一個在北邊戰場待過的二公子，大約就是此人了。

徐氏原本還想偷偷差人去向那小跟班打探楊公子的來歷，如今一聽說是晉陽侯府的，神色頓時陰鬱了幾分。倒不是徐氏瞧不起自家，而是京城那些豪門貴冑，素來看重門第，當初謝老太爺為自己的兒子求娶徐氏，要不是因為徐三老爺當時正好外放到江寧縣，且謝家身家又這般雄厚，而謝老爺也確實一表人才，否則他怎麼可能把徐氏下嫁給謝老爺？

徐氏這樣一個安國公府庶出三房所生的嫡女，嫁給江寧縣第一大地主，還覺得是下嫁，委屈得不得了，如今要讓一個侯府少爺娶一個地主家的小姐，只怕是癡人說夢；想得再深一些，若是想讓侯府少爺來謝家做上門女婿，那還是等下輩子再說吧！

這麼一想，徐氏瞬間覺得自己沒了半點力氣，又看了躺在床上的謝玉嬌一眼，隨口道：

「罷了、罷了，這些事我不清楚，也不管他是誰家的楊公子，只記得他是我們家的救命恩人，等他養好傷就要離開了。」

徐禹行瞧徐氏那樣子，就看出她有什麼念頭，笑著道：「姊姊方才還說要順著嬌嬌的意思，如今又胡思亂想起來，豈不是自尋煩惱？姊姊回去歇一下吧！我會找時間去和那位楊公子打聲招呼。」

徐氏點了點頭，這才和徐禹行離開謝玉嬌的房間，讓她好好休息。

周天昊這一夜睡得安穩，謝家一早送來的早膳也可口得很。他看見進來服侍的丫鬟換了一個，正是昨日跟在謝玉嬌身邊的人，便問道：「妳家小姐病了，怎麼不回她那邊？」

紫燕知道周天昊是徐氏的救命恩人，而且昨日又幫著照顧過謝玉嬌，不禁對他熱絡了幾分。「公子不知道我家小姐的脾氣，她安排好的事情，沒經過她同意，我不敢自作主張。其實我很想回去瞧瞧她，可她要是看見我沒服侍公子，沒準兒又要罵我，她那邊還有喜鵲姊姊和幾個丫鬟，不缺我一個人手的。」

周天昊昨日聽謝玉嬌在隱龍山下說的那些話，就知道她個性必定說一不二，只是沒想到家裡的丫鬟竟這般信服她，忍不住有些好奇地問道：「妳們小姐脾氣很差？經常處罰妳們嗎？」

「公子怎麼這麼說呢？小姐從來不處罰我們，只是她喜歡守規矩的人罷了。她常說『沒有規矩，不成方圓』，一來她是姑娘家，二來年紀又輕，做事本來就不容易，要是連自己身邊幾個丫鬟都管教不了，怎麼掌管這麼大一個家呢？」

聽了這些話，周天昊越發對謝玉嬌另眼相看，又說道：「倒是說得挺有道理，只是我看著她不過才十五、六歲，再想想她竟能說出那番話來，似乎有些老氣啊！」

紫燕聽周天昊這麼說，不服氣地回道：「以前老爺在的時候，什麼都辦得妥妥當當，自然用不著小姐操心，如今老爺已經不在，夫人對生意上和田裡的事不清楚，小姐只能一肩扛起。我們小姐原本身子就不太好，這一年多來更是勞神操心，再能幹的姑娘家，也禁不住這些庶務的折騰，公子又怎麼會明白呢？」

說完，紫燕從鼻子裡哼了一聲，她見周天昊吃得差不多了，走到門外，吩咐那幾個在外頭等著的婆子道：「妳們進去收拾吧！我也該走了。」

周天昊看紫燕說變臉就變臉，不禁問道：「妳要去哪裡？」

「我回繡樓看小姐去。」

紫燕說完，頭也不回地走了，只留下周天昊盯著進來收拾桌子的幾個婆子，喃喃自語道：「剛才誰說她不能不聽小姐的話自作主張的？才一眨眼呢！就全都忘了……」

徐氏和徐禹行離開了之後，謝玉嬌才又醒了過來，她睜開眸子時就看見徐蕙如坐在床頭邊的一張凳子上抹眼淚。謝玉嬌見了，有些虛弱地說道：「這是怎麼啦？誰惹我家表妹生氣了？」

徐蕙如看見謝玉嬌醒了，一時覺得羞赧難當，擦了擦眼淚，站起身來問道：「表姊，妳好些了嗎？大夫說妳這是身心俱損、元氣大傷，嚇死我了……」

謝玉嬌聽了這話，不禁覺得有些好笑，中醫換來換去也就這幾句話，昨日還說得挺輕巧，怎麼才隔了一日，就變得這麼嚴重了？謝玉嬌躺在床上想了想，忽然明白了一些道理。小時候看《紅樓夢》時，她一直想不通王熙鳳一身病是怎麼落下的，明明過著錦衣玉食的生活，不過是管那麼幾年家務事而已，真的能那麼勞累嗎？

如今謝玉嬌自己管家一年多，才發現這件事當真不容易，這還只是管一個謝家呢！都已經累出病了，王熙鳳掌管那麼大一個榮國府，累死也算正常。

「還死不了，哭什麼……」

謝玉嬌身子有些痠軟，想坐起來卻使不出力，徐蕙如急忙拿了引枕為她墊上，又問道：「表姊想要吃什麼？我吩咐廚房弄去。」

由於謝玉嬌病體未癒，這會兒沒什麼胃口，覺得徐蕙如眼睛哭得紅腫的模樣實在可人，便笑著嘆了長長一口氣。

徐蕙如忍不住問道：「好好的，表姊怎麼嘆氣了？是不是哪裡又不舒服啦？」

謝玉嬌想起徐氏和她說的那些話，覺得有些心煩，便道：「我就是在想，怎麼偏偏我就是個女的，要是男的該有多好啊……這世上的人為什麼那麼喜歡男的呢？難道有『那樣東西』就那麼了不起嗎？生孩子的還不是女人……」

徐蕙如一向像個大家閨秀，雖然她不清楚男女之間的事，可到底有些認識，聽謝玉嬌說出這種話來，頓時耳根與脖子都脹得通紅，一句話也不敢說。

謝玉嬌抬起頭來，看見徐蕙如那個模樣，忍不住笑道：「放心，我腦子沒燒壞，就是隨便說說而已，妳只當沒聽見就行。」

徐蕙如聞言，越發不知該說什麼才好，只皺著眉頭點了點頭，逃命似地跑出去為謝玉嬌張羅吃的去了。

第三十二章 刻意疏遠

徐禹行用過午膳，請陶來喜與劉福根一起到書房商量事情，正巧沈石虎也從外頭回來了。原來青龍寨的事情解決之後，謝玉嬌讓沈石虎先留在那邊，和蕭老大好好聊一聊，順便清點一下青龍寨中願意跟著謝家的人數。雖然謝玉嬌擔下了這個責任，可到底又是一件花銀子的差事，到時候被二老太爺知道，免不了一陣囉嗦，所以還是先估算一下支出比較好。

沈石虎回到謝家才知道謝玉嬌病了，他雖然心急，卻不好意思多問，只好先去書房回稟事情。

「大夫說嬌嬌的身子要養一陣子，如今又是農忙時節，陶大管家，我不太懂田裡的事，還是交由你負責，要是有什麼狀況，只管說出來，我們幾個人一起商量。」徐禹行做生意在行，種田卻是門外漢，只能讓陶來喜處理了。

「田裡這一陣子沒什麼大事，就是之前小姐答應為幾個村子修溝渠，如今已經請好人了，只等著小姐點頭，就能拿銀子修葺了。」這陣子正是水稻生長的時候，修溝渠的事確實不能耽誤。

「你先去帳房支取銀子，等嬌嬌好些了，我再和她說，不能影響田裡的收成。」徐禹行開口道。

陶來喜得了準話，一顆心定了下來，急忙出門辦事去了。

劉福根看見徐禹行回來，不禁鬆了口氣，道：「舅老爺可回來了，要是早個幾日就好，沒準兒咱們還能避過那場禍事呢！夫人和小姐都嚇壞了。」

徐禹行其實也很自責，聽了這話擺手道：「是福不是禍，是禍躲不過，幸好嬌嬌和姊姊都沒事。」說著，他嘆了口氣，見沈石虎在旁邊，便問道：「沈護院這邊還有沒有什麼事？」

自從沈姨娘生下謝朝宗，謝家宅好些人私下會開玩笑喊沈石虎一聲「舅老爺」，沈石虎一開始聽了都會斥責他們幾句，後來也就見怪不怪，只是如今在真正的舅老爺徐禹行面前，他還是覺得有些不好意思。

「小姐讓小的在青龍寨裡頭清點人數，總共是一百二十三人，三十二戶人家，他們都願意留在謝家當佃戶，如今只等小姐安置。」

徐禹行一聽這話，就知道謝玉嬌又把安置難民的事情攬在自己身上，這一點像極了謝老爺。以前徐禹行不是沒勸過謝老爺，這種事情吃力不討好，朝廷提出要求，他們不得不辦沒錯，但千萬別逞強出頭；誰知道謝玉嬌竟然趁著他不在家，又攬下這種事來，頓時讓徐禹行很是頭疼。

不過在沈石虎將那群難民的狀況一五一十地告訴徐禹行後，徐禹行才明白，若是不能安置好青龍寨的人，將來對秣陵和江寧一帶，必定是很大的禍患。

徐禹行皺眉想了想，開口道：「如今嬌嬌雖然病了，但是我們謝家說出去的話不能反悔，只是三十多戶人家，一百二十多個人，不是個小數目，不如先去縣衙那邊和康大人通個氣，讓朝廷出面把這件事定下來，免得別人說我們謝家自作主張，而且將來若是這群人當中有不老實的，好歹還能請朝廷擺平。」

對徐禹行來說，這種跟國家現況有關，跟謝家本業無關的事，還是和朝廷合作才妥當。

一旁的劉福根聽了徐禹行的話，道：「舅老爺有所不知，康夫人前一陣子去了，康大人憂思過度，縣衙裡還積壓了很多事沒處理，若不是這樣，諒那群土匪也不敢到江寧縣的地界上鬧事。」

徐禹行聞言才恍然大悟，又道：「只是這到底事關重大，如今嬌嬌已經病倒了，康大人就算憂思再甚，也是朝廷命官，該管的還是要管。劉二管家，縣衙那邊就交由你接洽了。」

劉福根點頭道是，沈石虎又說：「昨日在青龍寨裡和那些人閒聊，倒是知道了一件事，原本是想告訴小姐的，如今只能告訴舅老爺了。」

說著，沈石虎蹙了蹙眉，繼續道：「原來那些人會來訛我們謝家，是因為蔣家那兩個老傢伙的攛掇。」

徐禹行一聽到「蔣家」，便想起大姑奶奶，神色不禁一怔。當初徐禹行聽謝玉嬌將蔣家整治了一番，便覺得這件事不會那麼容易善了。鄉下人雖然淳樸，卻會以牙還牙，蔣家又不好相與，畢竟從他們當初那樣對待大姑奶奶，就知道這戶人家敗德得很，只是沒想到竟然會陰毒至此。

沈石虎又說道：「那些人雖然結了山寨，卻沒做多少傷天害理的事，只是搶了秣陵縣內幾家惡霸地主，百姓們還額手稱慶。後來青龍寨的人聽說蔣家也是無良地主，便過去搶他們，誰知道卻讓蔣家那兩個老傢伙說動，跑來招惹謝家。」

其實沈石虎恨不得再帶一群人去蔣家嚇唬嚇唬那兩個老東西，可無論如何這個家都不是他作主，只能低頭不語，等著徐禹行發話。

徐禹行細細想了片刻，這才抬起頭來。「這件事既然過去了，就算了吧！如今蔣家只剩下他們兩個老人家，以後日子也不好過，何必讓他們惹官司上身？」

說到底，徐禹行很清楚這件事要是鬧大，大姑奶奶定然不好過，當初謝家為了她才結這個怨，如今連累徐氏和謝玉嬌受罪，只怕她心裡難安。

沈石虎一聽，頓時覺得有些失望，略略瞄了徐禹行一眼，也只能保持沈默。

從書房出來後，沈石虎仍舊有些氣憤，一想到當初謝玉嬌帶著他去蔣家大鬧一場，那是何等威風，如今徐禹行居然既往不咎，實在憋屈得很……

周天昊聽說劉福根要去縣衙，就讓雲松跟著，原本昨天雲松就要去向康廣壽報平安，卻因為謝玉嬌生病耽擱了，拖到今天才去。

劉福根本就擔心安置難民的事不好說，如今有雲松一道去，就不擔心自己說不清楚了，好歹楊公子身邊這位跟班知道前因後果。

雲松見周天昊要讓自己去，忽然不放心起來，忍不住問道：「少爺，您不和奴才一起去嗎？萬一康大人問起來，奴才要怎麼說？」

周天昊皺眉想了想，開口道：「就說我在謝家養傷，還要過幾日才能回他那邊。」

「這話奴才可不敢說。」雲松縮著脖子道：「康大人要是聽說少爺您受傷了，肯定會親自過來看您，這會兒康府還在熱孝期間，謝小姐又病了，多不吉利啊！」

周天昊見雲松說得有道理，托著下巴想了半天，才又道：「那你就說我找到了救命恩人，要在謝家多住一陣子報恩，這樣總行吧？」

雲松知道周天昊總是有些不按牌理出牌，聽他這麼說，只好點頭稱是，說道：「那少爺就好好在這裡『報恩』，奴才往縣衙一會兒就回來。」

謝玉嬌下午又睡了好一會兒，直到掌燈時分才醒來，她一睜開眼，覺得身上鬆快不少，正想爬起來，就聽見徐禹行正在外頭和徐蕙如說話。

「妳表姊最近身子不好，沒事就多陪陪她吧！」

徐蕙如點了點頭，又抬起頭看著徐禹行，忍不住開口道：「爹，以後您要是娶了繼母，生了弟弟，會不會就不疼我了？」

「妳這是說什麼話？我怎麼會不疼妳？」徐禹行頓了頓，又道：「我也沒打算續弦，妳想多了。」

徐蕙如紅著眼眶，看著徐禹行道：「我就是看見表姊生病，所以心裡難過。如今有了表弟，雖然大家都很高興，可說到底，最辛苦的還是表姊；若是以前，姑母定然片刻不離，守在表姊跟前，可現在早上來了一陣子，沒多久又離開，不就是不疼表姊了？」

謝玉嬌沒料到徐蕙如如此敏感，只是聽她這麼一說，還真的有些替自己不值，不過幸好她早就知道這個時代就是重男輕女，因此想得也透澈一些；況且徐氏之前和她說那些話，她心裡不痛快，這會兒要是見了徐氏，只怕說不出什麼好話來，還不如不見得好。

徐禹行聽了，難免有些訝異。徐蕙如從小就沒了母親，稍微大一點時一直寄人籬下，以前他總覺得這個女兒乖巧懂事，沒想到心裡卻壓著那麼多事。

其實對於續弦一事，徐禹行原本動了心思，可現在全被徐蕙如這帶著哭腔的問話弄得拋在腦後。

「傻孩子，說什麼話呢！爹保證，只要妳不喜歡，就不會有繼母，更別說弟弟了。」

徐蕙如一聽，卻更加傷心難過，她原本很想讓徐禹行再找個對象續弦，又擔心自己受冷落，一時之間有點矛盾，才說出那番話，她不禁撲進徐禹行的懷中，埋在他肩頭哭了起來。

「爹，您知道我不是這個意思，我……我就是難受罷了。」

謝玉嬌此時已經完全清醒，她忍不住開口道：「表妹怎麼又撒嬌起來了？分明是欺負我沒了爹，故意在我跟前演這齣戲，惹得我心裡難受。」

徐蕙如聽見謝玉嬌的聲音，急忙擦了擦眼角的淚，挽開簾子道：「表姊醒了，好些了嗎？」

謝玉嬌點了點頭，坐起來半靠著引枕，徐禹行也走了進來，對她說道：「嬌嬌，妳千萬不要生妳娘的氣，她其實是為了妳好。」

其實謝玉嬌何嘗不明白這一點，徐氏從小就被家裡寵著，出嫁以後又有謝老爺凡事為她安排得妥妥當當，若不是謝老爺病逝，徐氏這會兒只是華屋裡的美嬌娘，哪裡知道外頭那些事？

「這我自然知道，只是聽多了有些煩，確實有點無趣。」謝玉嬌垂下頭來，微微合上眸子。世上有誰不愛享福，只是有沒有那個福氣，可以長長久久保持安逸罷了。當初若不是自己站出來，謝家早就已經樹倒猢猻散，哪還能像現在這樣繼續往下扎根？

「妳能明白就好，如今也別多想些有的沒的，先把身子養好了再說，家裡的事，有兩位管家和我在，亂不到哪裡去；至於那些難民的事，我倒要多嘴一句，妳答應得太過輕巧了。」

即使徐禹行能理解青龍寨那些人和康廣壽的情況，但無論如何，這件事根本不該由謝玉嬌出面承擔。

謝玉嬌何嘗不知道這個道理，只是當時她從謝家宅帶了百十來人，青龍寨又有三十幾個年輕漢子，要是兩邊真的打起來，對彼此來說都是損害，她實在不希望這些莊稼漢出什麼岔子。就算那位楊公子說要帶他們去找康廣壽，到最後十之八九一樣會塞給地主人家，所以她才選擇站出來，把這件事攬到謝家身上。

此刻謝玉嬌身子有些虛，又聽見徐禹行這麼說，不禁癟了癟嘴道：「舅舅快別說了，當時也是沒辦法，萬一他們一個不高興，真的打了起來，我都可能被波及呢！我就是指望著花些銀子買個平安，我想過了，那些土匪開的價格是十萬兩銀子，可是安置難民，就算花足了錢，也就一千兩銀子，何樂而不為呢？」

徐禹行聽謝玉嬌這麼說，臉上頓時顯出幾分無奈。「我說不過妳，妳和妳爹一樣，總有各種花錢的理由，我命苦，只能卯足勁，多掙些銀子回來，替你們填上這窟窿。」

謝玉嬌回憶起以前自己看過的那些帳本，謝老爺還在「花費」那一欄裡頭寫著「禹行批注：下不為例」或是「禹行建議：只此一次」，這麼一想，便忍不住笑了起來。

徐禹行見謝玉嬌精神好了許多，便放下心來，囑咐她好好休息。謝玉嬌睡了一整天，這會兒也睡不著，索性和徐禹行聊起來，又問他。「舅舅見過那位楊公子了嗎？我看此人很不簡單。」

謝玉嬌從現代穿越而來，看人的眼光也帶著前世的經驗，雖然周天昊臉上時常帶著無害的笑，感覺親和得很，可越是這樣，越發讓人覺得深不可測，因此謝玉嬌才會故意與他疏遠。

那面失而復得的菱花鏡，背後確實有一處凹陷，至於是不是利箭造成的，就不得而知了。

徐禹行拿著鏡子反覆翻看了幾遍，皺著眉頭道：「這個凹洞若確實是箭造成的，那倒是真的救了他一命。」

說著，徐禹行點著那處凹陷繼續道：「妳看，銅鏡都能被射出一個坑來，要是射在人身上，不就得開一個洞了？」

謝玉嬌之前並不認為這有什麼，此時聽徐禹行這麼一說，也覺得驚心動魄，又想到周天昊畢竟救了徐氏，便開口道：「若那小廝說的是真的，我倒是無意間救了他一命。」

徐禹行知道謝玉嬌處處小心，笑著道：「妳也不用擔心，一會兒我備好酒菜去會會那個楊公子。我在京城的時候聽過關於他的事，據說身子骨兒並不是很好，沒想到他年紀輕輕就征戰沙場了。」

謝玉嬌聞言，抬眼道：「舅舅還有不知道的呢！我之所以說他不簡單，斷不止上沙場拚戰這一項。我們去青龍寨，原本是抱著智取的念頭，想用那箱假銀子把他給換回來，結果不知道他用了什麼法子，竟然讓那個蕭老大信服了，兩人一起帶著那些難民下山；也是因為這樣，我才一口答應安置那些難民，算是還了他救我娘的恩情。」

徐禹行聽到這裡，總算明白過來。「我還當是那群土匪看見我們謝家有銀子，以為找到了一棵大樹，一個個恨不得巴上來呢！原來居然有這個緣故。」

謝玉嬌低頭笑了笑，又說道：「舅舅不在場，當時還有很多年輕小夥子說要跟著他從軍呢！您也知道，如今朝廷還沒開始募兵，若自己投軍，都要被充作軍戶，那些人怎麼就跟著他一起犯傻了呢？」

所謂軍戶制度，就是士兵本人以及家屬的戶籍都隸屬於軍府，軍戶子弟必須世襲為兵，未經准許，不得脫離軍籍。

「聽妳這麼說，我對這楊公子就更好奇了，且等我去見見他再說。」

徐禹行正欲起身離去，外頭有丫鬟來傳話道：「夫人已經在外院廳中備好酒菜，請舅老爺過去。」

謝玉嬌看見來傳話的是紫燕，便在徐禹行離開後問道：「我要妳這幾日服侍楊公子，妳又跑回來做什麼？」

紫燕笑著道：「小姐方才睡得熟，其實奴婢早就回來了，楊公子有自己的小廝，用不著奴婢服侍。」

謝玉嬌想到張嬤嬤生病在家裡休息，便不多說，嘆了口氣道：「罷了，我這裡也用不著妳服侍，妳今日就回家去，服侍妳娘吧！」

紫燕知道謝玉嬌是一番好意，淺笑道：「小姐，那奴婢可就真的回去了，晚上奴婢還會進府。」

謝玉嬌揮了揮手要紫燕下去，接著就和徐蕙如兩個聊了起來。

酒桌上觥籌交錯，餐盤裡放著各色珍饈，謝家的廚子以前是金陵城裡酒樓的大師傅，做這一桌家常菜色，並不費什麼工夫。

徐禹行親自為周天昊斟滿酒，舉杯敬道：「幾年前在京城見過晉陽侯一面，沒想到楊公子果然和令尊長得有幾分相似。」

周天昊不語，眉眼中透著幾分淺笑。原來晉陽侯是周天昊的親舅舅，古來就有外甥長相隨舅舅一說，所以周天昊與晉陽侯倒真有幾分相似。他那表弟楊逸晨乖巧懂事，從小到大從不惹是生非，用他的身分出來擋一擋，還是很管用。

「未曾聽家父提起過，改日回京必定問問家父。」周天昊淡笑道。

徐禹行放下酒杯，擺了擺手道：「不過就是酒桌上偶爾見過一次，哪裡還記得，楊公子就算提了，侯爺也未必能想起來。」徐禹行自從行商之後，對官場人事就看淡許多，他情願和外國人做生意，也不願意去禮部登記，做朝廷的生意。

周天昊見徐禹行不懷疑自己的身分，不禁鬆了口氣，但是不知怎麼的，此時他忽然想起謝玉嬌的病來。謝玉嬌派來服侍自己的丫鬟老早就不見人影，周天昊也不好意思問那些婆子，生怕被人笑話，如今好不容易見到一個知情人士，自然忍不住了。

「不知謝小姐的身子如何了？說起來這病也是因我而起，要是我那日小心一些，不被抓去山寨中，謝小姐也不會因此擔驚受怕。」

周天昊心裡明白，當日若不是自己故意去山寨一探究竟，謝玉嬌就不會連夜想方設法救人，更不會累病了。

這話聽起來正常，但是對於徐禹行來說，不免覺得有些奇怪，看著周天昊那副自責的模樣，腦子兀自轉了個彎，心道：這楊公子千里迢迢過來，難道真是為了報恩？他打算用什麼方式報恩呢？眼下這附近的人全知道，謝家什麼都不缺，就只缺一個上門女婿……

「大夫說是思慮過甚，有損元氣，她小時候身子骨兒就不太好，我姊夫去了之後，這個家全靠她一個人撐著，就算沒有這件事，遲早要病，楊公子不必自責。」徐禹行回道。

周天昊知道古代階級分明，大家閨秀都矜貴得很，像謝玉嬌這樣能出來料理庶務的，本就少之又少，而打理得這麼好，讓眾人信服的，就更是鳳毛麟角了。只是，謝玉嬌再厲害，在他周天昊的眼中，不過就是一個小丫頭而已。

端起酒杯，周天昊略略抿了一口。江寧一帶素來是魚米之鄉，且少有戰亂，這邊幾個大地主的財產加起來，說是富可敵國都不為過，如今北邊的戰事一直未能了結，總有一天，朝廷會向這些人開口。

謝玉嬌一介弱女子，背後沒一個靠山，只怕態度會被動得很，若是知道她辛辛苦苦守住的家業將來要被朝廷徵收大半，不知道她會怎麼樣？想到這裡，周天昊就覺得有些心虛，皺眉抬起頭，將杯中的酒喝個乾淨。

周天昊這眉頭緊鎖的樣子，在徐禹行看來，卻是他心疼謝玉嬌生病。徐禹行想起早先徐氏打消的念頭，不禁有了一些想法，便開口問道：「在下冒昧問一句，楊公子此次來江寧縣，當真只是為了尋找鏡子的主人，當面道一聲謝嗎？」

徐禹行拋出這個問題，讓周天昊一時之間被問住了，若回答「是」的話，如今鏡子已經歸還，這件事情也就了結，過兩日他就可以告辭了；若回答「不是」，就越發說不清自己的來意了。不知道為什麼，他內心萌生出一種以前從未有過的感覺，但到底是什麼，目前還沒有答案。

周天昊還沒能回答，徐禹行就先笑了起來，說道：「楊公子若一時答不出來，過兩日自己和我那外甥女說也一樣。」

聽了這些話，周天昊保持沈默，徐禹行見套不出什麼話，也就不再多說，只是吃菜、飲酒，慢慢消化這場會面。

謝玉嬌在房間裡養了兩、三日，已經可以下床了，徐氏因為上次惹惱了謝玉嬌，心裡難受，因此白天不敢來看她，只等她晚上睡著後才來探訪，謝玉嬌知道徐氏晚上會來，便特地早早上床，等著她過來。

其實徐氏這幾日也很難過，任憑謝朝宗怎樣在她跟前吐泡泡、裝可愛，也沒法讓她笑出來。這日徐氏過來，見謝玉嬌面朝裡躺著，似乎是已經睡著了，便遣了丫鬟們出去，獨自坐在謝玉嬌床前嘆息道：「嬌嬌，娘知道妳生我的氣，千錯萬錯都是娘的錯，娘以後再也不提要妳成親的事，妳千萬別往心裡去。」

說真的，謝玉嬌已經不生氣了，對於這種舊社會的觀念，要是太較真，早就自己把自己氣死了，如今聽徐氏哭得一把鼻涕、一把淚的，她一顆心就軟化了，忍不住轉過頭去，伸出手抹去徐氏臉上的淚痕，鬱悶道：「娘快別這麼說，女兒只是生病，沒什麼精神談這件事罷了。」

別看謝玉嬌平常聰穎能幹，可俗話說「病來如山倒，病去如抽絲」，再加上她最近飲食清淡，一雙大大的眼睛嵌在巴掌大的臉上，實在顯得清瘦，讓徐氏看得好不心疼，摟著她一個勁兒地喊著「心肝」。

徐氏摟著謝玉嬌哭了一陣子，心情總算收拾好了，又想起今日徐禹行說給她聽的幾句話，便開口道：「那楊公子果真是晉陽侯府的二少爺，妳舅舅說他和他父親模樣像得很，在京城就聽說過他尚未娶親……」

謝玉嬌如今聽見一個「親」字就有反射動作，她皺著眉頭問徐氏道：「我都病了幾天，他還沒走嗎？」

徐氏一聽，知道謝玉嬌又在耍脾氣了，周天昊怎麼說都是謝家的救命恩人，他自己不說要離開，謝家怎麼可能趕客人呢？況且徐氏有了一點小心思，恨不得周天昊能在謝家住得久一些，好讓他多了解謝玉嬌的優點，沒準兒兩個人還能對上眼呢！

只是瞧眼下這個情形，謝玉嬌似乎對他沒有半點念頭，口氣中甚至還帶著幾分不屑，到底讓徐氏尷尬。

「妳這孩子，怎麼這麼說話呢？人家好歹對我們謝家有恩，怎麼能開口趕人家走？況且他不是受傷了嗎，怎麼樣都要等他痊癒了再說。頭疼的毛病可大可小，萬一留下了什麼病根，我們也擔待不起呀！」徐氏很是厚待周天昊，每日晨昏都會派人過去問話，又要鄭嬤嬤細心照顧他。這幾日回話的人也說，楊公子一切都好，頭也不疼，唯獨沒提起什麼時候離去。

聽到這些話的時候，徐氏忍不住偷偷高興起來，身子好了都不走，豈不是想在謝家長住？反正他們家裡多的是廂房，他想住多久就住多久。

謝玉嬌哪裡知道徐氏打著這種如意算盤，只當她是念著周天昊的恩情才這般熱絡，便回道：「我又沒說要趕他走，只是我們家一屋子女眷，他一個男人住在這裡不方便。」

「他又不上後院來，有什麼不方便的？當初大偉爺不也在我們家住了那麼久，妳也沒說不方便，怎麼如今換了一個人，倒是守起規矩來？」這個時候徐氏倒是機靈得很，直接拉出一個人當墊背，弄得謝玉嬌無話可說。

其實謝玉嬌自己也說不上來對周天昊是什麼感覺，就是覺得他不簡單，想防著他一點。她並沒有什麼男性恐懼症，可以像對待沈石虎和大偉那樣，大家在一起說說笑笑，偏偏就對周天昊產生一種避之唯恐不及的感覺，她自己也不了解緣由究竟為何。

徐氏看謝玉嬌的表情帶著幾分委屈，有些心事重重的模樣，知道她病中思慮重，便說道：「妳放心吧！他又不是沒自己的家，等身子好全了就會走，哪裡還用得著我們趕人呢？」

謝玉嬌聽了也覺得有道理，沒準兒周天昊這幾日沒走，是因為要好好養傷，她還是不要再以小人之心度君子之腹了。

第三十三章　翩然離去

周天昊這幾日過得實在無聊，若是在康廣壽那邊，不知道都已經出過幾次門了，只是如今以養傷的名義暫時住在謝家，他不好意思亂跑。畢竟是別人家，只要他安安靜靜待著，就不怕有人說什麼閒話，可要是跑進跑出，估計閒言閒語滿天飛，既然是養傷，還是得有個養傷的樣子。

雲松瞧周天昊唉聲嘆氣的模樣，忍不住在心裡偷樂，平常他最怕周天昊到處亂跑，沒想到在謝家卻這麼安分，他終於可以不用整天提心弔膽了。

話雖如此，有句話雲松還是不得不說：「少爺，康大人問您什麼時候回去他那邊。」

周天昊聽了這話，不禁犯起嘀咕來，謝家的大門不好進，他好不容易才進來，這要是離開，再想住進來就難了。

「還沒決定，只是在這裡待著的確無聊，得找一些事情做才好。」

雲松知道周天昊本來就閒不住，便開口道：「康大人說，前兩天接到兵部募兵的命令，要每個縣都招一千人以上的兵丁，若是這次募兵情況不理想，很可能改成強制徵兵，到時候江南這魚米之鄉也不安生了。」

周天昊早就曉得兵部在籌備募兵，只是沒想到來得這麼快。大雍軍戶向來分布在邊塞各地，如今連年征戰，那些軍戶的人數早已不能滿足朝廷的需求，唯一的辦法就是募兵或強制徵兵；只不過強制徵兵容易造成民怨，大雍素來以仁德治國，所以這次兵部先提出募兵這項計劃。

過去北邊幾個重鎮，由於當地百姓深受征戰所擾，募兵的效果極佳，只是如今對象換成江南魚米之鄉，這裡的百姓一向安居樂業，自大雍開國以來從無戰火，要讓他們去戰場上拚命，當真不是件容易的事。

周天昊嘆了口氣，站起來說道：「罷了，明天找人向謝夫人說一聲，我們回去康大人那邊吧！」

徐氏原本以為周天昊要在謝家長住，誰知道過沒多久，鄭婆子就親自來正院稟報，說楊公子明日要走了，讓人先來稟報她一聲。

一聽這話，徐氏著急起來，謝玉嬌的身子還沒好全，這樣兩人豈不是都沒辦法好好相處一陣子，就要分開了？只是急歸急，徐氏一時也想不出什麼挽留周天昊的辦法，只能點點頭，隨口道：「好，我知道了，既是明日要走，妳去吩咐廚子，今晚做一頓好的，為楊公子餞行。」

謝玉嬌正靠在軟榻上休息，聽見紫燕從外頭回來以後，嘰嘰喳喳和其他丫鬟們說話，便道：「要妳好好服侍人，又跑回來，也就我這樣的主子才能容妳了。」

就算紫燕認為那楊公子身邊已經有小廝照顧，他們卻不能不安排個貼身丫鬟照顧他，否則別人還以為謝家不懂規矩呢！

紫燕方才聽雲松說周天昊要離開的事，正高興著呢！她平常並不需要服侍男人，整日在客房外頭候著又很無聊，不像待在謝玉嬌身邊時，能隨便做些針線打發時間，因此一天下來，雖然沒做什麼事情，反倒覺得累得很。一想到周天昊要走，她又能回到謝玉嬌身邊，忍不住開心地說道：「方才楊公子的小廝告訴奴婢，明日楊公子就要離開，用不著奴婢在那邊候著了，所以奴婢才回來小姐這裡。」

謝玉嬌聽了，倒是有些悶悶的，說不出話來。之前她還怕他賴著不走，這會兒他卻說走就走，真是讓人奇怪，難不成他真的傷得不輕，一直在房裡養著嗎？想到這裡，她忍不住問道：「楊公子的傷好全了嗎？」

紫燕聞言，抬起頭想了半天，才低下頭道：「奴婢不清楚，藥還一日兩次熬著呢！奴婢只負責送進去，不清楚他喝了沒。」

謝玉嬌一聽，就知道紫燕辦事不盡心，這也是平常被自己慣壞的，忍不住搖頭道：「我讓妳去服侍人，妳卻這般不上心，要是讓我娘知道妳這樣怠慢她的恩人，還能有妳好果子吃？」

不知道為什麼，謝玉嬌聽說周天昊要離開，精神好了不少，又想到這樣一來，徐氏免不了要為周天昊餞行，偏偏今日徐禹行不在謝家，便吩咐道：「今晚讓劉二管家和沈護院進來作陪，為楊公子餞行吧！」

由於徐氏與謝玉嬌的關係緩和了不少，晚上便差人在謝玉嬌的繡樓裡擺了飯菜，過來陪謝玉嬌和徐蕙如兩人一起用晚膳。

謝玉嬌目前只能吃一點稀粥，稍稍吃了幾口就吃不下了，徐蕙如吃得也不多，不過倒是和徐氏聊得挺開心的。前幾日徐蕙如見徐氏和謝玉嬌兩人鬧矛盾，還以為徐氏現在只顧著謝朝宗，不疼謝玉嬌了，如今看著她們母女倆前嫌盡釋，反倒覺得是自己多心，暗暗有些不好意思，所以不禁和她多聊了幾句。

「這次妳爹回來，就不要再讓他走了，他要是不肯聽，妳只管在他跟前撒嬌，知道嗎？」徐氏如今越發覺得家裡沒個男人不行，所以這次說什麼都不肯讓徐禹行再出遠門，要徐蕙如想個法子留住他。

謝玉嬌聽了，在一旁笑著說道：「娘要留住舅舅還不容易，根本不用犧牲表妹兩缸眼淚。」

「這話怎麼說？」徐氏忍不住問道。

「還用我說嗎？讓舅舅早些娶個新舅母過門，舅舅自然就捨不得走，等過上一、兩個月，新舅母若是有了喜，那舅舅就更不會走了。」

徐氏聽了，馬上就明白謝玉嬌口中的「新舅母」是誰，便轉頭看著徐蕙如道：「妳爹眼中只有妳，只怕我們說什麼都沒用，這辦法雖好，卻只有妳勸得動妳爹。」

徐蕙如還在懊惱之前對徐禹行說過的話，其實她對大姑奶奶挺有好感的，況且如今徐禹行還是一個人在外頭住著，她終究心疼得緊，便點了點頭道：「我改日和爹說說。」

謝玉嬌與徐氏見徐蕙如點頭，不禁笑了起來。眼見外頭天色漸暗，徐氏唯恐擾了謝玉嬌休息，打算起身離去，沒想到此時外頭鄭婆子急急忙忙跑了進來，焦急地喊道：「夫人快去瞧瞧，沈護院和楊公子打了起來。」

徐氏聽說他們兩個人打架，一時之間慌了神，哪還能有什麼主意？倒是謝玉嬌反應快些，問道：「怎麼好端端的就打起來了？」

鄭婆子回道：「原本說是切磋武藝，可打了好些時候都不見分開，後來反倒像是拚命似的，劉二管家在旁邊也喊不開，這才讓奴婢過來報信的。」

年輕人打架，說起來還真不需要啥理由，一、兩句話不對盤，或乾脆說看對方不順眼，都能成為打架的理由，只是總不能讓他們把謝家當成戰場。謝玉嬌站起身道：「其他的不必多說，先過去瞧瞧到底是什麼情形吧！」

謝玉嬌這幾日一直在繡樓養病，這會兒徐氏見她急著出門，心疼道：「妳身子還沒好全呢！我去吧！」

此時喜鵲已經拿了外衣為謝玉嬌披上，謝玉嬌轉頭看了徐氏一眼，笑道：「娘一個人過去，難道就勸得住他們？不過乾著急罷了，還是我去看看到底是為了什麼而起的，怎麼說楊公子都是我們家的客人，這麼冒犯他總是不好。」
謝玉嬌自從知道周天昊明日就要離開，對他的態度也變了，不再像之前那樣避之唯恐不及，言語中還多了幾分關懷。徐氏一聽，也不堅持，帶上丫鬟和婆子跟著往前院去。
謝家前院是個四四方方、很開闊的地方，平常謝家有什麼紅白喜事，只需要在地上搭一個大棚子就夠了。
謝玉嬌領著人從夾道上的小門過來，就看見兩個膠著的身影，看樣子仍舊打得火熱。劉福根看見謝玉嬌，急忙迎了過來，開口道：「小姐快瞧瞧，他們這會兒還沒停下來呢！沈護院也真是的，人家楊公子是客人，怎麼當真打了起來？」
劉福根幾天沒看見謝玉嬌，覺得她比之前清瘦了不少，而謝玉嬌聽了他的話，沒急著回，只抬眼朝他們過招的地方看了一眼。見兩人雖然較真，卻不是毫無章法，裡頭大約還有專業的招式，只是他們這群人身為門外漢，根本看不懂而已。
見謝玉嬌沒發話，劉福根又忍不住開口，朝沈石虎和周天昊的方向喊道：「兩位打累了就歇一歇，裡頭酒還熱著呢！」
沈石虎看見謝玉嬌過來，先是微微一滯，險些落了下風，可也只是一瞬間而已，調整了招式之後，他反倒打得更起勁，似乎是故意在謝玉嬌跟前掙臉面，出招一下子變得又快又狠。

周天昊從小好武，但是因為身分的原因，從不曾跟人這樣快意切磋過，如今碰上了對手，不禁來了勁，一時之間有些忘情。此時他看見謝玉嬌過來了，原本想要停手的，誰知稍稍一鬆懈，對方的攻勢就接踵而來，頓時被激起了鬥志，決定全力迎戰。

劉福根請謝玉嬌過來原本是為了勸架的，哪知道謝玉嬌一來，兩個人反倒越打越凶，一時也傻住了，不明白其中的緣由。

只見沈石虎一個重拳就要打到周天昊臉上，那邊周天昊微微側身，伸手握住沈石虎的手腕，身子忽然向後一倒，另一隻手一掌就要拍在沈石虎的肩頭上，卻又被他避開了。

徐氏看著他們一來一往，只覺得驚心動魄，一顆心咚咚直跳，腳都有些發軟了，她急忙拉著謝玉嬌的袖子道：「嬌嬌，快讓他們停下來吧！要是不小心受傷，就不好了。」

謝玉嬌看了一會兒，見兩人打得難分勝負，看樣子是實力相當，再打下去，無非就是看誰先沒力氣罷了。謝玉嬌往四周看了一下，沒發現有什麼東西能引起他們注意，更別說劉福根在一旁苦口婆心，那兩個人只當沒聽見。想了想，謝玉嬌從頭上拔出一支髮釵，往周天昊和沈石虎中間扔了過去。

誰知謝玉嬌力道過小，原本打算扔到兩人跟前，結果東西還沒飛到一半就開始往下掉。周天昊正好面對著謝玉嬌，看見她丟了什麼出手，一個側身避過沈石虎，一腳勾起那東西，伸手接住後低頭一看，才知道原來是一支和闐玉做的髮釵。

和闐玉質地溫潤，放在手上沈甸甸的，上頭還帶著少女髮絲的馨香，周天昊不禁覺得有些燙手，一時之間竟然呆住了。

「楊公子果然好功夫，只是既然是切磋武藝，那就點到為止吧！我看你們兩人實力相當，再打下去不過兩敗俱傷而已，倒不如停下來，讓劉二管家陪兩位喝一杯。」謝玉嬌軟軟地開了口，雖不像往日那般氣勢逼人，可綿軟之中，卻帶著幾分讓人難以違抗的柔韌。

一旁的沈石虎早已收了勢，恭恭敬敬地站在一旁，聽謝玉嬌這麼說，雙手抱拳，向周天昊致歉道：「楊公子，承讓了。」

沈石虎來謝家已有一段時間，謝玉嬌對他稱得上了解，他平常看著老實，可骨子裡卻是個硬氣的漢子，若不是讓他心服口服的人，便是致歉，也會少了幾分誠意。謝玉嬌的嘴角不由勾了一勾，難道沈石虎知道自己對周天昊有所防範，所以也跟著不喜歡起他來了？只是人家明日就要離開謝家，她不用再刻意迴避他了。

周天昊跟著拱了拱手，說了一句「承讓」，可是口氣中沒有半點服軟的意思，聽起來像是還沒打過癮一樣。

謝玉嬌心道：你們要打，出了這個門，隨便打都成，可如今在謝家，好歹也守著謝家的規矩吧……

周天昊轉過頭來看了謝玉嬌一眼，又瞧了瞧對謝玉嬌唯命是從，卻對自己透著幾分不服的沈石虎，有些明白其中的意思，便轉身對還站在一旁的劉福根道：「劉二管家不介意的話，我們接著喝。」

謝玉嬌眼看著周天昊掌心一收，將自己的和闐玉髮釵給收入了袖中……他這是要將東西據為己有？就這麼一下，謝玉嬌對周天昊僅剩的一點點好感頓時消失，她冷淡地開口道：「楊公子，我的髮釵……」

此時劉福根正引著周天昊往正廳裡去，剛好從謝玉嬌跟前經過。只見周天昊腳步頓了頓，身子微微一側，謝玉嬌覺得有一樣東西在自己的頭上一閃而過，等她回過神來，就看見周天昊兩手空空地站在自己面前，笑道：「髮釵已經完璧歸趙，謝小姐下次若是要勸架，只管開口說一聲，質地這般好的玉釵，要是摔壞，就可惜了。」

站在一旁的徐氏還沒反應過來，周天昊就轉過身，和劉福根進了廳裡。謝玉嬌一張俏臉頓時脹得通紅，而跟在她後頭的沈石虎看見這一幕，手不禁握成拳頭，捏得骨節咯吱咯吱作響。

謝玉嬌稍稍平復了一下情緒，見眾人都驚得不敢吭聲，便開口道：「方才妳們什麼都沒有看見，聽明白了沒有？」

丫鬟和婆子們聞言，急忙福身道：「是，什麼都沒看見。」

徐氏跟在謝玉嬌身後往繡樓去，雖然她覺得周天昊剛才的行為有些孟浪，可他當著那麼多人的面做出這番舉動，難道不是給他們暗示嗎？徐氏到底有些想不明白，可看見謝玉嬌臉色已經由紅轉黑，也不敢開口說什麼，只勸慰道：「嬌嬌快別生氣了，沒想到從京城來的人居然這麼不知分寸，虧娘之前還當他是好人，如今知道是自己看錯了。」

謝玉嬌哪裡知道徐氏其實有些高興，聽她這樣安慰自己，隨口道：「他要是再敢多待一天，看我不給他點顏色瞧瞧。」

徐氏瞧謝玉嬌這話說得咬牙切齒，連病氣都減了幾分，急忙道：「嬌嬌別氣，他明日就走了，這一走，天南地北的，以後想再見都難。」

這些話，徐氏只是隨口說說，可一說出口之後，卻覺得心裡不是滋味。北邊在打仗，日子只會越來越不得安生，以後能不能再見，還說不定呢！他千里迢迢找了過來，這樣奇特的緣分，難道真的說斷就斷了？

謝玉嬌原本覺得沒什麼，可看著徐氏的眼眶紅了，到底有幾分不忍心，開口道：「娘若是覺得虧欠了楊公子，明日女兒備一些禮送給他。」

徐氏嘆息道：「他是晉陽侯府的少爺，還缺我們這種人家的幾份禮嗎？他能為了一面鏡子從京城找來，就說明他不是一個壞人，嬌嬌這樣拒人於千里之外，到底不是待客之道。」

平常徐氏若是說了什麼教訓人的話，謝玉嬌總能想出一些道理來反駁，唯獨這幾句，聽來確實在理，讓她無話可說。謝玉嬌覺得憋屈得很，明明被調戲了，怎麼反倒像是自己的不是？

吃過了好菜，品過了好酒，周天昊卻還是無法入眠。他兩手交叉墊在腦後，想起方才謝玉嬌脹紅了臉的樣子，忍不住笑了起來。

那原本帶著病氣、顯得蒼白的臉頰，一瞬間就脹得通紅，彷彿輕輕一戳就能滴出血來；若不是周圍站著婆子、丫鬟和她娘，他還真想把她抱在懷中，狠狠地欺負一番。

想到這裡，周天昊覺得自己的呼吸都急促了幾分，心頭多了幾分躁動。

外頭的夜色越來越深，一想到明日一早就要離開這個地方，周天昊有些不捨。也不知道他「逃」出來這些時日，京城那幾位大家閨秀出閣了沒有？身為一個現代人，周天昊到現在還是沒辦法完全適應古代的規矩，看那些大家閨秀像雕像一般活著，實在讓他渾身不自在；要是讓他和一尊雕像一起生活一輩子，也許結局只有一個——就是變成兩尊雕像。

想起謝玉嬌那與眾不同的性格與態度，周天昊嘴角又浮上一絲微笑，胸口不知不覺浮上暖意，沒多久就睡著了。

第二天一早，劉二管家備好了馬車，在門口等待周天昊出來。此時謝玉嬌才剛剛起身，喜鵲正端著熱水服侍她洗漱，謝玉嬌打開妝奩，入眼就看見最上頭放著的那支髮釵。

喜鵲幫她梳好了頭，拿著鏡子照了照後面的髮型，開口道：「前兩日劉二管家把新打的鏡子給送回來了，果真和原來那面一模一樣，如今倒是有兩面鏡子了。」

謝玉嬌聽了，想起周天昊帶回來的那面鏡子，她從抽屜中拿出菱花鏡，反過來瞧了瞧背後的箭痕，心口忽然湧上了一絲悲涼。戰場上刀劍無眼，將來周天昊會落得什麼結果，誰也不知道，這鏡子好歹救過他一命，對他來說，也算是個吉利的東西，倒不如送了他吧！

這麼一想，謝玉嬌將那鏡子往喜鵲手中一塞，吩咐道：「把這個東西送給楊公子吧！」

喜鵲一時不解，但是聽謝玉嬌這樣吩咐，還是點頭應了，找了個匣子放入鏡子，往前院送去。

周天昊這時候正要離去，聽見有人喊他，轉身見是謝玉嬌身邊的丫鬟，笑道：「喜鵲姑娘有何吩咐？」

喜鵲走上前，將手裡的匣子遞給周天昊，說道：「楊公子，這是我們小姐讓奴婢帶給您的。」

周天昊眼神一閃，開口問道：「她還有什麼話要妳帶給我嗎？」

喜鵲搖頭道：「小姐並沒有帶什麼話給公子，公子一路小心。」

周天昊頓時覺得有些失落，正欲轉身離去，見徐氏和張嬤嬤都迎了出來。

徐氏見一旁的雲松揹著包袱，門口的馬車也都準備妥當，知道周天昊今日必定要走，一時之間覺得有幾分不捨。「楊公子日後要是路過金陵，記得要來謝家宅玩兩日才好。」

「謝夫人放心，我若是人在金陵，必定還會來叨擾幾日，謝家廚子的手藝，足夠我想念的。」

徐氏知道這是客套話，心裡還是難過，臉上卻帶著笑道：「偏偏這幾日嬌嬌身子不好，不然的話，就讓她陪著你去南山湖和弘覺寺轉轉，這兩處是我們江寧縣內最有名的地方。」

周天昊雖然覺得依謝玉嬌的性子，根本不可能乖乖陪自己玩，但卻不能不給徐氏面子，笑著道：「等下次來，有的是機會。」

徐氏明白這話不過就是敷衍她而已，可到底一點辦法也沒有，只能唉聲嘆氣地看著周天昊離去。

當天晚上，徐氏照舊陪謝玉嬌和徐蕙如在繡樓用膳。徐氏這個人一有心事，就全寫在臉上，謝玉嬌看她那樣子，就知道她還是覺得對周天昊過意不去，心裡正自責呢！

謝玉嬌自己不好開口，便悄悄向徐蕙如使了個眼色，徐蕙如會意，開口勸慰道：「姑母，我聽爹說，他曾經在京城和晉陽侯府的侯爺有過一面之緣，如今楊公子救了姑母，改日等爹去京城的時候，讓他備一份厚禮送到晉陽侯府，這樣姑母也好安心。」

徐氏哪裡是在意這些，她是鬱悶謝玉嬌怎麼在這方面半點心思都沒，居然這樣眼睜睜地看著人走了。可徐氏也明白，姑娘家本就該矜持一些，謝玉嬌這麼做，也是她以前教得好罷了。只是徐氏到底弄不清楚周天昊究竟是個什麼樣的人，怎麼前腳才調戲完姑娘，後腳就拍拍屁股走人，這……這真是把她給愁死了。

謝玉嬌見徐氏依舊愁眉苦臉，也無計可施，幸好這時候張嬤嬤走過來，說是謝朝宗吃了奶，正想要母親抱抱，有點鬧脾氣，所以請徐氏過去。

徐氏被這事一打岔，就沒那麼鬱結，趕緊跟著張嬤嬤回正院去了。

只是徐蕙如心思敏感，她見到徐氏這副模樣，又想起前些天老姨奶奶一行人在徐氏那邊談論謝玉嬌的婚事，頓時恍然大悟，悄悄湊到謝玉嬌耳邊，小聲道：「表姊，姑母不會是看上了楊公子，想讓他當謝家的上門女婿吧？」

謝玉嬌這會兒正喝著飯後茶呢！徐蕙如冷不防說了這麼一句，驚得她噴了一地的茶水，她臉上帶著幾分尷尬的笑，說道：「妳怎麼想到這裡去了，怎麼可能呢？」

說著，謝玉嬌放下茶盞，拿帕子擦了擦嘴道：「娘就算再糊塗，也不會糊塗到這分上，我們謝家在江寧縣是赫赫有名沒錯，可在外頭那些達官貴人眼中，不過就是個土財主罷了，誰會把我們放在心上？我之所以一直沒認真招上門女婿，一來是因為我爹的孝期還沒過，二來……」

謝玉嬌頓了頓，嘆了口氣道：「其實我心裡從來沒真正有過這種想法，當時之所以那麼說，無非就是想堵住悠悠之口罷了。謝家不缺銀子，等朝宗大一些，娶一門媳婦，到時我可以想怎樣就怎樣，豈不痛快？何必非要嫁人呢？」

徐蕙如是受過婦德教育的古代人，聽了謝玉嬌這話，一時驚得說不出話來，她睜大眼睛看了謝玉嬌半天，才忍不住開口道：「表姊，妳這話是真的嗎？」

「妳看我像是在說假話嗎？」謝玉轉過頭看著徐蕙如，繼續道：「若是沒有朝宗，興許我會為了謝家的子嗣，勉強招個上門女婿，可如今既然有了朝宗，這道枷鎖就解除了，為什麼不能為了自己好好地活著呢？妳之前還為我不平，如今怎麼反倒不支持我了？」

徐蕙如聞言，臉頰脹得發紅，小聲道：「可是……表姊若這麼做，姑母肯定會傷心，哪家做長輩的不希望自己的孩子能兒女成群呢？」

謝玉嬌當然知道徐氏會傷心，只是到了那個時候，謝家或許再也沒有能讓她留下的理由了，到時若是直言不諱，說出自己真正的來處，想必徐氏也會看在她這些年盡心盡力的分上，放她離開吧！

「我這麼想，也是抱著寧缺毋濫的念頭，若是為了傳宗接代，最後卻像姑母那樣遇人不淑，葬送了半輩子的幸福，還不如不成婚的好呢！」

徐蕙如一想起大姑奶奶，也是心生警惕，忽然間覺得謝玉嬌說的話有幾分道理，不禁感到有些迷惘，捂起耳朵搖頭道：「我不聽、我不聽，表姊盡說些歪理。」

謝玉嬌見徐蕙如動搖了卻不敢承認，笑著說道：「怎麼？妳也開始覺得我這些『歪理』有些道理了？」

被謝玉嬌說中了心事，徐蕙如忍不住低下頭拍了拍自己發燙的臉頰，最後表姊妹兩個人同時笑了起來，繼續喝茶閒聊。

馬車在通往縣衙的山道上一路前行，周天昊低頭不語，眼神一直落在匣子裡放著的菱花鏡上。劉福根閒不住，瞧這一路上周天昊的臉色似乎都不太好，便小心翼翼試探道：「楊公子這次去康大人府上，打算再逗留幾日？若是有什麼地方用得著小的，儘管開口。」

等了半晌，劉福根也沒聽見周天昊答話，忽然間，周天昊合上蓋子，抬起頭對劉福根道：「你們家小姐還沒婚配吧？你替我回去傳個話給她，若是這次我能活著從戰場上回來，我就娶她。」

劉福根一開始聽到前一句，正想回話呢！誰知道周天昊連珠炮似地說出了後面那一席話，嚇得劉福根結結巴巴道：「楊……楊……公子，婚姻大事豈能兒戲？楊公子不如請個媒人過來，先去向我家小姐提……」

最後一個「親」字還沒說出口，周天昊就說道：「少囉嗦，萬一我死了呢？你告訴她一聲，讓她知道就是。」

說完，周天昊挽起簾子看了一眼，見江寧縣衙就在不遠處，便要車伕停下車，從馬車一躍而下，快步離去。

第三十四章　戰火蔓延

接下來幾日，謝玉嬌雖然還在養病，卻沒能閒著，時不時要去書房裡頭，和徐禹行等人商量事情。原來朝廷已經頒布了命令，要在江南一帶招募兩萬新兵，雖然江寧縣分到的名額是一千人，可對於勞力都要用來下田的魚米之鄉而言，是個不小的數目，康廣壽也顧不得身上的孝，開始到處奔波。

北邊的戰火越演越烈，像是隨時就要燒到南方來一樣。徐禹行收到岳家的來信，只說一個月前和韃靼的兩場戰役，大雍都輸了，一直在前線領戰的恭王也身負重傷，不得不回京。如今京城裡頭，已經發展出主戰與主和兩個派系，表面上看起來似乎仍舊風平浪靜，但實際上早已波濤洶湧。

徐禹行說道：「這兩個月，金陵城裡的房產價格又提升了一成，原先屯的那幾間宅子也都有人來看了，嬌嬌，妳說我們是賣了好呢？還是繼續留著？」

謝玉嬌聽見徐禹行說到戰事，周天昊的影子忽然間從她腦中一閃而過。徐禹行鮮少見到謝玉嬌分神，又問了一次，謝玉嬌這才反應過來，回道：「再留一陣子吧！若真的北方守不住了，城裡的宅子還有得漲，到時候就不止賺一成了。」

原本謝玉嬌對賺銀子這件事很感興趣，可不知道為什麼，這一回卻沒了往日那種激情。

眾人見謝玉嬌意興闌珊的模樣，也都不開口說話，謝玉嬌頓了一頓，澀笑道：「也不一定守不住，這不是要招募新兵了嗎？沒準兒還是能守住。」

徐禹行聽謝玉嬌說話有些顛三倒四，只當她是累了，便開口道：「嬌嬌要是累了，先回去休息吧！這些事情明日再論也不遲。」

謝玉嬌此時才發現自己有些反常，趕緊說道：「舅舅別擔心，我不累，你們繼續說吧！」

徐禹行聽謝玉嬌這麼說，向劉福根使了個眼色，劉福根便開口道：「大小姐，康大人說，我們謝家是江寧縣的大戶，所以這一千人的新兵當中，得有六、七百人是我們家的佃戶。朝廷給了新兵優惠政策，就是一人參軍，全家免稅，可那些佃戶都把田租交給我們，免稅對他們來說沒有作用，這樣一來，壓根兒沒人願意去當兵，命令已經發下來五天了，到現在連個問的人都沒有，這可怎麼辦才好？」

謝玉嬌一聽，就明白了其中的難處，她揉了揉太陽穴，淺笑道：「只可惜我們謝家除了朝宗之外就沒男丁了，不然就能參個軍，咱們謝家也不用交稅給朝廷了。」

難得謝玉嬌這個時候還有心思開玩笑，徐禹行搖了搖頭，不禁笑著道：「還真是這個道理，只是像我們這樣的人家，就算有十個兒子，也捨不得讓一個上戰場。」

玩笑開過了，該解決的事情還是得解決，謝玉嬌皺眉想了想，問道：「咱們家現在總共有多少佃戶？十六歲以上、三十歲以下的年輕漢子又有多少？其中有多少人家中有兄弟？這些劉三管家都查過了沒有？」

劉福根點頭道：「這些早就查過了，謝家所有的田地總共有一千六百多戶佃農，十六歲以上、三十歲以下的有三千六百多人。其中有一千兩百多人有兄弟，也就是說，這一千兩百多人中，得要一半的人上前線去，就算每戶只出一人，那也要六、七百戶人家……」

說到這裡，劉福根又往陶來喜那邊遞眼色，田租都是陶來喜管的，六、七百戶人家要是不交田租，不知道要損失多少銀子。

陶來喜聽了，皺眉道：「小姐，田租是一回事，只是這六、七百名勞力要是離開，來年田裡的活只怕來不及做，到時候產量應該會下降，要是稅銀不減，朝廷那邊不好交代啊！」

謝玉嬌一聽，不禁頭大起來。如今大雍連年征戰，國庫早已空虛，朝廷現在勉強沒加稅，都是為了穩定民心，要是謝家提出減稅這個要求，別說朝廷，只怕康廣壽也不會答應。最關鍵的是，如果戰火真的燒到了南邊，謝家這些田產能不能保住都難說。

劉福根見謝玉嬌滿面愁容，又開口道：「康大人說，如今朝廷只下了募兵的命令，可要是募兵招不到人，到時候就要強制徵兵，真到了那個時候，就不像現在這麼簡單了，沒準兒還會生出亂子來。」

謝玉嬌明白劉福根的意思，戰爭帶來的最大損害，除了喪失國土、人命傷亡，就是擾亂生產。謝家就算有再多土地，要是沒有人能耕種，不過就是荒地，糧食短缺造成的影響，不只是百姓挨餓，前線的士兵也得不到補給，無法擁有足夠的能力反攻韃靼。趁著如今南邊還算平安，若能好好打點一番，先穩住百姓的生活，那麼打仗的事就能交給朝廷全權處理了。

拿起一旁的算盤，謝玉嬌撥了撥，就算這場仗再打三年，六、七百戶佃戶不交田租，不過就是萬把兩銀子的損失，對謝家來說還是承受得起，只是……若朝廷那邊再來個什麼「化緣」，那謝玉嬌也要覺得肉疼了。

「陶大管家，明日你派人到各地張貼布告，只要願意從軍，謝家三年之內不收田租，原先種的田地也不另外收回，但凡簽下文書，每人可領五兩銀子。」

陶來喜聽了，雖然鬆了口氣，可到底有些顧慮，開口道：「老爺在的時候，在田租這塊就格外寬鬆，總說鄉親們一年到頭也忙不出幾兩銀子來，讓我們收了糧食作數，便是有時哪家缺斤少兩，也讓我們睜一隻眼、閉一隻眼。老奴在謝家當了幾十年的管家，心裡清楚得很，要是真的只靠田地這些進項，謝家早敗了，如今小姐還要貼銀子吸引佃戶參與募兵……恕老奴直言，明白人自然知道小姐是為了鄉親們好，可不明白的，只會說我們謝家有幾個臭錢，聯合朝廷欺壓百姓，讓他們去拚命，只怕銀子花出去了，還撈不到好處呢！」

謝玉嬌沒想到陶來喜會想到這些，雖說有些道理，但到底是杞人憂天，笑著道：「自古以來都是人為財死，鳥為食亡，五兩銀子也算不上多，不過就是謝家一點心意罷了，就當是他們的孩子從了軍，我為他們添補一些勞力銀子。朝廷一點錢都不給，就想讓百姓賣命，到底不切實際。說句實話，老百姓才不在乎誰當皇帝，只有那些當官的才在乎。其實我也不在乎，可又想著，韃子畢竟是外邦人，到時候來個燒殺擄掠，我們也是死路一條，不如安安心心投靠朝廷，也好保得一時的平安。」

徐禹行聽謝玉嬌說得有理有據，點頭道：「嬌嬌說得有道理，況且，若朝廷真的南遷，那咱們這裡可就是京郊，到時候那些北邊的貴族過來，還不知道會做些什麼事，要是謝家一心投靠朝廷，沒準兒能好過些。」

聽徐禹行這麼一說，謝玉嬌倒是有些戰戰兢兢。謝家擁有那麼多土地，到時候北邊的那些名門望族會不會仗勢欺人，強占自家的地呢？就算不強占，萬一以勢壓人，來個低價收購，那也夠坑人了，所以這時候絕對有必要和朝廷搞好關係。

至此，謝玉嬌更加堅定自己的做法沒有錯了。

陶來喜張貼布告頭一天，就引來不少看熱鬧的人，可一天下來，卻沒一個人肯簽下文書。謝玉嬌隔天一早得知這個消息，眉頭深鎖著，從書房走到了正院，徐氏見她滿面愁容，趕忙讓她坐下，送上茶盞，說道：「怎麼樣？有人來從軍了嗎？」

謝玉嬌搖頭嘆氣，不得不承認平淡安逸的日子會讓人懶散。「韃子沒打來我們這邊，大家安居樂業，誰也不想去外頭拚命，便是有幾個熱血沸騰的年輕小夥子來問，回家商量以後，也都沒了音訊，要是真這樣下去，這六、七百人我可是變不出來了。」

徐氏聽了，也跟著嘆了一口氣。這幾日天氣不穩定，謝朝宗有些著涼，昨夜發了一回燒，徐氏和沈姨娘兩個人輪流守著，所以徐氏也沒什麼精神。

謝玉嬌詢問謝朝宗的病情，徐氏寬慰她道：「沒什麼事，小孩子著涼，過兩日就好了。」

母女倆說了幾句，徐氏就吩咐預備午膳，外頭卻有婆子進來傳話道：「小姐，兩位管家說，青龍寨的蕭老大帶著一群人，說是要從軍。」

謝玉嬌聽了喜出望外，連忙從椅子上站了起來，說道：「妳請蕭老大和兩位管家去書房，我一會兒就過去。」

原來周天昊離去之後，並沒有馬上離開江寧縣，而是過去青龍寨一趟，與蕭老大見了一面。蕭老大那行人都是北邊逃過來的難民，對韃子自然恨之入骨，巴不得能馬上將他們趕出大雍，加上之前周天昊那番話感動很多人，當時就有許多小夥子願意從軍，因此幾下工夫就招募了一群人。周天昊囑咐蕭老大，等謝家傳了朝廷的命令開始募兵時，就來報到。

謝玉嬌到書房的時候，兩位管家已經迎了蕭老大進來，沈石虎也跟在他們幾個人身後。不知道是不是謝玉嬌多心了，自從沈石虎與周天昊切磋了一回武藝之後，她總覺得他有些刻意避著自己。

坐定之後，謝玉嬌請丫鬟去沏茶，又要眾人坐下。蕭老大不肯坐，朝謝玉嬌拱了拱手，接著竟單膝半跪了下來，開口道：「早就想來向謝小姐請罪，只是最近這幾日在安頓寨裡的事，所以耽擱了，還請謝小姐大人不計小人過，原諒我們兄弟的莽撞之舉。」

謝玉嬌如何當得起這般大禮，忙起身道：「既然事情已經過去，蕭寨主也不用再提起，你們能回歸正道，如今又想著精忠報國，那是再好不過。」

沈石虎這幾日幫忙安置青龍寨中的民眾，耳濡目染之下，也敬佩起蕭老大的為人，尤其得知他是地主家的上門女婿之後，越發對他有種說不出來的欽佩。

蕭老大拱手起身，帶著幾分感嘆道：「當初要不是受蔣家那兩個老東西挑撥，我們也不可能打謝家的主意，如今一想，當真是大錯特錯。」

謝玉嬌一聽到「蔣家」，倒是有些摸不著頭緒，她的眼神往沈石虎那邊瞄了一眼，沈石虎便道：「這件事小的向舅老爺提過，舅老爺說不再追究。」

聞言，謝玉嬌的眼神略略閃了閃，稍稍一想，就明白了來龍去脈，開口道：「舅舅說得對，如今事情已經過去，就不要再提起了，就當是便宜蔣家那兩個老東西吧！」

沈石虎聽謝玉嬌這麼說，就算原本有滿腔怒意，也漸漸釋懷了。

蕭老大又道：「楊公子讓我們上謝家宅說要從軍，名額就算在謝家，只是我們兄弟已經打點好了，過不了多久就要和楊公子一起往北邊去，那裡有正在演練的新兵營，我們想早些上戰場。」

謝玉嬌聽蕭老大提起周天昊，眼神微微一閃，一旁的劉福根也不自覺地抬起眼看了看謝玉嬌，心想，那位楊公子要自己帶的話，到底要不要說呢？也罷，還是不說了，哪裡有求親求得這麼不誠心的，要是說出來，惹得小姐不高興，那就弄巧成拙了。

劉福根打定主意要把這話爛在肚子裡，聽見那邊謝玉嬌問了起來。「你們要走在大部隊的前頭？」

「楊公子說，北方援兵要得急，這兩日南疆那邊正好有宋將軍調遣過來的征南軍要往北去，所以等大部隊到了，我們就先跟著一起走，要是跟著這邊的新兵一起，只怕到了年底還未必能上戰場。」

謝玉嬌聽了這番話，越發緊張起來，彷彿韃子就要衝破那道防線，打到南邊來一樣。

「那楊公子……也要跟著你們一起去嗎？」

不知怎麼的，謝玉嬌嘴巴自動吐出這個問題來，一說完，又覺得自己的臉頰微微發熱，急忙端了茶盞起來，微微抿了一口。

「楊公子自是要去，當日在青龍寨中，若不是楊公子亮出那一身傷痕，那些小夥子只怕還不能領悟戰爭的殘酷，沒想到楊公子年紀輕輕，就有如此氣概。」說到感慨之處，蕭老大微微嘆息。「我出身草莽，空有一身功夫，卻從未有這等抱負，真是汗顏，所以此次我打定了主意，想要和楊公子幹出一番事業，讓家人以我為榮。」

聽著蕭老大說話，謝玉嬌腦中便浮現出周天昊的樣子，每每見他，總覺得他臉上的笑帶著幾分輕浮，讓人覺得不莊重，就算他故意用一本正經的模樣說話，也很難讓人有可靠的感覺，讓她總是想到「假惺惺」三個字。最鬱悶的就是他居然當眾調戲她……也不知道這樣的人，上了戰場還能像上次那樣逃過一劫，安然無恙嗎？

想到這裡，謝玉嬌還是沒辦法為周天昊加分，勉強笑了笑道：「既然這樣，我祝蕭寨主旗開得勝，早日將那些韃子趕出大雍。」

送走了蕭老大，兩位管家也跟著離開，沈石虎卻站著沒動。一想起最近沈石虎有些刻意迴避自己，謝玉嬌也略感納悶，思來想去，猜想難道他是那天和客人打了一架，不好意思起來了嗎？

謝玉嬌正打算寬慰他幾句，卻見沈石虎對自己拱了拱手，一臉正色道：「小姐，小的想和您說一聲，小的也打算從軍。」

聽了這話，謝玉嬌先是愣了半晌，待她稍微想通了些，這才開口道：「沈大哥，男子漢大丈夫想要建功立業，我本不該攔著你，只是你家中的情況……沈伯伯和大娘身子骨兒都不好，你兩個弟弟又年幼，還有一個妹妹過兩年就要及笄了，你如今是家中的頂梁柱，怎麼能說走就走？」

謝玉嬌這話說得句句動聽，沈石虎卻依舊保持沈默，不為所動，他見謝玉嬌說完了，才答道：「所以，想請小姐照拂小的家中一二，這樣小的也能無後顧之憂。」

謝玉嬌看著沈石虎，一時之間不知道該說什麼才好，又想起當初他在外地就是被韃子所傷，大概就是因為這個原因，所以他才想去從軍。

「若是沈大哥心意已決，家中的事不用放在心上，我一定會幫你多照顧；只是父母是你自己的，將來養老送終也都是你這個長子的責任，你可記住了，不管如何，都要活著回來。」

說完這番話，謝玉嬌心裡到底有些難過。自古戰場上刀劍無眼，一將功成萬骨枯，哪能那麼容易就建功立業？像沈石虎這樣的平民百姓，無非就是去當個馬前卒罷了，若是不幸身故，屍骨也未必尋得回來。

沈石虎見謝玉嬌眉梢湧起了愁容，心坎就像被刀尖劃過一樣，輕輕地顫了顫。他緊緊地握著拳頭，忽然抬起頭，一雙深邃黑亮的眸子盯著謝玉嬌，一字一句道：「小姐，待我功成名就，您嫁我可好？」

聞言，謝玉嬌一驚，一張臉頓時羞紅，握著帕子的指尖也微微一緊，正不知如何應答時，只見沈石虎已經轉過身子，頭也不回地走了。

謝玉嬌鬆了口氣，摸了摸發燙的臉頰，陷入了沈思。原來沈石虎竟存著這樣的心思……當真是預料不到啊！前世的自己活了二十多年，在戀愛方面卻是一張白紙；到了謝家以後，一心管理家務，壓根兒沒想過這事，如今想來，沈石虎對自己這番心意，只怕已非一日、兩日。

微微皺著眉頭，謝玉嬌覺得一顆心亂糟糟的，正打算起身回後院去，就聽見外頭丫鬟急急忙忙過來傳話道：「小姐，不好了，少爺驚風，沈姨娘急得暈過去，夫人正在哭呢！」

謝玉嬌也不知道「驚風」是什麼毛病，可一聽說沈姨娘都急暈了，便知道事情有多嚴重，於是急忙提起裙子，飛奔去後院。此時沈姨娘已經清醒過來，正和徐氏兩個人互相安撫，淚流不止。

徐氏見謝玉嬌過來，趕緊迎上去道：「嬌嬌，方才朝宗驚風了，我嚇得兩腿發軟，這可怎麼辦呢？」

謝玉嬌一面安慰徐氏，一面走到張嬤嬤身邊，見她懷裡的謝朝宗這會兒正安安靜靜睡著，只是一張小臉白得嚇人，讓人看了就心疼。

瞧他那模樣，謝玉嬌焦心不已，小聲問道：「朝宗怎麼樣了？」

「小姐別怕，少爺只是驚風了，姨娘和夫人沒見過這種情況，所以才會嚇壞，這會兒少爺已經睡著了。」張嬤嬤到底老成些，雖然擔憂，卻仍寬慰謝玉嬌。「不過小姐還得去請個好一些的大夫來瞧瞧，之前少爺著涼以後，服仁安堂的藥有一陣子了，也不見起色，要是再燒下去，難保不會再驚風。」

謝玉嬌方才神經緊繃地跑過來，這會兒聽張嬤嬤說完，忽然覺得手腳發軟，不禁扶著椅子坐了下來。

一旁的徐氏聽了，忍不住說道：「實在不行的話，下午就請劉二管家去一趟城裡，看看能不能把江老太醫請過來，為朝宗瞧一瞧。」

江老太醫從宮裡致仕，醫術自然好，尤其擅長兒科。聽人說過睿王小時候也曾有過驚風之症，當時群醫束手無策，是江老太醫開了方子，最終救回了年幼的睿王。只是他致仕之後，似乎就鮮少行醫了，如今雖然在金陵城住著，可不到萬不得已的時候，沒人會去請他老人家。

張嬤嬤聽了這話，蹙眉道：「聽說江老太醫致仕之後，從不替人看病，我們冒昧前去，能請到他嗎？」

謝玉嬌也聽過關於江老太醫的傳聞，只是她很清楚謝朝宗對謝家的意義，要是他有個三長兩短，徐氏和沈姨娘別說失去精神支柱，還可能不想活了，既然徐氏開了這個口，就算江老太醫再難請，還是要試試看。

「不管成不成，總要去了才知道。」謝玉嬌擰著帕子說道。

徐氏見謝玉嬌同意了，吩咐下人去請劉福根進來，謝玉嬌開口道：「不必請劉二管家進來了，下午我親自過去吧！也顯得誠心一點，娘幫我備幾份厚禮就好。」

謝玉嬌打定主意的事，沒人能動搖，徐氏只能由著她，又想起她的身子還是需要多靜養，不免心疼幾分，便道：「嬌嬌，娘和妳一起去吧！」

聽徐氏這麼說，謝玉嬌就知道她是心疼自己，本來想回絕，可一想到若是將來自己離開謝家，徐氏遲早得承擔這些事，是以話到嘴邊又嚥了下去，點了點頭，任由徐氏張羅。

徐氏與謝玉嬌在巳時吃了點東西墊胃，之後各自換了衣裳，趕在午時前出門。因為出了青龍寨那件事，這次徐氏特地讓車伕走大路。搭馬車的話，從謝家宅到金陵城大約要一、兩個時辰，謝玉嬌今日起得頗早，這會兒有些疲倦，徐氏昨晚照顧謝朝宗，此時也漸漸支撐不住，最後兩人都靠著車廂小睡起來。

紫燕看見謝玉嬌與徐氏都睡著了，便撩開簾子，要趕車的車伕稍微慢一些。

巧的是，在他們的馬車後頭不遠處，周天昊和雲松正策馬而來。

雲松眼尖，看見馬車裡微微探出頭來的丫鬟，開口道：「殿下，那人是紫燕啊！」

周天昊隨口問道：「紫燕是誰？」

雲松見周天昊的馬跑得急，忙甩了一鞭，追上去道：「就是謝小姐身邊的丫鬟。」

當周天昊再抬起頭要看的時候，馬車的簾子早已蓋住，哪裡還能看見人影。謝家的馬車不同於京城裡各家的馬車，上頭都有標記，只要看上一眼，便能把馬車裡坐著的人猜出個七、八成。這會兒看見馬車越走越慢，周天昊索性鞭子一甩，從馬車旁邊超過去。

就在周天昊超過馬車那一瞬間，一陣風捲起了車廂一側的簾子。周天昊微微側首，看見坐在馬車中，正在閉目養神的謝玉嬌。

不過幾日不見，謝玉嬌那尖尖的下巴似乎又瘦了一圈，眼眶下還殘留著淡淡的烏青，一副睡眠不足的樣子。

周天昊搖了搖頭，內心有幾分擔憂。前幾日剛下過雨，隨處可見土石滑坡，加上馬車行走本就顛簸，她還有辦法在裡頭睡覺，真是大意得很。

想了想，周天昊終究還是減緩速度，讓那馬車走在前頭，自己則等雲松跟上來，兩人在馬車後頭不遠的地方並轡而行。

「殿下，您不趕時間了？信上說明日征南軍就要到金陵城外了，幾位將軍都等著殿下過去呢！總得先做好大大小小各種準備啊！」雲松看著周天昊，帶著幾分試探的意味問道。

「少囉嗦。」周天昊冷冷斜了雲松一眼，慢條斯理地揮著馬鞭，說道：「先看看她們要去哪兒吧！」

第三十五章　順水人情

進入金陵城，打探到江府的位置，結果就像傳言說的一樣，那位江老太醫早就不替人看病了。徐氏和謝玉嬌連個人影都沒見著，結結實實吃了閉門羹。

馬車就停在江府後角門旁邊，隨行的丫鬟抱著幾樣厚禮，站在謝玉嬌與徐氏身後，出來迎客的婆子還算和氣，知道她們慕名而來，勸道：「這位夫人請回吧！我們家老太爺如今已經不為人看病了，夫人要是想請大夫，可以去城裡的回春堂，那是我們家的鋪子，裡頭的大夫醫術也很高明。」

謝玉嬌聽了這話，知道她所言不虛，若一意孤行，反倒顯得有些強人所難了；徐氏雖然心急，卻也無計可施，只好謝過那位婆子，兩人回頭往馬車走去。

周天昊一路尾隨謝玉嬌她們過來，見兩人到了江府門口，才明白這是來請大夫的。江老太醫最擅長兒科，謝家唯一的娃兒，就是謝老爺那遺腹子，也就是謝玉嬌的異母弟弟，這麼一聯想，周天昊就明白大概是謝朝宗病了。

看著不遠處謝玉嬌那嬌弱的模樣，周天昊莫名多了幾分心疼，她自己的病還沒好全呢！也不乖乖養著，還外出奔波替人請大夫。

謝玉嬌扶著徐氏上了馬車，開口道：「娘不必難過，其實江老太醫不看病也有他的道理，試想，誰家的孩子不矜貴？要是每個孩子一生病就想著來請江老太醫，那他可就忙不過來了，我們還是按照他們的規矩，去回春堂請大夫吧！」

徐氏雖然覺得沮喪，可看見謝玉嬌一臉疲憊，心裡也難受，便點頭應了。她正要喊車伕駕車離去，忽然看見那位請她們離去的人從後角門上跑了出來，那婆子急急忙忙迎到馬車外頭道：「謝夫人請留步，我家老太爺今日心情好，聽說有人請他看診，一時高興就答應了。這會兒他已經在房裡換衣服，還請夫人和小姐稍等片刻，我們老太爺馬上就出來。」

婆子說完這話，又折回角門，收回方才堆了滿臉的笑，對前來傳話的小廝道：「老太爺是不是老糊塗了？金陵城沒聽過什麼比較有名望的謝家，怎麼說去就去了？」

那小廝一臉茫然，道：「我哪裡知道，老太爺怎麼吩咐，奴才就怎麼傳話，妳先備好馬車吧！」

周天昊看那婆子留住了謝玉嬌母女，這才牽了韁繩，稍稍往牆後躲了躲，只見雲松笑嘻嘻地從另一邊的角門出來，一溜煙跑到了周天昊身邊，開口道：「殿下，搞定了，老爺子知道殿下來了金陵，非要見您一面，奴才就告訴他，殿下已經奔赴軍營了。」

「你是怎麼請動江老太醫的？」周天昊雖然覺得看在自己的面子上，應該不難請動江老太醫，卻沒料到雲松進去之後兩三下就把事情搞定了，倒是讓他有些好奇。

雲松撓了撓頭，笑著道：「這還用請嗎？奴才直接說，方才來請他的謝小姐是咱們王妃……」

話還沒說完，周天昊輕輕一鞭往雲松的屁股上招呼，催促道：「少廢話，趕緊上馬，不知道明日援軍馬上就要來了嗎？」

雲松委屈地摸了摸自己險些開花的臀部，苦著一張臉翻身上馬，跟在周天昊背後離開了江府。

謝玉嬌與徐氏在江府門口等了一盞茶的工夫，果然見到江府的人親自備好了馬車，謝玉嬌見狀，扶著徐氏下了馬車，沒多久便看見一個鬍子、眉毛全白的老先生從後角門出來，身後還跟著一個揹了藥箱的小廝。

江老太醫看見謝玉嬌與徐氏，腦中閃過睿王跟前小太監雲松的話。敢情如今站在他面前，這位楚楚可憐卻帶著幾分病容的姑娘，就是未來的睿王妃？

眉梢一抖，江老太醫一個彎腰，向謝玉嬌與徐氏拱了拱手道：「謝夫人久等，老夫很久沒有替人診病了，所以藥箱一時之間不知道放在哪裡，耽誤了一些時候。」

謝玉嬌心中雖然覺得奇怪，可見到江老太醫願意出診，到底感到高興，便開口道：「多謝江老太醫，今日冒昧前來，原就是我們的不是，煩勞您和我們走這一趟，診金必當加倍奉上。」

江老太醫連連擺手道：「無妨、無妨，老朽確實立下了致仕後不為人診病這個規矩，不過今日心情好，開個先例也無妨。」

其實江老太醫與周天昊之間有些淵源，儘管江老太醫開了方子，真正的睿王還是不幸夭折，只不過周天昊在睿王身上重生，自從他醒來之後，就一直是江老太醫負責照顧他。因此周天昊對江老太醫有一種特殊的情感，畢竟他是自己來到這世上，睜開眼後看見的第一個人。

就算不知道事實真相，但江老太醫也為睿王能活下來感到欣慰，是以對他比對別的主子更盡心。如今聽說睿王有了心上人，江老太醫如何不想看一眼？這不，雲松才一提起，他就等不及換好衣服出來了。

從金陵城回到謝家宅要一段時間，徐氏和謝玉嬌坐在前頭的馬車帶路，江府的馬車跟在後頭，待她們母女兩人出了城門，徐氏才開口道：「這江老太醫倒是奇怪，原先明明不肯出診，後面卻又派人急急忙忙出來答應，我實在有些不明白啊！」

謝玉嬌這會兒細細想了想，她們先前過去的時候，那婆子壓根兒沒進去通傳，可見平常遇上這樣親自上門來請江老太醫的人，他們一貫這樣打發；至於後來為什麼江老太醫又應了，大約只有他自己知道真相吧！

馬車到謝家的時候，已經快要酉時了。謝朝宗因為病了，怎麼樣都不肯吃奶，愁得沈姨娘坐在廳中落淚。她一聽說徐氏和謝玉嬌請到了江老太醫回來，一時喜極而泣，趕緊起身迎到了二門口。

一夥人眾星拱月似地把江老太醫迎到謝朝宗床邊，江老太醫抬眼看見屋裡清一色都是女人家，頓時明白方才那一老一少為何如此緊張，想來這病著的娃兒，是謝家的獨苗。

眾人安安靜靜等待江老太醫把脈的結果，神色中各自帶著幾分擔憂與期許。

江老太醫低頭沈思了片刻，接著鬆開謝朝宗的手，唇間帶著一絲淡笑，開口道：「謝少爺的病沒有大礙，當務之急是要控制飲食，防止發熱。人乳雖性平，但奶娘或許最近有些上火，火氣就這樣傳給了謝少爺，越來越難散發出去。娃兒小，吃不得什麼苦藥，我正好帶著幾瓶藥丸，到時候用水化開，早晚各餵一次即可，這兩日先讓他吃一些米湯、白粥，等不發熱了，再繼續餵人奶。」

雖然江老太醫這幾句話和別的大夫說的沒什麼兩樣，可是從他的口中說出來，可信度一下子就提高幾成，徐氏與沈姨娘兩人都鬆了一口氣。

張嬤嬤一顆提著的心也放了下來，雖說她年紀大，有些見識，可謝朝宗到底是謝家的獨苗，如今有江老太醫這番話，大夥兒緊繃的神經就都能放鬆了。

江老太醫從藥箱中拿出幾瓶藥丸遞給張嬤嬤，謝玉嬌正欲起身送江老太醫到外頭廳中休息片刻，卻聽江老太醫開口道：「老夫受人所託，要為謝小姐也診治、診治，還請謝小姐稍坐一會兒。」

謝玉嬌原本就覺得今天的事很奇怪，這會兒聽江老太醫這麼說，更感到莫名其妙，她一邊伸了手腕出去，一邊問道：「敢問江老太醫受了何人所託？」

江老太醫聽謝玉嬌這麼一問，頓時老臉一紅，急忙否認道：「唉呀，沒……沒什麼人拜託我。」

謝玉嬌瞧江老太醫紅了臉的模樣，一時之間不好意思再問，坐定之後讓他診治。

一旁的徐氏聽了這話，倒是生出了一些心思。謝家雖然坐擁一方水土，卻鮮少與金陵那些官家富商打交道，若非要說認識什麼厲害的人物，就只有晉陽侯府那位楊公子了。江老太醫在未致仕之前，都在京城行走，認識晉陽侯府的少爺，倒也合理，想到這裡，徐氏臉上微微有了一些笑意，忍不住問道：「江老太醫說的那個人，可是康大人的表弟？」

江老太醫皺眉想了想，康大人的姑母是先帝的妃子，真要論起關係，睿王不就是康大人的表弟？只是……謝夫人既然知道，何必問得這般委婉？

只是有件事江老太醫並不曉得，就是周天昊用「晉陽侯府楊公子」這個身分在外面闖蕩，因此雖然同樣是康廣壽的表弟，所指的人卻完全不同。

「原來謝夫人知道啊？雲松那小子還嘮嘮叨叨的，說此事千萬不可洩漏，拿我當小孩子耍呢！」

江老太醫一提起雲松，謝玉嬌頓時明白今天這些事情的來龍去脈，一顆心忽然急急跳了兩下，坐在她面前的江老太醫立刻鬆開了她的手，擺著手道：「就說了不能提，這一提起，小姐的脈象就不穩了，還是等靜下來了再診吧！」

謝玉嬌聽了這番話，臉頰忍不住泛紅，趕緊低下頭去，偷偷瞟了江老太醫一眼，微微咬著牙，在心中暗道：誰說我的脈象不穩了……

過了片刻，江老太醫見謝玉嬌的臉色恢復正常，才讓她伸出手來，重新為她診脈，探了一陣子後，鬆開手道，「小姐的身子的確要好好調理、調理了。」

江老太醫一邊開藥方，一邊想，這身子虛得很，要是現在不好好調養，將來進了皇家，想要開枝散葉的時候才著急，可就晚了。

徐氏聽了，不禁著急起來，趕忙問道：「嬌嬌她沒怎麼樣吧？」

江老太醫見徐氏著急，笑著回道：「雖說有些嚴重，到底不是什麼大病，只須精心調理個一、兩年，將來生養就不成問題了。」

此話一出，謝玉嬌的臉都黑了。看來宮裡的太醫實在夠閒，沒事就研究好生育的藥方，如今都致仕了，還不忘初衷。不過謝玉嬌雖然這麼想，卻知道江老太醫是為了自己好，便裝作羞澀地低下頭。

徐氏聽江老太醫這麼說，越發緊張。「她從小身子就不大好，我家老爺去世那陣子，她還大病了一場，後來雖說好了許多，可這些日子以來細細調養卻不見效果，最近又受了驚嚇，躺在床上休養了一陣子，如今才好一些。」

「這種病怎麼可能那麼快好，氣血兩虛乃是弱症，需要長時間調養，夫人要是真的為了小姐好，可要讓她好好養著了。」江老太醫並不知道如今是謝玉嬌掌管謝家，只是看著她一個姑娘家出門奔走，而且家裡一個男丁也沒有，便猜出她這一身病從何而來了。

想到謝玉嬌這些日子的付出，徐氏不禁更自責幾分，應下江老太醫的要求，又把他寫的方子交給下人去抓藥，才覺得心安了一些。

由於江老太醫婉拒在謝家用晚膳，想趁著天還未黑前啟程回城裡，因此在送走江老太醫後，徐氏就沒別的事要忙了，她看見謝玉嬌還在椅子上坐著，便上前說道：「沒想到楊公子還念著妳，只是不知道他從哪裡知道我們家朝宗病了，真是多虧他幫忙。」

自從那日徐蕙如點出了徐氏的心思，謝玉嬌每每想起周天昊，總有幾分異樣的感覺。雖然她穿越之後沒遇上幾個男子，可前世言情小說卻看了不少，作家筆下那些豪門世家公子，一個個內斂深沈，十五、六歲就老氣橫秋，為什麼那個楊公子都已經二十出頭，還上過戰場了，仍是一副孩子氣的模樣？

謝玉嬌見徐氏故意提起周天昊，不得不相信徐蕙如說得有幾分道理，只是……徐氏這樣的念頭，終究還是要不得。

「娘心裡在想什麼，女兒如今算是知道了，只是娘也不想一想，楊公子與女兒的身分如同雲泥之別，這次他出手相助，應該只是看在那面偶然救了他的鏡子的分上，娘實在不應該想這些有的沒的。」謝玉嬌皺著眉說道。

況且……今日沈石虎向她表白，如今她心中正煩亂著，哪有心思聽徐氏說這些呢？

徐氏聽謝玉嬌這麼說，微微嘆了口氣，垂下頭道：「若論身分，我們也沒多差，真要說，妳還是當今皇后的姪女呢！只是……」

當年徐氏的父親去世之後，他們就與安國公府再無瓜葛，如今過去這麼多年，只怕安國公府也記不得他們這庶出的三房了。

這些都是謝玉嬌穿越過來之後，聽張嬤嬤閒聊時說的，徐氏很少提起，她也不會去問，此時見徐氏自己說得心酸，謝玉嬌安撫道：「娘快不要想這些了，昨日照顧了朝宗一宿，今天也該好好休息。」

用過遲來的晚膳，謝玉嬌離開正院回去繡樓，沐浴洗漱後，坐在梳妝檯前，由喜鵲為她拆下頭上的朱釵，可在喜鵲打開妝奩的時候，她一眼就看見那支和闐玉髮釵還靜靜躺在裡頭。謝玉嬌莫名有些心煩，隨手將那髮釵拿了出來，丟到一旁道：「把這個收起來吧！以後我都不用了。」

喜鵲看著那日被周天昊拿在手中，最後卻又「神不知，鬼不覺」回到謝玉嬌頭上的髮釵，只能暗暗嘆息它命途多舛。

第二天一早，紫燕一邊端著水進來讓謝玉嬌洗漱，一邊道：「沈姨娘的爹娘一早就過來，大概是聽說少爺病了，過來看看他。」

謝玉嬌一聽，心猛然跳了一下，她知道他們進謝府來，必定不只是為了探望謝朝宗。

梳洗完畢後，謝玉嬌就往正院去。沈大娘正在與徐氏聊天，表面上看著還算平靜，可她一看見謝玉嬌進來，頓時整個人坐不住了，她的神色中帶著幾分焦急，站起來迎接謝玉嬌時就急著開口道：「小姐來了，有些事情，想請小姐幫個忙。」

「沈大娘，您若是為了沈大哥要從軍這件事而來，我幫不了您。昨日我已經勸過沈大哥了，可他心意已決，我也沒有辦法。」雖然不得已，但謝玉嬌只能據實以告。

沈大娘聽了以後一臉為難，卻不肯輕言放棄，一個勁兒地道：「石虎從外地回來後，心思就定了下來，還說要一輩子跟著小姐，為您做牛做馬，從沒提過要從軍的事，如今他忽然說要走，我們如何不慌？只是想著他比較聽得進小姐的話，希望您幫我們勸勸他，興許他是有什麼事想偏了，所以才非要從軍不可。」

知子莫若母，沈大娘能想到這個方面，已經很不容易了，可謝玉嬌如何說得出昨日沈石虎告訴自己的那番話呢？也許她的確有辦法能留下他，可是她並不願意啊……她對沈石虎，真的沒有那種怦然心動的感覺。

神思微微一晃，謝玉嬌反倒想起了周天昊。那日他從隱龍山山道上走下來，她遠遠看著他袒胸露背的，可他臨近她跟前時，卻趕緊套上了一件衣服；那張俊俏的臉上總是帶著玩世不恭的笑，做事看似毫無章法，卻能勸服青龍寨一群落草為寇的難民……

謝玉嬌抿了抿唇，淡淡開口道：「沈大娘，該勸的我都已經勸過了，若是沈大哥執意不肯，您就告訴他，不管他什麼時候回來，他都是朝宗的親舅舅，也是……我的長輩。」

這話雖然說得委婉，但沈大娘卻聽明白了其中的涵義，她的臉色頓時一變，吶吶地回道：「那……那我回去再勸勸他。」

沈家終究還是沒能勸下沈石虎，半個月之後，朝廷在江寧縣招募的一千名新兵準備就緒，即將前往北方戰場。

吵雜了好一陣子的謝家，終於又安靜下來，外頭下起陣雨，謝玉嬌就站在書房外頭的抄手遊廊下，安安靜靜看著這一片雨幕。

劉福根打著油紙傘從外面進來，他看見謝玉嬌在書房外站著，急忙道：「小姐怎麼還在門外站著？快進去吧！」

謝玉嬌見到劉福根，忙讓丫鬟替劉福根收了傘，接著逕自往書房走去，問道：「康大人那邊怎麼說的？這一千名新兵什麼時候走？」

劉福根抬手用袖子擦了擦頰邊的雨水，回道：「說是北邊要人要得急，這幾天就要走了，還說這次負責訓練新兵的人是睿王殿下，他之前射死了韃靼一員猛將。」

謝玉嬌對什麼王不王的不怎麼關心，但是她曾聽徐禹行說過，大雍皇室在子嗣方面一直很單薄，當今聖上只有三個親兄弟，長兄恭王一直在邊關打仗，前不久受了重傷回京；最大的弟弟康王小時候落下殘疾，不能上陣，所以皇室裡頭還能出去領兵打仗的，就只有睿王了。

睿王是先帝幼子，從小備受寵愛，他的母妃楊貴妃比當今聖上的母妃徐妃位分還高，先帝即將駕崩時，屬意將帝位傳給他，誰知道他竟不肯當皇帝，氣得先帝差點當場斷氣。後來遺詔公諸於世，帝位最終落在當今聖上手中。

謝玉嬌聽徐禹行講起這些的時候，還覺得有些奇怪，她看過不少正史、外史、野史，皇室成員為了帝王之位，向來都是喊打喊殺、親兄弟明算帳的，沒想到還有睿王這種怪胎，竟然不要到手的帝位，真是讓人大開眼界。

「不管是誰帶兵，能打退韃靼的就是好將軍。」謝玉嬌隨口說了一句，又問道：「舅舅怎麼沒和你一起回來？他進城裡去了嗎？」

「今晚康大人作東，請了縣裡幾位有名望的地主和鄉紳，舅老爺就留下當陪客了。」劉福根說著，又道：「康大人說大後天要在縣衙門口為這些士兵餞行，到時好些地主和鄉紳家的夫人們都會過去，讓老奴回來問問小姐去不去？」

謝玉嬌心思微微一動，不禁脫口而出。「楊公子這幾日還在縣衙嗎？」

劉福根一聽謝玉嬌提起那位楊公子，只覺得自己出了一頭冷汗，他皺著眉頭道：「楊公子早就走了，這幾天去縣衙走動，也沒看見他的人，小姐這是……」

話才剛問出口，劉福根就有些後悔了，謝玉嬌平常都是冷冰冰的模樣，那楊公子在她心裡沒準兒就是個登徒子，她這樣問一句，肯定是怕楊公子也在縣衙，到時遇上了會尷尬。

劉福根自以為想通了這一層，便笑著道：「小姐放心，楊公子走了好幾天，斷然不會去而復返，您只管去，就算他在，當著那麼多人的面，他又能怎麼樣呢？」

謝玉嬌聽了這番話，臉上一陣紅、一陣白，她挑眉看了劉福根一眼，問道：「劉二管家，楊公子什麼時候得罪你了，你竟然說他壞話？我有什麼好怕看見他的，不過問問而已。」

其實謝玉嬌這兩日漸漸想通了，無論如何，周天昊都是謝家的救命恩人。之前她因為身子不好、情緒欠佳，故而怠慢了他，本就是自己的不是，更甚者，她還以小人之心度君子之腹，對他產生偏見。

不知道為什麼，謝玉嬌就是控制不了這種矛盾的情緒，彷彿越靠近他，自己就越危險，如今既然他已經離開，她就能完全放下警戒，不需要再顧慮那麼多了。

謝玉嬌從椅子上站了起來，走去身後的書架，從一個紫檀木匣子裡翻出幾張銀票來。

「這是一萬兩的銀票，是我前幾天要舅舅去錢莊兌回來的，你抽空交給康大人，就說這是我們謝家給楊公子的謝禮，請他幫忙轉交。」謝玉嬌說道。

劉福根一聽是一萬兩銀子，心道：這可不得了，雖然他們家小姐和「小氣」完全沾不上關係，可每分錢都是精打細算，要是多花一百兩銀子，她都會問個仔細，如今這一萬兩銀子，竟然像打水漂兒一樣說送就送了？

謝玉嬌見劉福根沒接過銀票，問道：「劉二管家，怎麼了，有什麼不對嗎？」

劉福根連連擺手道：「沒……沒什麼，只是小姐，一萬兩銀子不是小數目，要是康大人不敢收怎麼辦？」

「這有什麼?楊公子救了我娘，是天大的恩惠，別說一萬兩銀子，就是再多一些，我也願意給；只是我娘說了，他千里迢迢過來報恩，又順道救了她一命，這樣的人天性良善，幾樣禮品怎麼抵得起他做的這些事呢?我尋思著，如今北方戰亂，朝廷最缺的就是銀子，所以把這銀子交給康大人，讓他轉交楊公子，就說這是捐給朝廷當作軍餉用的，他們自然會收下。」

劉福根聽謝玉嬌這麼說，立刻就明白過來。現在朝廷的確是變著法子要銀子，只要打出這個名號，銀子總能送出去。他看了看手中的銀票，雖然覺得有些肉疼，但這是謝玉嬌的意思，他只好照辦了。

第三十六章　乘機偷香

周天昊帶著青龍寨一群人與征南軍會合，才啟程幾日，就接到朝廷的旨意，讓他帶著江南新召的兩萬新兵，先在彭城一帶練兵。

無奈之下，周天昊只能安頓好青龍寨眾人，接著折回南邊，抽空往康廣壽那邊去了一趟。康夫人去世，康廣壽本想扶靈回京，奈何國事當前，他只好放下家事，讓老嬤嬤帶著尚在襁褓的兒子，跟著從京城前來扶靈的人一起北上了。

周天昊在書房等康廣壽的時候，康廣壽剛剛從劉福根手裡收下那一萬兩銀票。雖然對謝家來說，一萬兩並不算多，可康廣壽算是了解謝玉嬌，最清楚要讓這位精明的姑娘拿出這麼多銀兩來，不是件容易的事。

劉福根話說得很清楚，這銀子是給楊公子的謝禮，但謝玉嬌希望銀子能用在抵抗韃靼上，也算是謝家為大雍出一分力。

康廣壽理了理衣袍進去，見周天昊背對著門口站在裡頭，因聽見聲響而回過頭來，帶著幾分疲憊道：「你扶靈回鄉的奏摺都批下來了，如今又不去，豈不可惜？」

「罷了，國難當頭，這件事先放一邊，相信梅兒也會諒解我。」康廣壽回道。

周天昊問道：「如今孩子也去京城了，你一個人豈不無聊？」

「孩子不在，我正好可以安心處理政務；再說了，自從他生下來，還不曾見過祖父和祖母，讓他回京城去，就當是我在他們老人家跟前敬孝了。」康廣壽說著，逕自走了進來。

丫鬟送了茶進來又退了下去，兩人並排坐下，康廣壽才從袖中拿出那幾張銀票來，遞到周天昊面前。

「這是一萬兩的銀票，你拿去。」

周天昊神色微微一變，繼而玩笑道：「怪不得人家都說千里做官只為財，你才來一年多，收穫頗豐啊！」

康廣壽知道周天昊是故意逗他，瞪了他一眼，開口道：「這可不是我給的，是謝家給你的，說是答謝你救謝夫人的恩情，還說……這銀子若是可以用在攻打韃靼上頭，再好不過。」

周天昊聽了這話，頓時心花怒放，他一手接過銀票，嘴上卻還裝作不滿道：「錢都送來了，還管我怎麼用，只可惜……這是用來還恩情的，若是謝小姐的嫁妝銀子，我會更高興。」

康廣壽眉梢挑了挑，問道：「之前我沒好好問你，你在謝家住了那些天，做什麼去了？」

周天昊想起自己在謝家住的那幾日無聊得很，蹙眉道：「除了吃吃喝喝、養養傷之外，謝小姐的面都沒見著幾次。」

康廣壽瞧他一臉失落，只當他又起了玩心，笑著道：「謝小姐和京城那些大家閨秀不一樣，你若是惹毛了她，當心落得和蔣家一樣的下場，吃不完兜著走。」

周天昊知道康廣壽是故意嚇唬他，便收好了銀票，回道：「哎喲，我可真是害怕啊！只可惜連面都見不著幾回，更別說惹了。」

其實周天昊在說這話的時候，帶著幾分心虛，不知道那平常舌粲蓮花的劉二管家有沒有為自己傳話，難不成……這一萬兩銀子當真是那小姑娘的嫁妝銀子？想到這裡，周天昊不禁有些興奮。

康廣壽見他一副又失落又忍不住想偷笑的模樣，便知道周天昊這顆心只怕是守不住了，拍了拍他的肩膀道：「你若是還想見她一面，就別急著走，我現在派人去追劉福根回來，下一張帖子給謝小姐，請她明日務必來縣衙一趟，為江寧縣的好男兒送行。」

眼看康廣壽有意撮合他們，周天昊覺得自己這趟真是來得巧，看樣子連老天都在幫他，他不拿出實際的行動怎麼行呢？

謝玉嬌一臉茫然地翻看劉福根送來的帖子，上頭明明白白寫著，邀請自己明日去縣衙，為江寧縣從戎的好男兒送行。

若照一般的道理來說，這根本沒什麼不對，可奇怪的是，之前劉福根已經說過這件事，對於那次邀請，謝玉嬌在家想了想，最後也婉拒了；誰知今日劉福根剛離開縣衙，就被喊了回去，最後拿到這樣一張帖子……說真的，這位縣太爺心裡在想些什麼，有些讓人捉摸不透。

但是這件事只有一個結果，就是謝玉嬌沒理由不去，畢竟那是縣太爺下的帖子，面子還是要給足。

謝玉嬌把帖子合上，有些難以置信地問道：「你說你都出城了，康大人又把你喊回去，給了你這份帖子？」

劉福根也覺得有點奇怪，只是轉念一想，又覺得也算合理，便開口道：「老奴倒是有些想通了，小姐一開始不肯去，康大人也就隨了小姐的願，可是後來發現小姐銀子給得太多了，要是不去，就不能當面褒獎您一番，這才補了帖子過來，鄭重其事地邀請小姐過去，盡全了禮數。」

謝玉嬌聽劉福根說得有幾分道理，擺了擺手道：「算了，看來這回是逃不掉了，你先去安排一下吧！原本明日是表小姐的生辰，我還想為她慶祝。」

離開書房後，謝玉嬌去了正院，徐氏、大姑奶奶都在廳中和徐蕙如說話，徐氏見謝玉嬌過來，急忙迎上去道：「才說要讓丫鬟把妳早些喊回來，明日蕙如生辰，我們幾個人正商量著要好好為她辦一辦呢！」

徐蕙如聽了這番話，忙說道：「最近家裡事情多，朝宗的病也才剛剛好，姑母還是別費事，下一碗長壽麵吃就夠了。」

「這怎麼行呢？生辰就該熱鬧一下才行，朝宗生病，家裡許久不曾有笑聲了，如今他病癒，自然要好好慶祝一番。再說了，今年妳好不容易和舅舅團圓一起過生辰，不精心籌備，不就浪費了？」謝玉嬌一邊說，一邊捧著丫鬟遞上來的茶抿了一口，接著微微蹙眉道：「只是我明日白天有事，只能晚上再來陪妳了。」

徐氏一聽謝玉嬌有事，急忙問道：「什麼事？難道要出門嗎？之前怎麼沒聽妳提起過？」

謝玉嬌自己也覺得鬱悶，可人家是縣太爺，不能不給幾分薄面。「明日縣衙要送那些從軍的年輕人出發，康大人親自下了帖子，讓我務必過去，我怎麼能不去呢？」

聽了這話，徐氏微微嘆了口氣，此時沈姨娘正抱著謝朝宗打算從房間出來，聽了這話，抿了抿唇，背過身去。

徐氏看見了，開口道：「妳明日要是見到了沈護院，讓他一路上小心些，家裡有我們照看，要他千萬得平平安安。」

謝玉嬌對沈石虎還有幾分內疚，聽徐氏這樣囑咐，便點了點頭道：「我知道，若是能遇上，這些話我都會說。」

一提起打仗的事，大夥兒的情緒就有些低落，大姑奶奶見狀，開口轉移話題。「蕙如喜歡吃些什麼菜？今日就定下來，一會兒讓廚房的婆子把東西都準備好，省得做不出來，那就掃興了。」

謝家住在村裡，好些食材並不是天天都有，若是想吃什麼，得要提前一天去鎮上買回來，這樣第二天才能準時做出來。

徐蕙如想了想，回道：「倒沒什麼特別喜歡吃的，但是爹愛吃貓耳朵這道點心，以前在北邊很常見，如今在南邊沒怎麼見過，我也想嚐一嚐呢！」

謝玉嬌聽了，知道徐蕙如孝順，只是她前世也是南方人，並沒聽說過這東西，便好奇地問道：「那是什麼好吃的？光聽著就饞了，我也想吃呢！」

徐氏聞言笑道：「我當是什麼好東西呢！原來是這個。妳爹小時候喜歡吃零嘴，家裡幾乎天天都備著這東西，後來到了南邊，會做的人少了，的確沒什麼機會吃，也不知道廚子會不會，我派個丫鬟去問問吧！」

說完，徐氏正要打發丫鬟去問話，張嬤嬤就回道：「夫人怎麼不問問奴婢呢？奴婢今日下午就做一些出來，讓妳們都嚐嚐。」

大姑奶奶聽了這話，眼神亮了亮，忍不住開口道：「張嬤嬤要是不嫌棄，我去替妳打個下手吧！」

謝家那麼多丫鬟和婆子，哪裡需要大姑奶奶打下手，張嬤嬤正要回絕，那頭徐氏悄悄地遞了一個眼神給她，張嬤嬤頓時會意，點了點頭道：「那敢情好，一會兒用過午膳，大姑奶奶就和奴婢一同去忙吧！」

謝玉嬌在正院用過午膳，準備與徐蕙如一起回繡樓裡睡午覺，兩個人在路上邊走邊聊，徐蕙如心裡有了個想法，拉著謝玉嬌的袖子小聲道：「表姊，我想趁著明日生辰勸勸我爹，妳說成嗎？」

「怎麼不成？舅舅其實就是擔心妳，要是妳親自開口，就有九成勝算。」謝玉嬌鼓勵她道。

徐蕙如聽了，小手有些緊張地握緊，繼而用力點了點頭，臉上露出幾分女兒家溫婉乖巧的笑容來。

到了下午，貓耳朵做好了，原來這是一種脆脆的小零嘴，切成一片片的，上頭還有好看的花紋。謝玉嬌前世似乎在超市裡見過，只是她素來不愛吃零食，所以從來沒研究。

她好奇地抓了幾片吃吃看，甜鹹適中，倒真的是休閒的好零嘴，只是……謝玉嬌實在想不到，看上去那般沈穩老道的徐禹行，居然會喜歡這種東西。

想到這裡，謝玉嬌忍不住嘆了口氣。若是韃靼沒有進犯大雍，徐家兩老就不會遭遇戰亂，更不會因此丟了性命，而徐禹行這樣的公府少爺，也不會淪落到為自己的姊夫家在外奔波行商。說起來，徐禹行確實該續弦，不說重振徐家吧！總要留個後，將來朝宗也能多幾個表兄弟幫襯。

因為隔日要去縣衙，所以謝玉嬌早早睡了，第二天卯時三刻就已經清醒。因為江老太醫說謝玉嬌底子差，所以徐氏如今都不遣丫鬟去喊謝玉嬌起床，任憑她睡到自然醒，到時徐氏再讓丫鬟單獨為她準備吃的。謝玉嬌今日難得早起，所以就與徐氏等人一起用早膳。

謝朝宗最近起得也挺早的，之前因為病了，少喝了幾日奶，如今看見沈姨娘，不斷含糊地喊。「奶……奶……奶……」儼然一副要開口說話的樣子。

謝玉嬌瞧謝朝宗一碗雞蛋羹吃得快見底了，忍不住將張嬤嬤手中的碗給搶了過來，笑著道：「朝宗吃飽了，這些給姊姊吃好嗎？」

謝朝宗先是一臉茫然地看著謝玉嬌，最後看見她拿著勺子挖了碗裡的雞蛋羹一口，眼看就要張嘴吞到肚子裡去了，忍不住「哇」的一聲哭了起來，說多委屈就有多委屈。

謝玉嬌見自己逗娃成功，急忙把勺子從嘴邊拿開，送到謝朝宗嘴巴前道：「唉呀，姊姊是逗著你玩的啦，這雞蛋羹是朝宗的，姊姊才不會偷吃呢！」

可此時小娃兒已經傷心欲絕，一個勁兒地往張嬤嬤懷裡靠，哭得都打起嗝來了，徐氏見了，忍不住扶額笑道：「妳都多大了，還捉弄小孩子？瞧瞧把朝宗給傷心的……」

謝玉嬌原本是想逗一逗謝朝宗而已，根本沒料到他居然哭得這麼厲害，果然是沒有帶娃經驗的人才幹得出的蠢事……這會兒謝玉嬌反倒不好意思了，癟著嘴道：「娘快哄哄他吧！哭得真讓人心疼呢！」

張嬤嬤笑著回道：「少爺已經吃得很多了，這一碗要是全吃下去，一會兒又不肯吃奶，留著點肚子也好。」

謝朝宗被張嬤嬤拍著安撫了一會兒，漸漸就有了睡意，眼皮一張一合的，最後忍不住睡著了。

見狀，張嬤嬤淺笑道：「他一大早就醒過來，這會兒又睏了，等他睡醒了再吃吧！」

徐氏看著乖巧的兒子，又看看出落得如出水芙蓉一般的女兒，不禁伸手理了理謝玉嬌鬢邊的髮絲，隨口問道：「最近怎麼沒看見妳戴那個和闐玉的髮釵呢？那是妳爹送的，妳不是很喜歡嗎？」

謝玉嬌一聽，嘴角忍不住抖了抖。這教她怎麼說呢？總不能說髮釵被某人摸過了，所以自己嫌棄吧……

還沒等謝玉嬌回話，徐氏看見她那尷尬的眼神，就明白了幾分；只不過，越是刻意迴避一個人，越表示那個人在心裡已經生根發芽了。

這麼一想，徐氏臉上就帶著幾分笑，回道：「我們家嬌嬌長得漂亮，戴什麼都好看。」

謝玉嬌到縣衙的時候，江寧縣叫得出名號的鄉紳和地主們都已經到了。因為青龍寨一事，這些人家越發敬重起謝家來，在江寧這個地界上，還沒有哪戶人家敢一口氣安頓那麼多難民。大家心裡清楚，謝家做了這些事，朝廷都看在眼裡，將來要是有什麼好處，肯定有謝家一份，因此很多人都趁這個時候巴結謝家。

齊夫人、韋夫人、黎少夫人都來了，唯獨何夫人不見蹤影。如今康夫人去了，縣衙連一個招待女眷的人都沒有，若不是縣太爺說要帶著家屬，這些夫人們誰願意來呢？

這會兒齊夫人看見謝玉嬌也到場，頓時不再覺得彆扭，畢竟謝家小姐都來了，她們幾個不到，反倒顯得拿大了些。

縣衙不大，自然容不下那麼多人，但是在江寧縣外五里處，就是最近新騰出來的校場，那些新兵在那邊待了幾日，今日即將出發北上。從那裡往北去，正好要經過縣衙門口，是以附近的百姓們一早也會過來送行。

謝玉嬌陪著幾個夫人們閒聊了一會兒，聽見外頭傳來敲鑼打鼓的聲音，縣衙裡一個婆子走進來道：「各位夫人、姑娘們，新兵已經到門口了，縣太爺請大夥兒一起出去觀禮。」

江寧縣地處江南，若不是北方征戰不斷，否則這裡的百姓們都以務農為生，很少人從軍。康廣壽打聽之後，才知道這裡的百姓們送家裡的人去從軍時，必定要拜神祭天，舉行一個不小的儀式，好讓上天保佑他們能打勝仗，平安重返家園。

雖然康廣壽也知道這不過就是個形式，但所謂入境隨俗，這些禮數還是不能免，所以今天他才請這麼多人過來一起觀禮。

縣衙門口，祭天用的長條案桌已經擺放齊全，按照當地的風俗，上面放了些五牲祭品。謝玉嬌她們幾個因為是女眷，所以站在後排，遠遠就能聽見爆竹聲噼哩啪啦往這邊來，隊伍已經越來越近了。

沒多久，幾個佩刀的捕快從拐彎處出現，口中高聲喊道：「新兵來了。」

不知道為什麼，謝玉嬌一時之間好奇地踮起腳尖，從前頭那一排人的縫隙中往遠處看去，只見陽光下有一人身著紅纓銀鎧，身形傲然地騎在胯下的棗紅馬上，神色一派肅殺。

謝玉嬌只覺得自己一顆心忽然跳得厲害，她不禁低下頭去，口中喃喃道：「他怎麼會在這裡？劉福根居然騙我。」

周天昊騎在馬上，眼神掃過縣衙門口那群人，只見一抹纖細的身影躲在人群後方，定定地站在那裡。他的臉上頓時多了幾分笑意，而這個模樣在外人眼中，越發顯得意氣風發。

此時周圍有人誇獎起他來。「這是哪家的將軍？可真是英姿颯爽啊！」

「聽說是京城來的將軍，一個人就平定了青龍寨，救了謝夫人，如今看著，果然是英雄出少年啊！」

謝玉嬌就站在這兩個閒聊的人身後，聽著他們不算誇大其辭的讚美，忍不住伸著脖頭，往周天昊騎馬而來的方向看了一眼，見他方才還有幾分嚴肅的神色，這會兒竟染上一抹輕狂的笑，一臉的得意洋洋。

謝玉嬌勾了勾唇角，吐出兩個字來。「臭屁。」

站在一旁的齊夫人頓時有些尷尬地皺起眉頭，伸手捂了捂自己的肚子。原來方才她肚子有些疼，一時沒忍住，放了一個臭屁出來，這會兒見謝玉嬌目不轉睛地看著前頭吐出這兩個字來，實在是尷尬得無地自容。

謝玉嬌偷偷罵完周天昊，臉頰微微有些泛紅。此時周天昊已經騎著馬到了前頭，和帶頭的幾個將士一起下馬，康廣壽急忙迎了上去，恭恭敬敬地行過禮，才開口道：「這是江寧縣的風俗，出征之前要祭天祈福，一應東西都已經準備好了。」

周天昊點了點頭，接過旁人遞上來的三炷香，在供桌前下跪，三拜叩首。

接下去便輪到康廣壽等人上香，當謝玉嬌等婆子送香過來的時候，忽然覺得手心一熱，接著身子微微一晃，人就被拉到了縣衙大門內側。

外面康廣壽領著眾人一起唸著祭天祈福的話語，一道門之隔，謝玉嬌就這樣整個人被周天昊壓在牆邊。

「你……放手。」謝玉嬌皺著眉，抬起頭直直望向周天昊略帶幾分邪氣的眼神。

「不放。」

「再不放手，我就喊人了。」謝玉嬌扭了扭手腕，可男人的力道，並不是她掙脫得了的。

「妳喊吧！」周天昊看著謝玉嬌，眉梢帶著幾分淺淺的笑意，一身銀鎧在陽光照耀之下，越發顯得他劍眉星眼，俊朗非常。

謝玉嬌又掙扎了兩下，終究沒有喊出聲。現在外面站著的都是江寧縣有頭有臉的人，要是他們知道自己被這樣一個登徒子輕薄了，下場會是如何，她連想都不敢想。

「你想怎樣？」饒是從現代穿越過來、內心意志強大的謝玉嬌，遇上這樣的無賴，也慌了幾分。

周天昊低下頭，視線掃過謝玉嬌纖長的睫毛、白皙如玉的臉頰……最後漸漸落在胸口那一抹若隱若現的淺溝上。真是奇怪，同樣是十五歲的姑娘，京城能養出波霸，這小丫頭卻還是如同小饅頭一般……

謝玉嬌發現周天昊視線停留之處，只覺得羞憤難當，抬起腳就往周天昊的腳背上招呼，誰知他輕巧地一閃，長腿反倒抵在謝玉嬌的臀瓣上。隔著衣物，謝玉嬌能感受到鎧甲的冰涼，而周天昊看著自己的眼神，似乎變得有些混沌，她不禁側過頭去，皺著眉頭閉上眼睛。

就在尷尬蔓延時，謝玉嬌手上的禁錮忽然解除，緊接著有人輕輕理了理自己的髮絲，謝玉嬌睜開眼睛，看見周天昊手上捏著一瓣夾竹桃的花瓣。

「幫妳拿掉這個而已。」周天昊隨手把花瓣扔了，接著把他那帶著幾分輕浮的俊臉，湊到謝玉嬌眼前不到兩寸的地方，笑道：「這花瓣沒有上回那支髮釵好看。」

謝玉嬌聞言，這才想起了上次被他調戲的事情，頓時更加羞憤難當，一想到外頭都是人，連喊都不能喊，覺得有幾分委屈，只能咬著唇瓣，狠狠瞪著周天昊，胸口因為發怒喘氣而漸漸有了起伏。

周天昊看見謝玉嬌氣得跳腳的樣子，越發起了玩興，他低頭往她胸口掃了一眼道：「這東西，就算憋足了氣也不一定能大起來，得讓人揉了才行。」

謝玉嬌聽了這話，方才通紅的臉頰瞬間刷白，這個人到底多無恥啊……居然說出這種話來？她一陣惱火，想也不想就抬起手往他那張俊臉上招呼。

掌心接觸臉頰的那一瞬間，謝玉嬌自己都愣住了，可這個時候收回來，豈不是正中他的下懷？謝玉嬌沒收回力道，只聽見「啪」一聲，周天昊的臉上頓時多了幾條紅指印。

周天昊皺了皺眉頭，見謝玉嬌看他的眼神中明顯帶了幾分錯愕。

謝玉嬌避開他的注視，迅速把手放下，嘴硬道：「你明明可以躲開的，不躲開就是活該。」

周天昊臉上的笑意未減，忽然伸手將謝玉嬌的雙手困在她身後，湊到她眼前道：「打完了？那該我嘍！」

下一瞬間，不給謝玉嬌有半點反抗的機會，周天昊低下頭，狠狠含住了謝玉嬌那嬌豔欲滴的唇瓣。

「嗚……混……」

雙手動彈不得，謝玉嬌只能用膝蓋頂著身子不斷往前傾的周天昊，那銀鎧之下，似乎有什麼東西正在蠢蠢欲動。

「不要亂動……」周天昊微微移開雙唇，沈聲警告謝玉嬌，謝玉嬌愣了片刻，還沒想明白是什麼意思，緊接著又是劈頭蓋臉的一個吻。

霸道的氣息勾動謝玉嬌全身的熱情，她只覺得腦袋發暈，一時之間呼吸困難。

過了一段時間，這個綿長又猛烈的吻終於結束了，謝玉嬌有些虛弱地靠著身後的牆，她的臉頰紅撲撲、眼神水汪汪，說有多嬌嬈，就有多嬌嬈。

過了片刻，謝玉嬌才清醒過來，想起自己被吃了這麼大一個豆腐，泛紅的雙眼頓時多了幾分怨恨，她冷冷地看著周天昊，咬牙道：「楊公子，今天的事，我只當是被狗咬了。」

「妳見過有這麼帥氣的狗嗎？」周天昊伸出手指，在謝玉嬌的臉頰上輕輕滑動了一下。「嫁妝銀子都給了，妳還彆扭什麼？只是……謝家怎麼說也是江寧縣最大的地主，一萬兩銀子的嫁妝，好像有些少。」

「你……你說什麼？」謝玉嬌先是愣住，頓了一下才想起之前讓劉福根帶給康廣壽的銀子，開口道：「那才不是什麼……」

後面幾個字，謝玉嬌怎麼樣都說不出口，一時脹得滿臉通紅。

她越著急，周天昊就越高興。

「不是嗎？我以為劉二管家已經把我的話帶到了，所以妳才給了我一萬兩銀子當嫁妝，看來是我會錯意了。」

謝玉嬌這下真的懵了。「你……你讓劉二管家帶了什麼話？我怎麼不知道？」

兩人正糾纏著，一旁的大門有了響動，周天昊一個閃身，往圍牆上一躍而起，等謝玉嬌抬頭的時候，哪裡還能看見他的人？

此時康廣壽領著眾人進門，走過影壁的時候，他稍稍回過頭，看見了混入人群中的謝玉嬌，只見她臉頰緋紅，神色中帶著幾分驚恐，一副心頭小鹿亂撞的模樣。康廣壽何嘗見過這樣的謝玉嬌，看樣子……周天昊這次當真是得手了？

謝玉嬌混在人群中走了幾步，忽然聽見外頭傳來一聲馬嘶，她反射性地轉頭看了一眼，只見周天昊已經跨坐在馬背上，隔著縣衙的大門對著她笑。心頭一驚，謝玉嬌慌忙收回視線，等她再回過頭的時候，看見的只有一騎遠去的身影。

第三十七章 穿針引線

新兵一行人浩浩蕩蕩遠去，謝玉嬌坐在廳中，看著康廣壽嘴巴一張一合地說話，可自己一句也沒聽進去，過了半晌，康廣壽吩咐廚房備膳的時候，謝玉嬌才站起來，開口道：「康大人，今日家中表妹生辰，民女想早些回去，午膳就不用了。」

由於今日請謝玉嬌來的目的已經達到了，康廣壽也不強留她，笑著道：「既然如此，謝小姐請自便吧！今日多有怠慢，還請謝小姐海涵。」

謝玉嬌一想到今天發生的事，心裡還帶著幾分氣，海涵只怕是癡人說夢，點了點頭，陰著一張臉逕自出門，往前頭找劉福根去了。

康廣壽如何看不出謝玉嬌臉上的殺氣，覺得有些惴惴不安，方才又聽她說今天是她表妹的生辰，急忙讓身邊的師爺備了一份禮，派人送去謝家。

謝家今日只有四個人到縣衙，謝玉嬌帶著丫鬟紫燕坐在馬車裡，劉福根和車伕坐在前頭車臺子上。自從一上車，謝玉嬌就繃著一張臉，活像別人欠了她幾萬兩銀子一樣，跟在旁邊的紫燕嚇得連話也不敢說，只低著頭，小心翼翼地瞄著謝玉嬌。

縣衙裡頭這會兒都開始擺飯了，方才還有下人請他們幾個去用膳，誰知道小姐居然飯也不吃就要回家，必定發生什麼大事了。就在紫燕一顆心懸得老高時，聽見謝玉嬌忽然開口道：「停車。」

車伕聞言，急忙把車停了下來，謝玉嬌深吸了一口氣，說道：「紫燕，去把妳爹喊進來。」

紫燕見謝玉嬌這模樣，分明就是要找她爹算帳，急忙道：「小姐，要是奴婢的爹有什麼地方做得不好，奴婢替他向您賠罪。」

謝玉嬌冷冷道：「妳把他喊進來就是，這件事和妳沒關係。」

劉福根就坐在外頭，跟車廂只隔了一道簾子，他聽了這話，一顆心怦怦亂跳，腦門上不禁流下汗來。他趕緊跳下馬車，彎腰弓背地站在車廂外道：「小姐想問什麼儘管開口，天氣熱，老奴身上不乾淨，就不進去車裡頭了。」

謝玉嬌一聽，火氣反倒更大。「你既然想不起有什麼要說的，那你乾脆待在這邊別走好了。」

此時的劉福根只覺得丈二金剛摸不著頭腦，他皺眉想了半天，還是沒想起什麼來，急得前胸、後背都濕了。「小姐想讓老奴說什麼呢？老奴實在想不起來啊！」

「既然想不起來，就站在這裡好好想想，陳師傅，我們走。」謝玉嬌心裡氣憤，直接吩咐車伕趕車。

聽了這番話，陳師傅不禁為難起來，平常他專門負責載送劉二管家進城走動，這會兒小姐卻發話讓他丟下劉二管家，這可怎麼辦呢？

陳師傅尷尬地看了劉福根一眼，只見劉福根一個勁兒地朝他甩手，要他快點走，省得火上加油。

外頭陳師傅正要甩鞭子趕路，紫燕跪下來，低頭道：「小姐要是生我爹的氣，儘管回去再罰他，這都走到山道了，荒郊野外的，您讓我爹怎麼回去呢……」

紫燕的話還沒說完，謝玉嬌的身子就顫了顫，一雙烏黑的眸中蓄滿了淚，一想起今日的事情，她覺得憋屈，又怕被紫燕看到以後回去多嘴，急忙擦了擦眼淚，嘆了口氣道：「這事明天再說，今日要為表小姐做生辰，誰也不准多嘴。劉二管家，你記著，明日早些來我的書房就對了。」

劉福根聽了，嚇得大汗涔涔，可是他在謝家這麼多年，捫心自問，實在沒做過半件對不起謝家的事，小姐這個樣子，分明跟自己犯了十惡不赦的罪一樣啊……

一回謝家，謝玉嬌就先回繡樓洗漱、換衣裳，在等待她洗漱時，紫燕依舊不安得很，不知道她爹到底會受到怎樣的責罰。喜鵲瞧謝玉嬌回來時一臉的不痛快，忍不住問紫燕道：「小姐是怎麼了？怎麼一回來就這樣？」

紫燕不敢說是劉福根惹謝玉嬌生氣的，皺眉道：「我也不知道，早上去的時候還好好的，回來的時候就不對勁了，縣衙那邊分明留飯，但小姐卻沒吃，提前走了。」

「你們竟沒吃中飯？」喜鵲睜大了眼睛問道。

「小姐不吃，我們哪裡敢吃？不過我爹習慣隨身帶著饃饃，他和陳師傅倒是吃了一點。」紫燕回道。

喜鵲這會兒也不知道該怎麼辦，見紫燕神色有幾分委屈，便開口道：「罷了，妳先洗一洗，找些東西墊墊肚子，我去廚房看看有什麼現成的點心，拿過來讓小姐吃一點。」

謝玉嬌洗漱完之後，一個人在繡樓的小書房裡待著，無論如何就是無法釋懷。那楊公子真不要臉，明知道自己要去打仗，偏偏這個時候對她做那種事，算什麼男子漢？謝玉嬌越想越覺得憋屈，見旁邊放著平常丫鬟們做針線的針線簍子，便隨手拿了一根針出來，對著桌上鋪著的幾張宣紙一陣亂戳，口中還唸唸有詞道：「我戳死你，戳死你，什麼玩意兒，哼！」

不一會兒，宣紙上頭就出現了幾排密密麻麻的針眼，這段話把端著一碗紅棗銀耳羹，正往樓上來的喜鵲嚇得止步不前。

「小姐到底是怎麼啦？該不會是中邪了？」想到這裡，喜鵲整個人都懵了，沒多久聽著小書房似乎安靜下來，她拍了拍自己的胸口，走到門口道：「小姐，先用一碗紅棗銀耳羹墊墊肚子吧！晚膳還要一些時候呢！」

謝玉嬌氣都氣飽了，哪裡吃得下東西，可又怕自己不吃，一會兒丫鬟多嘴跑去說給徐氏聽，到時又要聽人嘮叨，只好嘆了口氣道：「放下吧！我一會兒就吃。」

到了晚上，一家人歡聚一堂為徐蕙如慶生，徐氏請了老姨奶奶和大姑奶奶一起來，到底讓徐禹行有幾分尷尬，可想到她們也是謝家的人，也就放寬了心。

徐禹行落坐的時候，大姑奶奶正好親自在擺筷子，她那一雙手纖巧秀氣，看起來細皮嫩肉。徐禹行打從心眼裡感嘆，明明是個該讓人嬌寵的女子，沒想到命竟然這麼苦，如今留在謝家，也算是有她安生之處了。

徐蕙如今日是壽星，她穿了一件鵝黃繡蔥綠柿蒂紋的妝花褙子，外頭套著一件粉色嵌金絲紗衣，一條同色系的流仙裙蓋住了腳下的粉色繡花鞋，散發一股說不出的少女嬌態。

謝玉嬌忍不住誇讚道：「表妹這身衣服可真好看。」

徐蕙如紅著臉笑了起來，小聲道：「這是雲姑母送我的生辰禮物，我本來捨不得穿，可是實在覺得好看，所以還是穿出來了。」

大姑奶奶聽了，臉頰微微泛紅，回道：「家裡還在守孝，不能穿太鮮亮的衣服，可是姑娘家穿得太素淨也不好，這淺粉金色既不俗氣，也不豔麗，剛剛好。」

徐氏點頭道：「還是妳想得周到，我為她們表姊妹做的衣服都是素色的，像妳這樣外頭罩一件帶了金絲的紗衣，既不熱又好看，我怎麼就沒想到呢？」

其實對謝玉嬌來說，古代人的衣服既不能露腿，又不能露膀子，不熱才怪；不過幸好古代沒有溫室效應，白天最熱的時候放上窖冰，也能舒服一陣子，至於衣服嘛，自然是穿得越少越好嘍！

「我那邊還有一疋青色的軟煙羅，已經在為嬌嬌做新衣，隔兩日就能做好。」大姑奶奶抬起頭看了謝玉嬌一眼，有些不好意思，總覺得有種別人好心收留自己，自己卻不斷獻殷勤的感覺。

謝玉嬌並不在乎這些，她根本不缺穿的，況且……大姑奶奶之所以會這樣，她哪裡不明白原因？

「姑母真是太客氣了，我娘今年才為我做了好幾件新的，倒是蕙如才回我們家沒多久，以前也不知道有沒有人照應，姑母多關心、關心她，也是應該的。」

徐蕙如聽了謝玉嬌這意有所指的話，臉頰瞬間紅了起來，正巧這時候丫鬟端了幾盤菜過來，徐蕙如便急忙道：「先不說這些了，我們快吃飯吧！」

老姨奶奶就坐在大姑奶奶旁邊，她見大姑奶奶正往寶珍的碗裡挾菜，便用手肘輕輕頂了她一下，眼睛又往徐蕙如的地方瞄了瞄，示意大姑奶奶為徐蕙如添一些菜。

大姑奶奶一時羞澀難當，如何肯動手，只低著頭，兀自撥弄著自己碗裡的飯，聽徐氏不斷招呼大家一起吃，抬起頭陪著笑用了幾口。

席上人多，很多事沒辦法開口，謝玉嬌也不好提起，與其說出來讓眾人都尷尬，還不如等吃完了，讓徐蕙如把徐禹行留下來，父女兩人再好好說一說。

廚房早就備好了菜，今日做的幾野樣味，都是昨日派人去城裡買回來，放在冰匣子裡保存著的，這會兒吃起來還跟現宰的一樣新鮮。桌上這些菜都是平常徐禹行愛吃的，徐氏知道他的口味，特地命廚房操辦。

一桌子都是女眷，只有徐禹行一個男子，到底有些怪異，好在徐禹行性格溫和，也沒太在意這些，謝玉嬌為了熱絡氣氛，便笑著道：「再過兩年，朝宗也可以上桌吃飯了，到時候說不定還能陪舅舅喝上一杯，這樣舅舅一個人也不會覺得沒意思了。」

徐禹行知道謝玉嬌是怕自己尷尬，放下筷子抿了一口酒，他看徐蕙如和謝玉嬌都大了，心裡頓時有些不捨。「要朝宗陪我喝酒，只怕還要等上幾年，不過想讓我不無聊，倒是有一個辦法，就是妳們兩個早些成親，自然就有人陪我喝酒了。」

徐蕙如聽了這話，臉頰又紅了起來，只低頭抿唇不說話。謝玉嬌因為今日一早被周天昊輕薄過，心頭還存著一些氣，這會兒聽徐禹行這麼說，不禁覺得有些彆扭，回道：「舅舅好好的，又說到我們身上，橫豎我和表妹年紀還小，不著急，真要說的話，舅舅的事才最該急呢！」

徐氏瞧謝玉嬌就要提到「那件事」了，忍不住微微有些緊張，就怕徐禹行又要生氣，好好的一頓飯弄得不歡而散，她雙手緊抓著帕子不說話，留意徐禹行的反應。

徐禹行這回卻沒像以前一樣反感，他將酒杯裡的酒一飲而盡，開口道：「今日蕙如生辰，我們不說這些。」

眾人聽徐禹行這麼說，不約而同鬆了口氣，徐氏連忙陪笑道：「好好好，咱們今日不說這些。」

一頓飯總算是吃完了，老姨奶奶和大姑奶奶離去之後，徐氏要丫鬟和婆子收拾屋子，謝玉嬌便乘機拉著徐蕙如道：「我這會兒還不回繡樓，妳讓舅舅過去坐坐吧！」

徐蕙如知道謝玉嬌的意思，悄悄點了點頭，走過去請徐禹行一同去繡樓。

徐氏看著徐禹行和著徐蕙如離開，還有些放心不下，蹙起眉問謝玉嬌道：「妳說妳表妹能說動妳舅舅嗎？」

謝玉嬌知道徐氏的性子，要是不知道事情的結果，沒準兒今晚就睡不著，安慰道：「娘放心好了，舅舅一直不肯續弦，就是為了表妹，如今表妹自己提出來，舅舅自然會考慮幾分，就算不答應，總有幾分心動；況且舅舅對姑母平常那番照應，只怕不全然是看在我們的情面上。」

徐氏聽謝玉嬌這麼一勸，多少鬆了口氣，又道：「妳先在我這邊坐一會兒，等妳舅舅走了，妳再回去問問妳表妹，若是這件事真的能成，也算是了了我一樁心頭大事。」

謝玉嬌柔順地點了點頭應下。

徐禹行跟著徐蕙如一起去了繡樓，心頭浮上一些感慨。他從來不曾忘記女兒的生辰，便是徐蕙如待在京城那兩年，他也總是吩咐下人準時備上禮物。

雖然早有準備，可徐禹行其實不太明白徐蕙如真正需要的是什麼。比如這回，他送了她一套赤金藍寶石的頭面，那寶石還是他親自在波斯國選的，特地留下來做成頭面送給徐蕙如。

徐蕙如看著匣子裡金光閃閃的首飾，雖然覺得高興，但每年的禮物都差不多，再喜歡也有些膩了，偏偏徐禹行想不到什麼別的東西，所以寶石一年送的比一年大，金子也一年送的比一年重。

「怎麼，蕙如不喜歡這首飾嗎？」徐禹行看著徐蕙如臉上淡淡的笑容，似乎感覺到一些與往年不一樣的地方。

「喜歡……」徐蕙如低下頭，小聲道：「可是爹每年都送這些，我平常也沒什麼機會戴，放在妝奩裡都有些浮塵了。」

徐禹行聽了，笑著道：「妳平常不戴也無妨，這些都是妳的嫁妝，但凡妳娘還在，她必定為妳準備得妥妥當當；我要忙的事情多，不能面面俱到，只能記著每年幫妳存下一、兩樣來，將來妳出閣時不至於太寒酸。」

誰知徐蕙如聽了，心裡卻有些不高興，一張臉頓時垮了下來，她皺著眉頭道：「爹，女兒還小啊！就算女兒要出閣，也要等爹把自己的事都安頓好了，才……才能……」

徐蕙如說到這裡，到底有些羞澀，低著頭不敢再說下去。徐禹行稍稍愣了片刻，正想開口，卻見徐蕙如忽然抬起頭來，淚眼汪汪地看著徐禹行，癟了癟嘴道：「爹不喜歡大姑奶奶嗎？」

徐蕙如這次不說「雲姑母」，反而特地用了「大姑奶奶」這四個字，徐禹行聞言有些愣住了，一時之間不知道該說什麼才好。

若說他喜歡大姑奶奶，似乎是有那麼一點，但主要還是覺得她是個可憐人罷了。徐禹行一直覺得她和自己過世的原配有幾分相似，總是那樣小心翼翼，躲在一個殼裡面，用自己那微小的力量努力關心身邊的人；大概是因為這個緣故，徐禹行對她越發上心幾分，沒想到在外人眼中卻不止如此。

「這……」徐禹行低下頭，微微嘆了口氣，伸手揉了揉徐蕙如的頭頂，開口道：「如今家裡正值多事之秋，朝廷又連年征戰，這個時候談這些……」

徐蕙如一聽，覺得徐禹行這番話分明是托詞，便低下頭擦了擦眼淚，擺出小女兒家的嬌態，回道：「女兒不管，按照爹這麼說，朝廷一打仗，百姓就不能婚嫁了？那爹還想著女兒出閣的事做什麼呢？」

徐禹行聽徐蕙如這麼說，不禁感嘆女兒真是近朱者赤，才回來這麼些時間，就跟謝玉嬌學得能言善道了；不過徐禹行卻很高興，畢竟過去這孩子實在太過文靜，將來即便出閣，這樣的性子也讓人擔心，如今改善許多，倒讓他安心不少。

無奈地笑了笑，徐禹行低聲道：「爹如今說不過妳了，這是誰給妳出的主意，是妳表姊嗎？」

徐蕙如聽徐禹行這麼說，不禁著急起來，萬一徐禹行因此遷怒謝玉嬌和徐氏，那就不好了。

「表姊自己的事都還忙不過來呢！哪裡有空給我出這些主意，這都是我自己想的。」徐蕙如低下頭，看了看自己身上穿著的新衣裳，低頭道：「我就想和表姊還有寶珍、寶珠一樣，都有娘疼。」

就算意志再堅定，聽了這話，徐禹行一顆心也忍不住變得柔軟，他又嘆了口氣道：「那蕙如說說，妳是什麼意思呢？」

徐蕙如紅著臉，低下頭道：「爹明明知道我的意思，還要問我？我不和爹好了。」

徐禹行看著徐蕙如，臉上有掩飾不住的內疚。自從她娘去世之後，自己就忙於生意，總覺得找個地方把她安頓好就是，住在親戚家，比起找一個不靠譜的繼母，要讓人安心很多。其實姑娘家長大成人的過程中，如何能缺少母親呢？

搖了搖頭，徐禹行回道：「此事爹回去再想一想，這並不是妳我一廂情願就能成的。」

徐蕙如聽到這個答案，眉梢微微一挑，見徐禹行終於鬆了口，興許有些希望，便擦了擦眼淚，不再提這件事，親自奉上好茶，父女兩人閒聊起來。

徐禹行從徐蕙如那邊出來以後，心頭多了幾分感慨，他今年三十三歲，原本確實有過等徐蕙如出閣之後就續弦的念頭。一來，繼室不需要操持徐蕙如的嫁妝，他就方便多給一些；二來，他真的不想傷了徐蕙如的心，只是今日她自己都提起來了，到底不能一拖再拖。

路過徐氏的正院時，徐禹行本想進去找自己的姊姊聊一聊，又覺得有些尷尬，便逕自往外院的客房去了。

喜鵲早就在外頭留意著，見徐禹行走了，進來回話道：「小姐，舅老爺往外院去了，您這會兒要回繡樓嗎？」

徐氏聽了，不禁感到有些鬱悶。若是徐禹行答應了，必定會先和自己說，到時候好透過自己問問大姑奶奶的意思，如今他卻直接去了外院，讓她有些掛心，便推著謝玉嬌道：「妳快回去問問妳表妹這事可有成算，若是有，我也好早些準備準備。」

謝玉嬌聞言，一邊走一邊笑著道：「娘何必那麼著急呢？舅舅都等了這麼多年，不急在一時，娘還是先安安心心睡一個好覺，明兒一早女兒再來告訴您。」

徐氏哪裡肯答應，急著道：「妳這丫頭，存心鬧得娘一宿睡不著？」

謝玉嬌捂著嘴巴笑了起來，等到了門口才回頭道：「娘別急，不管成不成，一會兒我都打發丫鬟來和您說一聲。」

雖說徐蕙如把事情向徐禹行說明白了，但其實她心裡還是有些不安，畢竟徐禹行並沒直接答應，只說回去會考慮、考慮；若最後這件事不成，將來徐禹行看見大姑奶奶時，必定尷尬萬分。

謝玉嬌回去繡樓時，便看見徐蕙如拿著一個繡綳，在燭光下繡花。徐蕙如每每遇上煩心的事，便會繡一會兒花，讓自己冷靜下來。

丫鬟引了謝玉嬌進去，徐蕙如這才放下針線，走上前來牽著謝玉嬌的手道：「表姊來了。」

謝玉嬌瞧她神色平淡，並沒有不高興的樣子，便拉著她坐下道：「舅舅怎麼說的？這件事能不能成？」

徐蕙如小臉一紅，眼珠子滴溜溜轉了一圈，開口道：「我也不知道，不過爹答應回去想想，應該還有些希望。」

如今徐蕙如已經十四歲了，雖說還沒許了人家，可到時候一談成婚事，離出閣也不遠了，要是徐禹行續弦的事能早些辦理妥當，對徐蕙如來說也有好處。

謝玉嬌和徐禹行接觸了那麼長一段時間，很明白他的想法，況且上次蔣家人唆使青龍寨綁架徐氏一事，便是徐禹行要沈石虎不要追究的，若不是因為顧慮大姑奶奶，他斷然沒有這麼做的道理。

「舅舅是大人，這又是人生大事，好好考量考量也是應當的，妳不用著急，用不著一、兩天就能見分曉。」

徐蕙如聽了，不禁安心許多，畢竟謝玉嬌拿捏事情向來很準，很少有估算錯誤的時候。

從徐蕙如的房裡出來以後，謝玉嬌便要喜鵲去向徐氏報喜，按照徐禹行的性子，若不願意，就會當場回絕，這次雖然推說要再想一想，大概也是怕太過唐突而已，其實應該是八九不離十了。

徐氏聽了喜鵲的回話，一顆心總算安定下來，又對著謝老爺的畫像拜了拜，開口道：「老爺，禹行和小姑若是真的有了結果，咱們兩家人就越發緊密了，老爺在天有靈，一定要保佑這個家平平安安、一切順利。」

謝玉嬌回房洗漱過後，一時之間無法入眠，今日她和周天昊兩個人發生的種種事情，不斷浮現在她的眼前。她越想越氣，憋屈得不得了，好像那一萬兩的銀子打了水漂兒一樣。到了下半夜，謝玉嬌好不容易迷迷糊糊地想睡了，卻沒料到窖冰化盡，熱得她心煩意亂，不知道什麼時候才真正睡去。

第三十八章　促成良緣

第二天，由於城裡幾個鋪子要進行年中盤帳，徐禹行一早就出門了，徐氏看著他半句話都沒有要說的樣子，覺得有些慌，可一時也不敢說什麼，只能淡淡笑著由他去了。

謝玉嬌起晚了些，並沒遇到徐禹行，她在徐氏那邊用過早膳之後，便遣了丫鬟把劉福根傳進來，沒想到人還沒出二門口，丫鬟就折了回來，說劉福根已經在書房門口候著了。

謝玉嬌走到書房的小院門口，遠遠就看見劉福根在門口跪著，紫燕跟在她身邊，看見自己的爹一把年紀還跪在地上，又心疼又不知該如何是好，只是想起昨日謝玉嬌一晚沒睡好，沒準兒就是因為在馬車邊發生的那件事，因此只能裝作若無其事的樣子，跟著謝玉嬌往書房裡去。

經過劉福根的身邊時，謝玉嬌淡淡掃了他一眼，這樣忠心耿耿的老奴才，應該不會有什麼事情瞞著她才是……進了書房以後，她嘆了口氣，轉頭對紫燕道：「去把妳爹叫進來吧！這樣在外頭跪著，像什麼樣子呢？」

紫燕連忙脆生生地應了，趕緊到外頭喊了劉福根進來，接著便往茶房備茶去了。

劉福根戰戰兢兢地從門外進來，瞧謝玉嬌的臉色還是不大好，一時之間不敢正眼瞧她，只低著頭瞄了瞄謝玉嬌，一口大氣都不敢喘。

謝玉嬌抬眸冷冷掃了劉福根一眼，垂下雙目道：「你之前還跟我說，那幾日在縣衙並沒看見楊公子，怎麼昨日他就出現了呢？」

劉福根向來很會揣摩人的心思，偏偏沒想通這一點，還要謝玉嬌自己提起來，難免讓她有些惱羞成怒。

其實劉福根昨日回去也思索了很久，只是一時沒往這個地方想；況且上回楊公子託他帶給他們小姐的話實在太誇張了，要是真的說出口，豈不就是和楊公子一夥，幫著他欺負小姐？婚姻大事豈容兒戲，怎麼能讓人代為傳達呢？

「老奴也不知道為什麼楊公子突然來了，他好幾日都不曾在縣衙出現，老奴以為他早就走了。」劉福根覺得謝玉嬌若是因為遇見楊公子就這般生氣，要是吐出那些話，謝玉嬌豈不是要剝人的皮了？這麼一想，劉福根只好打落牙齒和血吞，繼續壓著。

謝玉嬌此時憋得難受，劉福根平常看起來挺聰明的，怎麼到了關鍵時刻反而……她嚥了嚥口水，正想往下說，外頭紫燕就送了茶進來。

深呼吸了一下，謝玉嬌稍微淡定了幾分，她端起茶盞抿了一口，見紫燕又出去了，這才開口道：「劉二管家，昨日我非但遇上了楊公子，他還告訴我，說有話託你轉告我，但是楊公子離開這麼多天了，你幾時對我說過什麼話？」

謝玉嬌一口氣說出這些話，總算放鬆了些，可此時臉頰卻像火在燒一樣，那個姓楊的真該死，這是把他們主僕兩人耍著玩嗎？

劉福根並不知道謝玉嬌除了看見楊公子到場，兩人還說過話，如今聽謝玉嬌提起，他才恍然大悟，可想了想，又覺得憋屈；既然楊公子見到了他們家小姐，幹麼什麼都不說？難道真要他轉達那些話？

這教人怎麼開口啊……劉福根頓時大汗涔涔，他皺著眉頭想了半天，才開口道：「楊公子確實有話要老奴帶給小姐，可這些話老奴來說並不合適，得要楊公子親口說才成啊……老奴怕……」

謝玉嬌瞧劉福根欲言又止的模樣，耐心少了幾分，問道：「怕什麼？你不過就是負責帶話，要是他說了什麼不好聽的，我自然怨他，不會遷怒到你身上。」

劉福根卻覺得謝玉嬌這番話可信度不太高，哪個姑娘家遇到這種事不會氣死？況且謝玉嬌這脾氣……他實在不想自尋死路。

想了想，劉福根終究明白了一個道理——是福不是禍，是禍躲不過，便咬牙道：「其實也沒啥……就……就那日老奴送楊公子離開，他……他……」

「他到底說了什麼？」謝玉嬌的耐性都要被磨光了。

「他說等他打了勝仗回來，就來娶……小姐您。」說到最後幾個字的時候，劉福根的聲音已經和蚊子叫一樣了。

謝玉嬌聽了這話，臉色果然一陣紅、一陣白，眼看她瀕臨爆發的邊緣，劉福根趕緊接著道：「老奴問楊公子為什麼不等他回來以後自己和您說，他說……萬一他死了呢？所以只讓老奴告訴您一聲，讓您知道就好了。」

聞言，謝玉嬌愣了片刻，她靠著紅木靠背椅靜靜沈思了一下，又問道：「除了這個，他沒說別的嗎？」

「沒了，就說這些。」劉福根瞧謝玉嬌的表情相當微妙，心裡越發沒底了。

謝玉嬌不禁回想起沈石虎說要從軍那天的事，這話他也跟自己說過，但他是親口說的，相當誠懇；周天昊卻是託劉福根帶話給自己，實在過於輕佻，完全不當一回事。不過……這也許就是他要的效果，只是想讓她知道，曾經有那麼一個人有過這個念頭，但是被求婚的當事人不必認真。

想通了這一層，謝玉嬌忽然就釋懷了，笑著道：「他不過隨口說說，你不用當真，這件事從今以後就是你知我知他知，再沒有第四個人知道，劉二管家記住了嗎？」

劉福根聽了，還是覺得有些摸不著頭緒，婚姻大事豈能這般隨便？這……這不耍著他玩嗎？

「恕老奴愚昧，老奴真的不明白楊公子是什麼意思，婚姻大事怎麼能隨口說說？這……這……」

劉福根還想問下去，謝玉嬌擺了擺手道：「醉臥沙場君莫笑，古來征戰幾人回？一個連自己的生死都不能掌控的人，說出的話無非就是戲言，劉二管家何必把這種話放在心上？」

其實劉福根原本很納悶，如今聽謝玉嬌這麼一解釋，倒是通透了幾分，只不過他還是鬱悶道：「那楊公子豈不是耍人？虧老奴把這件事藏在心底這麼多天，日夜難安的，這是招惹誰了？」

謝玉嬌聞言，淡笑道：「他料定你不敢說，才故意要你說的，興許他還覺得我不敢問呢！」

若不是謝玉嬌有穿越女的臉皮和心態，這種事當真問不出口。那位楊公子若真的死了，劉福根只會慶幸自己沒說；若是他僥倖活著，也不一定會履行諾言。

謝玉嬌原本懷著滿腔怒意責問劉福根，可如今細細分析了一下，忽然覺得怒氣消弭了不少。從現代穿越而來的她實在不明白，在這個只有冷兵器的時代，打仗就是活生生的肉搏，國與國之間必須抵上無數條無辜的性命，去成就所謂的皇圖霸業，這麼做到底有什麼意義？

一想到這些，謝玉嬌忍不住在心中嘆息，也許楊公子說得對，他永遠都不會回來了。

劉福根瞧謝玉嬌表情似乎淡然了起來，不禁鬆了口氣，把家裡需要謝玉嬌定奪的事回了幾項，便匆匆離去了。

募兵的事告一段落，謝家難得閒了下來。自從徐禹行那日出門之後，有兩、三天都沒回家，徐氏擔憂不已，本來想找謝玉嬌商量對策，卻見謝玉嬌這幾日有些魂不守舍，便沒有開口。

今日徐禹行從外面風塵僕僕地回來，徐氏想藉機問一問他的婚事，誰知還沒開口呢！就聽徐禹行開口道：「聽說北邊又打了敗仗，朝廷這回要強制徵兵，但凡家中有三個男丁，都要出一個人去前線，幸好我們謝家宅之前沒耽誤募兵的事，不然就麻煩了。」

謝玉嬌聽了，暗暗鬱悶起來。她穿越的這個朝代，歷史課上壓根兒沒學過，自然不知道這一仗到底能不能贏；不過謝玉嬌很清楚，那些北邊的少數民族個個英勇善戰，在馬背上人人都是菁英，哪裡像他們大雍的百姓，只會揮鋤頭種田。

徐氏蹙眉道：「這個韃靼也不知道是從哪裡來的，從我們小時候就一直跟大雍打仗，怎麼打也打不完，難不成他們有三頭六臂？」

若只是會打仗也就罷了，韃靼的士兵們心狠手辣，遇上手無寸鐵的大雍百姓，照樣能下得了毒手，讓邊境的百姓們聞風喪膽。過去逃難的經歷，徐禹行不願再回想，便是聽人提起，都還有些害怕。

「這陣子又陸陸續續從北邊搬遷了好些人過來，我聽說京城好幾個大戶人家，都在金陵物色府宅了。」徐禹行說著，抬頭看了謝玉嬌一眼。前一陣子他想賣出兩間宅子，但謝玉嬌覺得如今戰況未明，還可以再等一陣子，或許還能賣出更好的價格。

謝玉嬌見徐禹行朝自己遞了眼色，頓時明白他的意思。如今謝家手上的宅子多了好幾間，若是等朝廷南遷時賣出去，白花花的銀子就會和滾雪球一樣送進門；可是不知道為什麼，此刻她卻害怕起南遷這件事，若是真的有那麼一天，不就說明去北邊打仗的人都已經守不住……死了？

她端著茶盞，輕叩杯蓋，緩緩開口道：「舅舅，咱們先前屯的那幾間宅子，若是有人要買，就賣了吧！」

在徐禹行看來，謝玉嬌是那種敢鋌而走險賺大錢的人，如今北邊形勢這般緊張，搞不好可能遷都，這個時候謝玉嬌卻肯賣了，著實讓徐禹行覺得有些出乎意料。

謝玉嬌抿了一口茶，淡淡道：「我想了想，不管怎麼樣，要是北邊能守住，對國家才是最好的，我們既是大雍的百姓，自然不希望生靈塗炭，非到萬不得已，這國難財還是不發了。」

徐禹行知道謝玉嬌在做生意方面不僅有獨到的眼光，更是斤斤計較，如今她有大智慧，能說出這番話來，著實讓他敬佩不已。

「既然妳這麼想，我這幾個月就陸續清掉那些宅子吧！至於鋪子，各方面條件都好，留著收租好了，也算有個穩定的營生。」徐禹行一時心情大好，連喝了兩盞茶。

一旁的徐蕙如見了，笑著道：「爹就不能喝得慢一些嗎？難道姑母捨不得給您沏好茶？」

徐氏聞言，回道：「這茶是今年茶園送來的，算不上好茶，不過就是新鮮些，喝著爽口。」

其實徐氏一直想問徐禹行「那件事」，卻不知道該怎麼開口，她拿這個弟弟沒辦法，上回柳姨娘的事情弄成那樣，讓她對徐禹行總有幾分歉意。

謝玉嬌低垂著眉頭，抬眼看見徐氏一臉乾著急的模樣，說道：「娘，下個月是老姨奶奶六十歲的生辰，娘想好了要怎麼過嗎？」

徐氏聽了，忙道：「還沒想好呢！如今尚在守孝，雖不能大辦，但畢竟是大壽，總要擺一桌酒席，稍微意思一下，過兩日我就和妳姑母商量。」

徐禹行聽徐氏提起了大姑奶奶，便正色對徐蕙如道：「蕙如，妳先回房去，我和妳姑母有事情要談。」

徐蕙如怔怔地往謝玉嬌那邊瞧了一眼，說道：「表姊不走，我也不走，爹有什麼事不能讓女兒知道嗎？」

徐禹行被徐蕙如這麼一問，臉上多了幾分尷尬。謝玉嬌稍稍瞧出了一些苗頭來，便笑著開口道：「既然如此，那我就和表妹一起走吧！」

其實徐蕙如知道徐禹行要她離開，多半是為了「那件事」，她雖然很想聽，但既然徐禹行不讓她知道，她也沒有辦法；可要是謝玉嬌跟著自己一起走開，一會兒連個能為自己帶話的人都沒了，反倒更悶。

這麼一想，徐蕙如便站起來，神情中帶著幾分俏皮，噘起嘴道：「好啦、好啦，女兒先走了，你們有事慢慢商量。」

徐禹行看見徐蕙如走了，自在了幾分，徐氏瞧徐禹行那樣子，便笑著道：「你還是老樣子，一把年紀的人，還怕什麼羞呢！」

說到底，徐禹行年少時是個書生，本就文靜羞澀，經歷了風霜之後，才一點一點磨得沈穩老練，只是說起感情方面的事，還是有些靦覥。

「那日蕙如和我說了一些話，我這幾日也考量許久，如今蕙如大了，她在這裡住著我也安心，所以有些事情就隨緣了。」

謝玉嬌瞧徐禹行話語中帶著閃躲，忍不住想笑，只是對方畢竟是自己的舅舅，若真是笑了，實在有些不敬。

「舅舅有什麼話就直說吧！如何個隨緣法？」謝玉嬌問道。

徐氏見謝玉嬌這樣直截了當地問出來，伸手作勢要打她。「妳這丫頭，還和妳舅舅開起玩笑了，咱們在說正經事呢！妳若是不想聽，就跟妳表妹一樣回繡樓去吧！」

謝玉嬌這會兒不禁笑了起來。「娘著急什麼，舅舅自己說了隨緣，我們自然要問個清楚，否則要是我們會錯意，豈不耽誤了人？」

徐氏聽了，一個勁兒地搖頭，可徐禹行卻不害羞了，他畢竟超過三十歲，既然打定了主意，本來就該有些擔當。

「姊姊若是有空，就幫忙請個媒婆來，我……我願意向親家大妹子提親。」

雖然如今謝家下人還是稱呼謝雲娘「大姑奶奶」，但她畢竟和離回家了，所以算是謝家的閨女，因此徐禹行才用了「親家大妹子」這個稱呼。

徐氏聽徐禹行這麼說，一顆心總算定了下來，恨不得馬上站起來感謝天地。她口中不停地說著「好」，又急忙拿了農民曆翻閱宜嫁娶的好日子。

謝玉嬌也很高興，捂著帕子笑了起來，她穿越到謝家來也有一年三、四個月的時間了，這會兒總算又有了一件喜事。

徐禹行捧著茶盞坐在一旁，想了想，又道：「若是這件事定了下來，我打算帶她們去城裡住。」

徐氏的手正摸著農民曆，冷不防聽徐禹行這麼說，頓時露出幾分不捨的表情，不知道如何挽留他們，卻聽見謝玉嬌道：「舅舅只管按自己的意思去辦，住城裡也挺好的，如今生意都在那邊，您這樣兩頭跑也很累，既然有了新舅母，就該多花一些時間相處。」

謝玉嬌雖然知道徐氏捨不得他們，可是她心裡很清楚，蔣家那對老東西不是什麼善茬，到時若是隔三差五跑來鬧事，依大姑奶奶的性子，不被氣死才怪呢！一旦去了城裡，宅門一關，什麼流言蜚語都進不去，到時再買幾個新的丫鬟和婆子，大姑奶奶就是正經的富家夫人了。

徐氏聽謝玉嬌這麼說，只好收拾自己的不捨，她好不容易把這門親事給訂下來，一切還是隨徐禹行的性子走好了。

當天晚上徐氏便命丫鬟去請老姨奶奶過來，打算兩個人通好氣，就可以直接找媒婆。

老姨奶奶雖然心裡惦記這件事，可到底不抱多少希望，連和徐氏探個意思都不敢。雖然徐禹行是寡夫，但好歹是個世家公子，身分高了大姑奶奶許多，多少讓人卻步。儘管如此，老姨奶奶私下還是提點了大姑奶奶幾回，可見她一副不開竅的模樣，只能暗暗著急，如今她見徐氏忽然請自己過去，不禁有些好奇。

徐氏也可謂是命途多舛，原本她這個年紀的女人，該是風華正茂，如盛開的牡丹，說句不中聽的話，徐氏這年歲若是擺在現代，不過就是一個大齡剩女而已，必定不會這般心如死灰地活著。

好在如今有了謝朝宗，徐氏算是有了個依靠，平時管管家裡的雜事，再逗弄謝朝宗，日子也就過去了；只是閒的時間長了，難免會想得太多，徐禹行的事，對她來說就是擱在胸口的大石頭之一。

謝玉嬌這時候剛在徐氏這邊用過晚膳，原本要和徐蕙如一起回去，卻被徐氏留了下來。方才謝玉嬌聽說徐氏請了老姨奶奶過來，心道大約是要商量徐禹行的事，想來徐氏這性子，還真不是一般不得閒。

老姨奶奶一路拄著枴杖走過來，神色中帶著幾分期待。去年摔了一跤之後，在完全康復之前，她都會拿著枴杖走路，可是在身子索利之後，枴杖卻再也離不了手。

丫鬟們見老姨奶奶進來，立刻送上一碗清熱的百合綠豆湯，徐氏拉著謝玉嬌一起坐下，臉上堆著笑，和老姨奶奶話起家常。徐氏的臉皮終究比較薄，事到臨頭，反而不好意思起來。

謝玉嬌見她們兩人從謝朝宗長了幾顆牙，一直聊到外院的貓又生了一窩小貓，還是沒往正題上說，聽得她都要睡著了，忍不住不耐煩地打了一個哈欠。

徐氏這才反應過來，笑著開口道：「今日請您過來，確實是有些事想和您商量。」

老姨奶奶其實也憋得心口疼，可這事徐氏不提，她也不好意思問，如今見徐氏終於開口，眼珠子頓時冒出了精光，笑著回道：「有什麼事儘管說，一家人還說什麼兩家話？」

「這個……我想讓您去問問小姑，如今她一個人帶著兩個孩子，有沒有想過……」說到這裡，徐氏又不知如何開口了。

徐氏是嫂子，大姑奶奶是小姑，小姑被人欺負，和離回娘家住也是應該的，可如今嫂子卻急著為她張羅親事，反倒讓人覺得徐氏像是容不下大姑奶奶一樣。

徐氏是一個多心的人，這麼一想就尷尬起來，一時之間連話都說不全。

謝玉嬌在一旁聽了差點翻白眼，她乾脆站起來，走到老姨奶奶跟前道：「老姨奶奶，您就回去問姑母一聲，說她願不願意嫁給我舅舅，若是願意，過兩日就讓我娘請媒婆來家裡提親，您說可好？」

徐氏急得像熱鍋上的螞蟻，見謝玉嬌就這樣直接說出來，忍不住鬆了口氣道：「對對對……就是這個意思，我一時竟說不清了。」

老姨奶奶一聽，當真是喜出望外，急忙道：「她要是不願意，看我不擰她的嘴。」話一說完，覺得似乎不大妥當，連忙陪笑道：「好好好，我這就回去問問她……」

這回老姨奶奶真的是高興壞了，居然沒等徐氏回話，就急急忙忙起身離開，恨不得馬上把這消息告訴大姑奶奶。徐氏站起來往門口看了一眼，哪裡還有老姨奶奶的影子，人早就出了二門了。

徐氏不禁笑道：「老姨奶奶的腿難得這麼俐落。」

謝玉嬌跟著笑了起來。「以後要是姑母再為舅舅生個一男半女，老姨奶奶的腿還要更俐落呢！」

徐氏最巴望的莫過此事，聽謝玉嬌這麼說，回道：「要是這樣，我作夢都會笑醒。」

老姨奶奶回去之後立刻告訴大姑奶奶這件事，大姑奶奶思量了一晚，終於應下了，但是顧慮到如今謝家還在孝中，她是謝家的閨女，自然也要守著，若是徐禹行願意，等過了謝老爺的孝期，再談此事也不遲。

沒想到徐禹行聽聞此言，二話不說就答應了，至此，徐氏懸著的一顆心，總算落了地。

第三十九章 愁上心頭

這一年冬天格外冷，謝玉嬌捧著一個小手爐，坐在書房裡看帳本。謝老爺的書房頗大，左右各有裡間，雖然地上總共放了四個火爐，卻還是有些陰冷，不過靠窗養著的那些多肉植物倒是長得很好，天氣好的時候曬得著太陽，小盆都長成大盆了。

謝玉嬌合上帳本，捧著手爐從窗口望出去，只見外頭大雪紛飛，白茫茫的一片。兩個婆子正在廊下掃地，其中一個人的小兒子去了前線，只聽見她碎唸道：「聽說七月的時候，縣衙那邊往前線捎東西，我做了好厚兩件棉襖讓人帶過去，也不知道他穿上了沒有……北邊比我們這裡冷了不知道幾倍，可不得凍僵了？」

謝玉嬌聽了，不知怎麼的，又想起了周天昊，她上回讓劉福根悄悄打探了一下，劉福根回來以後笑著對她說：「打聽到了，那位楊公子如今在睿王殿下麾下，據說他們沒在第一線，正守著京畿周邊練兵呢！請小姐放心。」

聽劉福根這麼說，謝玉嬌當下有些惱火，她瞪了劉福根一眼道：「我要放心什麼？他和我又沒關係。」

當時劉福根一句話都沒回，只是一味地傻笑，如今這事也過去一個來月，眼看就快要過年了。

外頭的風呼呼地吹著，謝玉嬌覺得有些冷，便放下了簾子，不去聽那兩個婆子嘮嗑，儘管如此，她還是忍不住想道：今年這麼冷，怎麼不見康廣壽來討棉襖呢？

謝玉嬌想起這幾個月轉讓房產賺來的銀子，覺得是該做些什麼，便讓丫鬟去把劉福根給叫了進來。

劉福根穿著灰鼠襖、戴著氈帽，身上染得白白一片，因為謝玉嬌臨時喊他過來，他以為有什麼急事，一路跑得飛快，冒著風雪從外頭進來。

「小姐有什麼吩咐？」劉福根問道。

謝玉嬌看著劉福根一身寒氣，指了指牆角的火爐，開口道：「劉二管家先暖暖身子，有什麼話一會兒說。」

劉福根靠到牆角暖了一會兒手，身上的寒氣漸漸散去，待丫鬟遞了熱茶來讓他喝下，他才開口道：「小姐有什麼事，儘管吩咐，這幾日老奴正在城裡收租呢！有事的話可以盡快替您辦妥當。」

謝玉嬌點了點頭，不疾不徐地問他。「最近縣衙那頭有什麼動靜沒有？」

劉福根思考了半天，以為謝玉嬌又想起了楊公子，想打探他的消息，一時有些為難。最近他一忙起來，就沒關心這事了，上回聽說還在練兵，可是這都過去一個多月，豈不是要上戰場了？劉福根頓時覺得自己這回實在失職，可怎麼和謝玉嬌交代啊？

「老奴該死，這幾日太忙，竟忘了這件事，老奴這就去縣衙打聽、打聽，楊公子帶的軍隊這會兒到哪裡了。」

說著，劉福根就要下跪，謝玉嬌鬱悶道：「誰問你他的事了？我只問你，最近康大人那邊，有沒有吩咐什麼事？」

劉福根聞言，稍稍回過一些神來，但心裡卻覺得奇怪，以前小姐最怕縣衙那邊有什麼吩咐，只要聽見自己說「康大人」三個字，眉頭就皺起來，怎麼今日破天荒關心起康大人那邊的事了？

「最近縣衙那邊沒什麼事，今年別家都沒按時給稅銀，只有我們謝家不但準時，給的分量也最足，康大人還特地表彰了一番，其他的就沒什麼事了。」

聽了這些，謝玉嬌一時之間覺得提不起精神來，便隨口問道：「康大人今年怎麼沒來要棉襖……」

謝玉嬌說完這句話，自己都尷尬了幾分，心道果然是因為冬天日短，她不曾歇午覺的緣故，頭腦都不清醒了。

劉福根也被這句話弄得丈二金剛摸不著頭腦，他揣摩了謝玉嬌的意思半天，才開口道：「不然，老奴明日去縣衙一趟，問問康大人，今年還要棉襖嗎？」

謝玉嬌聞言，神色中透出幾分木然，她看見外頭雪下得正大，無奈道：「算了，問什麼問，這時候做棉襖，難道夏天穿？」

劉福根點頭附和，又見謝玉嬌似乎有些失落，便開口道：「不然，小姐還和去年一樣，送些白棉布過去如何？」

謝玉嬌想了想，覺得那時候自己似乎有些小氣，那些白棉布不值幾個銀子，當時自己終究太過精打細算了。

「罷了，這次你送一些細棉布過去，料子要上好的，天熱可以直接做中衣穿的那種，明白了？」

劉福根一個勁兒地點頭，心想小姐不愧是老爺生的，這撒錢的本事，和老爺真是如出一轍呢！

謝玉嬌把這事吩咐下去，心情頓時好了不少，高高興興地往徐氏的正院去了。

謝朝宗如今已經滿一週歲，會喊娘和姊姊了，心情好的時候，還會沿著牆根走幾步，只是徐氏總擔心他摔疼了會哭，捨不得讓他自己走。不過，只要謝玉嬌在場，必定放手讓謝朝宗自己多走一些，就算徐氏想攔也沒用。

謝玉嬌進房的時候，就看見丫鬟端著一個空了的小碗從裡面出來。過了中秋，沈姨娘來了癸水之後，奶水比以前少了很多，徐氏本想請一個奶娘進來，但謝玉嬌覺得如今謝朝宗也大了，應該試著吃一些食物，不能再像他小時候那樣餵母奶了，不然將來不肯吃飯，整天戀奶很麻煩。

張嬤嬤也說男孩子若是老戀著奶娘，將來難免嬌氣，不如就這樣開始吃點別的，反正謝朝宗不缺人疼他。徐氏至此才算應了下來，開始用牛乳製品為謝朝宗加餐。

這個時辰正是謝朝宗吃酥酪的時候，謝玉嬌才剛進去，徐氏便招呼她坐下，吩咐百靈道：「快去茶房裡把熱著的酥酪拿過來給小姐吃。」

謝玉嬌平常每日早上都會喝一碗牛乳，這是多年養成的習慣，但對酥酪的喜好倒是一般，並不怎麼愛吃，不過如今謝朝宗每天都吃，徐氏就讓廚房多備了一些。

由於徐蕙如嫌棄酥酪有股腥味，只吃一些銀耳、紅棗之類的甜湯，因此謝朝宗、寶珍和寶珠吃完以後多出來的，徐氏就留給謝玉嬌。

謝玉嬌急忙喊住百靈道：「送去老姨奶奶那邊吧！她年紀大了，吃一些酥酪有好處，我早上喝過牛乳，不想吃了。」

徐氏聽了，點了點頭，讓百靈送去老姨奶奶那邊。她拉著謝玉嬌坐下時，發現謝玉嬌冒著風雪過來，這會兒手腳有些冰冷，急忙讓丫鬟送了一個手爐上來，問道：「年關將至，家裡的事安置得如何？我聽妳舅舅說，今年打仗銀根緊，生意不如往常好，也不知道家裡收入怎麼樣？」

平常徐氏從不過問生意上的事，只是偶爾會在徐禹行來的時候，順便問個幾句。如今大環境不好，做生意確實比以前難，好在謝玉嬌早就投入房產生意，金陵的宅子因為戰亂升值幾成，今年賺了很大一筆銀子，便是幾年內休養生息，對謝家也不會造成太大的影響。

「娘放心吧！雖然現在在打仗，但百姓們日子還是要過，吃穿用度一樣也不能少，做生意的人照常做生意，況且我們家還有這麼多田地，總不至於坐吃山空。」謝玉嬌回道。

其實徐氏不過就是白操心而已，要是真的有什麼事，她也想不出啥辦法來。此時沈姨娘抱著謝朝宗從裡間走了出來，謝朝宗手裡拿著一個波浪鼓，他看見謝玉嬌坐在那邊，便伸出手要撲過去抱抱。

謝玉嬌在房裡坐了有一會兒，身上的寒氣已經完全散去，這才放心地抱過謝朝宗，親了他的小臉一口，放他在自己的大腿上玩耍。

如今謝朝宗大了，有些坐不住，不斷在謝玉嬌的大腿上來回扭動，一心想下去走走。正值冬天，廳裡又鋪著青石地磚，要是在地上爬，難免會冷著，徐氏便笑著要去接謝朝宗，可謝玉嬌卻抱著謝朝宗躲開，接著站起身來從圓桌旁邊拉了一張凳子放在廳裡，把謝朝宗往旁邊一放。

謝朝宗正好比那個凳子高了一個頭，扶著凳子站著，他看見謝玉嬌丟下他離開，急得直哭，手裡的波浪鼓都丟了。

徐氏道：「妳也真是的，每天都要惹他哭一回才高興。」

謝玉嬌蹲下來，撿起謝朝宗的波浪鼓，搖了搖道：「朝宗要是想要這個波浪鼓，就要自己走到姊姊跟前來，好不好？」

謝朝宗伸著一隻胳膊去搆那波浪鼓，每回都只差一點就能搆著，可他又不敢把扶著凳子的另一隻手放開，搆了幾回沒搆到以後，又急得哭了起來。

徐氏有些不忍心，站起來要去抱他，謝玉嬌卻擋在前頭道：「娘沒聽過一句話嗎？慈母多敗兒，朝宗將來要接管整個謝家，如今磨一磨，讓他哭一哭也沒什麼，一週歲的孩子，應該學會走路了。」

聞言，徐氏回道：「他又不是不會走，扶著牆，他走得可穩了。」

謝玉嬌便道：「萬一牆倒了呢？爹在時，他就是我們的牆，可爹去了，我們不還是要靠自己站起來？沒有誰一輩子都能有人依靠，娘難道不懂這個道理？」

徐氏頓時不吭聲，只坐在一旁幽幽地嘆氣，張嬤嬤便上前勸道：「夫人，小姐說得有道理，少爺是男孩子，不必那麼小心。」

這會兒徐氏還有些難過，聽了便回道：「我當初對妳也是這般，如今妳不也好好的，並未嬌慣到哪啊！」

謝玉嬌一聽，氣得臉都黑了，心道：我又不是妳那個親閨女，她早就死了。

徐氏瞧謝玉嬌臉色變了，只當她是氣自己用那些話堵她，又道：「妳說的道理我也清楚，只是我總歸有些不捨，況且今年夏天朝宗病了大半個月，就算比別人家的孩子遲一些會走路，也沒什麼大不了。」

謝玉嬌卻委屈得很，馬上就要過年了，家裡忙亂得很，她很頭痛，因此聽到這些話就更不痛快。她將手裡的波浪鼓往茶几上一擺，站起來道：「舅舅前幾日說在城裡看上幾個鋪子，想買回來，因為價格並不便宜，所以我沒應下來，明日正好有空，就過去城裡看看，順便在那邊的宅子住幾日，權當是年前休息了。」

徐氏聽謝玉嬌這麼說，不禁嚇了一跳，知道她是真的動氣了，難免有些自責，一時卻不知該說什麼好勸慰她。

謝玉嬌說完，沒在徐氏那邊多待片刻，就先回了自己的房間裡，獨自鬱悶起來。她沒穿越到這裡之前，也算得上是一個性格跳脫的人，如今到了這個狗不拉屎的地方，實在不情願得很。雖然她一直抱著「既來之，則安之」的念頭，可將近兩年來平淡無奇的後院生活，確實讓她生出幾分厭煩來了。

丫鬟們看見謝玉嬌悶悶不樂的樣子，誰也不敢上前去搭話。

晚膳的時候，張嬤嬤親自過來請謝玉嬌，看見丫鬟們都在樓下待著，便知道她還沒消氣。平日她也常提點徐氏，這個家如今全靠謝玉嬌一人撐著，本就異常辛苦，況且謝玉嬌身子並不好，有時候脾氣上來了，和徐氏這個娘拌嘴也很正常，並不需要多心，只是過去沒鬧到像今日這樣，竟讓謝玉嬌開口說要去城裡的宅子住。

其實母女兩人能有什麼多大的仇？張嬤嬤剛剛勸過了徐氏，如今又過來勸謝玉嬌。

謝玉嬌此時卻還難過得很，她獨自一人坐在窗邊，把窗戶打開一道縫，看著外頭的雪花飛舞。雖然前世是南京人，等同於目前的金陵，可她在現代從來沒見過這麼大的雪，還一連下好幾天，外頭銀裝素裹一片；如今看夠了雪，反倒覺得沒什麼意思，以前那麼喜歡下雪天，無非就是因為少見多怪。

張嬤嬤上了樓，才挽開簾子，就覺得透著一陣風，抬頭一看，就見謝玉嬌在風口上坐著，幾片雪花從窗縫飛了進來，落在她的髮絲上。

「小姐快把窗關上，這麼冷的天，仔細受寒了。」張嬤嬤一邊說，一邊往謝玉嬌跟前去，將窗戶關上，接下來一轉頭，她就看見謝玉嬌滿臉都是晶瑩剔透的淚花，頓時她一顆心就像要碎了一般，忍不住將謝玉嬌抱在懷中道：「好小姐，嬤嬤知道妳心裡的苦，我跟著夫人那麼久，知道夫人的脾氣，她是一輩子沒受過半點委屈的人，哪裡懂妳的憋屈？」

謝玉嬌吸了吸鼻子，伸手胡亂抹去臉上的淚，站起身來，嘆了口氣道：「也沒什麼好憋屈的，只是覺得有些無聊而已。身處這個亂世，想吃飽飯都不容易了，我應該知足的。」

張嬤嬤聽了，總覺得有些不安，趕緊說道：「小姐快別犯傻了，這說的是什麼話呢？謝家家大業大，小姐怎麼樣都能錦衣玉食，夫人方才已經悔恨得落淚，如今只等著小姐去用晚膳呢！」

謝玉嬌懶懶地回道：「我這會兒吃不下，妳回去吧！告訴娘，我並沒有生氣，為了那件事生氣，確實有些不值當。」

張嬤嬤深知謝玉嬌的脾氣，因此沒再勸她，開口道：「既然如此，老奴讓廚房備幾樣菜，送到小姐房裡來，今日天氣不好，小姐在房裡用，也暖和一些。」

從謝玉嬌那邊離開以後，張嬤嬤還是有幾分擔憂，以前謝玉嬌就算再生氣，也從來沒開口說要走，如今不過是和自己的娘起了小口角，就說要去白鷺洲的宅子住，似乎有些小題大作啊……

徐氏看張嬤嬤自己一個人回來，捏著帕子在門口愣了半晌，等張嬤嬤進來了，才問道：「怎麼？嬌嬌她還是不肯過來嗎？」

張嬤嬤往徐氏那邊看了一眼，搖了搖頭道：「小姐這回大約是真的生氣了，奴婢去的時候，她正在窗邊掉淚呢！自從老爺走後，這還是奴婢第一次看見小姐哭啊！」

徐氏一聽，眉頭皺得更深了，只是謝玉嬌個性向來強硬，如今只有等她自己消氣，這一切才算過去了。

其實謝玉嬌原本真的很生氣，可後來想了想徐氏平常待人處事的風格，也就釋懷了；不過之所以堅持不去徐氏那邊，也是有她一分私心。

謝玉嬌並不打算在謝家當一輩子的老姑娘，雖說她身處古代，但是只要有銀子，不難過上舒服的日子。她這些日子在謝家待得有些膩了，當初賺銀子的快感如今已不能滿足她，可是目前這個情況，她又不能撒手當米蟲，所以只能發發脾氣宣洩一下。

再者，謝玉嬌認為也該是時候讓徐氏知道，身為一家主母，她不可能永遠都躲在她的小天地裡，以為靠著張羅家人的生活起居，就能安安穩穩地過太平日子。

想通了這些，謝玉嬌的心情就舒坦起來，反正離過年還有一些時間，等徐禹行回謝家過年的時候，自己也跟著回來，那麼到時徐氏在徐禹行跟前，自然不好說些什麼。

過了小半個時辰，廚房那邊送了晚膳來，都是謝玉嬌平常喜歡吃的一些小菜，大約是張嬤嬤親自去廚房吩咐的。謝玉嬌用過了晚膳，早早就洗漱睡下，又讓丫鬟們整理行囊，打算去城裡的白鷺洲宅子住一陣子。

丫鬟們不敢怠慢，馬上俐落地收拾起東西，免得謝玉嬌心煩。

第二天一早，雪已經停了，謝玉嬌昨夜睡得頗熟，醒來時精神不錯。原本謝玉嬌洗漱過後，要去徐氏那邊用早膳，可一想到昨天的事，謝玉嬌便遣了喜鵲去回話，說今日要在自己的繡樓用早膳，不過去了。

徐氏聽喜鵲說謝玉嬌昨日有吃晚飯，睡得也早，一顆心算放下了一些，見謝玉嬌仍舊不肯過來用早膳，只好隨她去了，又吩咐廚房多送幾樣謝玉嬌平常喜歡吃的東西過去，吩咐丫鬟們好生伺候著。

謝玉嬌用過了早膳，和往常一樣往書房走去，平常巳時過後是她見客的時間，按照道理，年底正是各家清帳的時候，因此不會有什麼人來訪。謝玉嬌一早就讓兩位管家催著帳房的孔先生把帳務結清，好方便她對帳。

到了中午，劉福根才從外頭回來，原來他昨日得了謝玉嬌的指示，今日一早就去了縣衙，不過卻不提謝玉嬌要捐細棉布的事，只略略打聽了前線的消息。

北邊打得厲害，康廣壽已經得了密令，若是京城守不住，很有可能要遷都。只是茲事體大，朝廷怕動搖軍心，所以一直未出明詔，因此他不敢對外頭透露半個字；加上如今前線戰亂，驛站破壞嚴重，他的信都是從京城送來的，消息難免晚了一些，能夠告訴劉福根的也有限。

「小姐，康大人這次倒是沒提要銀子的事，只是老奴瞧他的神情沈重得很，只怕北邊真的要守不住了。」劉福根看著謝玉嬌一臉嚴肅，說起話來更是十二萬分的小心。

謝玉嬌本來想問一問周天昊的消息，可是又覺得說出來了，就有此地無銀三百兩的感覺，便嚥下一口氣，憋住了沒問，只開口道：「前幾天舅舅說城裡有幾個鋪子不錯，想要入手，我想親自去看看，你幫我備個馬車，我去城裡的宅子住幾天。」

劉福根昨日聽張嬤嬤說起謝玉嬌和徐氏鬧彆扭的事，心裡多少有底，此時聽謝玉嬌這麼說，便回道：「今年白鷺洲宅子裡的紅梅開得正豔，小姐過去住幾天也好，只是這兩天剛下過雪，路上滑，不好走。」

謝玉嬌知道劉福根說得沒錯，下雪過後路上至少要泥濘個兩、三天，等泥濘乾了，又要兩、三天，不禁覺得頭疼起來，怎麼想出去散個心，還這麼麻煩呢？

謝玉嬌正感到鬱悶，忽然聽見門外喜鵲脆生生道：「舅老爺今日怎麼回來了……」

喜鵲的話還沒說完，謝玉嬌書房的門就被推開了，徐禹行風塵僕僕地從門外進來，見到了謝玉嬌，急忙開口道：「嬌嬌，北邊只怕已經守不住了，我昨天半夜收到岳家的八百里加急，這會兒京城的人已經在撤了。」

謝玉嬌聽了這話，先是嚇了一跳，可她很快便壓抑住情緒，緩下心神來。這會兒她也沒心思去城裡的宅子散心了，忙吩咐劉福根道：「你快找陶大管家來，讓他往各地跑一趟，凡是謝家的佃戶，守好自己的家門，若是遇上北邊逃難過來的人，不要怕，也不要盲目幫忙，先看朝廷有什麼打算。辦好這些事，再讓陶大管家早一點過來，大夥兒商議一下設粥棚救濟難民的事，能幫一個人就幫一個人。」

徐禹行見謝玉嬌這般鎮定地吩咐大小事，先站在一旁緩了片刻氣息，聽她說完了，才又繼續道：「還有一件事，我不知道當說不當說……」

謝玉嬌看徐禹行臉上有幾分為難，當下有些狐疑，過了半晌，她才開口道：「舅舅有什麼話就快說吧！這會兒還賣什麼關子，真是急死人了。」

徐禹行眉頭緊蹙，神色複雜地說：「我岳家的信上還寫了，死守京城的是睿王殿下與楊公子帶去的征南軍，楊公子為了救睿王殿下突出重圍，已經英勇殉國了。」

聽到這裡，謝玉嬌微微愣住了，彷彿一下子沒聽清楚徐禹行的話。她整個人愣住半天，覺得心口就像裂開了一道口子一樣，忽然間空蕩蕩的，連一句話也說不出來。

站在一旁的劉福根神情緊張，嚇得冷天裡出了滿頭大汗，不知如何開口安慰謝玉嬌的時候，卻見她垂下了眼皮，淡淡道：「他果然一語成讖，死了……」

謝玉嬌不知道自己是怎麼吐出「死了」這兩個字的，只覺得全身像是一下子被抽光了力氣，放在案桌上的指尖軟綿綿地滑了下來，身體順勢往背後的椅子上一靠，臉色蒼白。

徐禹行並不知謝玉嬌與周天昊之間的糾葛，他察覺謝玉嬌言語中透著幾分失落，便勸慰道：「聽說楊公子的屍首已經找到了，大概會跟著朝廷一起往南邊來，到時候我們再備一份……」

說到這裡，即便是徐禹行這般見識過大風大浪的人，也很難再講下去。人死不能復生，再厚的禮，也比不上活生生的人出現在自己面前。

劉福根看謝玉嬌臉色越來越蒼白，著急得不得了，身為唯一一個知道他們之間情事的旁人，這會兒他真是不知道該說什麼才好，只鬱悶道：「老奴今日才去縣衙打探消息，也沒聽康大人說起這些呀，怎麼好端端的就……」

徐禹行回道：「朝廷怕軍心不穩，一直沒下南遷的詔令，楊公子的事，我是昨夜收到了加急信才知道的，只怕這時候縣衙那邊也已經收到消息，亂成一團了。」

謝玉嬌人還在椅子上坐著，眼睛盯著徐禹行與劉福根你一言、我一語，她彷彿能聽見，又彷彿聽不見，明明頭腦是空的，心卻是疼的。說起來她和周天昊之間並沒什麼深厚的感情，他給自己的，不過就是幾句半真半假的戲言；而自己給他的，也就是幾張銀票罷了。

雙手壓著桌案站了起來，謝玉嬌深深吸了一口氣，就像是在告訴自己——他並不值得妳這般為他傷心。可誰知道這竟是徒勞無功，謝玉嬌只覺得眼前一黑，整個人就不省人事了。

第四十章　死而復生

徐氏守在謝玉嬌的床頭，哭紅了雙眼。將近兩年來，她看著謝玉嬌越發成熟穩重，一方面感到高興，一方面卻也很擔憂。過去謝玉嬌還會時不時向她撒撒嬌，兩個人偶爾說幾句貼心話，可自從有了朝宗，這樣平靜卻幸福的時光就越來越少了。

想到這裡，徐氏只覺得後悔得很，握著謝玉嬌的手一個勁兒地落淚。

張嬤嬤見了，趕忙勸慰道：「夫人快別傷心了，大夫說小姐只是一時急火攻心，並不是什麼大病，好好養幾日就成了。」

徐氏只當謝玉嬌是因為昨日的事和自己置氣，回道：「都是我的不是，我明知道嬌嬌的脾氣，還要惹得她心裡不痛快……」

張嬤嬤聞言，瞧這會兒房裡沒別的丫鬟，才走到徐氏跟前，湊過去低聲道：「奴婢剛才在外頭問了家裡那口子，他說……小姐是聽到那位楊公子戰死了，才變了臉色的。」

徐氏一聽，頓時驚得站起身來，鼻子一酸道：「楊公子死了？他有那麼好的相貌和人品，怎麼就這樣走了呢？」

張嬤嬤低著頭道：「聽說北邊已經保不住了，這會兒舅老爺正找陶大管家一起思考對策，只怕我們這裡，也要沒安生日子過了。」

徐氏這下又著急了幾分，她擰著帕子在房裡來回走了幾趟，又看了在床上躺著的謝玉嬌一眼，開口道：「上回那個江老太醫的藥，嬌嬌吃起來挺有效的，妳幫我備一份厚禮，讓劉二管家親自跑一趟，看看他肯不肯再來一趟，替嬌嬌看看。」

張嬤嬤點頭稱是，忙起身出去準備，還讓劉福根帶上謝家的帖子，親自去城裡請人。劉福根進城時天都已經黑了，只見路上車水馬龍，原來北邊逃得最早的一批人已經到了金陵，正在各自安頓。

劉福根急忙去江老太醫的府上請人，卻被告知江老太醫早就被人請進了行宮，說是北邊有重傷的貴人要來，把已經致仕的老太醫們都招了進去，隨時待命。

既然撲了空，劉福根決定先不回謝家宅，等隔天天亮再做打算。

謝玉嬌下午就醒了過來，見徐氏坐在床頭哭得傷心，對她的氣也消了幾分。這世上最難的事就是企圖改變別人，尤其是像徐氏這樣幾十年都過著好日子的人。

徐氏看見謝玉嬌醒了，小心翼翼地扶著她坐起來，問道：「嬌嬌，妳有沒有什麼不舒服的地方，儘管說出來。」

謝玉嬌只覺得身子有些軟，其他倒沒什麼，她原本沒預料到自己會暈過去，這時候再回頭想想，反倒覺得有些可笑。不過是萍水相逢的兩個人而已，又何必為他難過呢？縱使他曾經撥動了自己的心弦，但那也是過去的事了，如今他離開這世上，自己也算解脫了，並沒有什麼不好，又為什麼要傷心呢？

「我沒事。」謝玉嬌低頭回道，掀了被子要起來。

徐氏連忙拿了外衣為她披上，又道：「妳再躺一下吧！這會兒起來做什麼？」

謝玉嬌回道：「舅舅說北邊怕是守不住了，由於消息送來的時間有點落差，要是腳程快一些的難民，少則三、五日，多則七、八日，就要往南邊來了，如今又快過年了，總不能讓他們連一口飯也沒得吃，這些事，我得親自安排一下。」

徐氏聽了，急忙開口道：「妳舅舅已經在處理了，先別管這些，好好休息吧！我差劉二管家去請江老太醫，也不知道他能不能過來替妳好好瞧一瞧。」

謝玉嬌這會兒卻不願意聽徐氏的話，她的身子她自己清楚，江老太醫的藥陸陸續續吃了半年，她的身體早就比以前好上許多了，這回暈倒完全是意外。

眉頭微微一皺，謝玉嬌正色道：「既然這樣，過去聽他們說什麼也好，平常舅舅有什麼拿不定主意的，也會派人來問我，我現在過去，省得他們來回跑。」

徐氏見勸不住謝玉嬌，便喊了丫鬟過來替她更衣，謝玉嬌穿好衣裳，覺得身子還有些虛軟，可她骨子裡卻有幾分傲氣，不想在這個時候倒下去，她想好好活著，甚至比以前活得更好。此時她深深覺得，有些人的血不應該白流，而有些人心中懷抱的堅定信仰，也未必就是傻事。

他已經死了，謝玉嬌再也不能為他做什麼，如今她唯一能幫上忙的，不過就是花幾個銀子，給那些他拚了命也要保護的百姓們一口飯吃。

謝玉嬌在丫鬟們的陪伴下出了繡樓，徐氏凝視著謝玉嬌往書房去的身影，忍不住深深嘆了口氣。

書房裡，徐禹行、陶來喜，還有幾個佃戶的領頭人都坐在那邊，除了徐禹行，其他幾個人見到謝玉嬌進來，紛紛起身朝她拱了拱手。

謝玉嬌擺了擺手要眾人坐下，蹙眉道：「當務之急，就是我們自己不能亂了陣腳，還要想一些好法子出來。」

其實陶來喜乍聽要遷都的消息，不禁嚇了一大跳。記得有一年黃河發了洪災，從北邊湧進大批難民，弄得南方的百姓們人心惶惶，如今不只是難民要來，還要遷都，陶來喜實在緊張得不得了。

「消息要是一放出去，百姓們肯定都會害怕，這個年也沒辦法好好過了。」陶來喜說道。

「可不是，今年有很多人被徵去打仗，收成好不容易才穩住，結果又遇上這種事，該怎麼辦才好？」一個佃戶領頭人憂心忡忡地說道。

謝玉嬌皺眉想了想，大夥兒這般憂心和害怕，總不是辦法，畢竟一怕就容易散，一散就容易亂。

「這樣吧！沈護院在的時候，我們組織了一個巡衛隊在村裡巡邏，當時家家戶戶都挺安生的，後來朝廷募兵，巡衛隊好些人都跟著沈護院從軍去了，但還是有幾個人留了下來。我們不如趁這個時候，再召集一批人，由之前待過巡衛隊的人調教一下，大家輪流在村裡守著，這樣就算又有大批難民湧來，一時之間也不用害怕。」

一家一戶勢單力薄，但一個村子集合起來，力量就不可小覷，眾人一邊聽一邊點頭，謝玉嬌又繼續道：「這麼多的人一起過來，朝廷不會不管，更不可能和以前一樣，全把那些難民往我們這些地主和鄉紳的家裡送，要是弄不好，百姓可要造反。一會兒就請舅舅去一趟縣衙，看看康大人有什麼主意吧！」

謝玉嬌說完，這才抿了一口茶，喘了喘氣。那些領頭人見謝玉嬌為了佃戶們考慮這麼多，不禁感激不已，紛紛說一回村子就張羅這件事。

想了想，謝玉嬌又吩咐陶來喜道：「你一會兒去查一下，今年要分去族裡的東西都備齊了沒有？年底了，很多吃的不好買，若實在不行，先把那些東西拿出來，分發到各處的粥棚去，度過眼前這個難關再說，族裡缺的分，明年補給他們就是。」

陶來喜聽了連連稱是，吃穿用度的東西都是時價，之前北邊守不住的消息還沒傳過來，他們謝家又備得早，當然就便宜些，如今若要另外準備，還不知道那些商家要抬幾倍價呢！

「小姐說得是，只是族裡的分例年年都有，要是今年沒了，不知道他們會不會……」陶來喜與二老太爺打過很長一段時間的交道，深知謝家族裡有些人實在貪得無厭，要是知道今年的分例沒了，不知道會不會鬧起來。

「由他們鬧，國難當頭，要是只記掛著這些小事，我一概不見。」

有了謝玉嬌這番話，陶來喜就放心地準備動用那些東西了。

因為劉福根沒請到江老太醫，加上天又黑了，他就去徐禹行在城裡的宅子睡了一晚。第二天一早起來的時候，就聽見為徐家看門的那對老夫婦在閒聊，說是昨晚大街上的車馬聲沒斷過，一直吵到天亮。

劉福根急著要回謝家，不打算吃早飯，當他一打開大門，就看見兩個二十出頭的年輕人往這邊來，他們不認識劉福根，愣了片刻之後，其中一個人才開口問道：「請問這是徐府嗎？」

劉福根見他們一口外地口音，一時摸不清是什麼人，但見到他們風塵僕僕的模樣，大概是從北邊趕過來的，便開口道：「這裡就是徐府，是謝家舅老爺的宅邸。」

那兩個人聽了，臉上頓時露出幾分喜色，身穿石青色袍子的年輕人，轉頭對身後的人道：「太好了，這裡就是姑老爺府上，大少爺，我們到了。」

劉福根聽他們稱呼徐禹行為「姑老爺」，就猜出了他們的身分，應該是京城馬家，也就是徐禹行的岳家。

這麼一想，劉福根急忙開口道：「既然是舅老爺岳家的客人，還請裡面坐。」

兩人跟著劉福根進門，待他們坐定之後，劉福根才看清楚他們下頷都長出了青色鬍碴，眸中還帶著渾濁的血絲，顯然是長途跋涉，一路上都沒有休息。

馬家大少爺喝過了熱茶，才開口道：「韃子在京城外打了小半個月，一直沒攻進來，後來想了法子，說要用火燒，京城不知道有多少人家，要真的一把火給燒沒了，不知道得死多少人，皇上實在沒法子，只好正式下旨南遷，只留下一群將士擋住韃子，讓百姓們先逃難。」

說到這裡，他眉梢微微抖了抖，繼而說道：「不知道在皇上下旨前多久，我們家就動身了，只可惜最後守城的那些將士，恐怕一個都活不了。」

沒有經歷過戰爭的人，永遠不知道戰爭有多殘酷，僅僅是看見他們兩個人落魄的模樣，劉福根也知道逃難的路上必定艱辛異常。

馬家大少爺說完，收起了悲傷的情緒，緩緩道：「因為帶著家眷，實在跑不快，父親便派我先過來找姑丈，把原先已經安置的宅子收拾一下，等其他人來了，就可以馬上住進去。」

劉福根聽他們說完了來意，回道：「舅老爺這會兒不在城裡，不過我倒是知道你們那宅子在何處，離這邊不過兩條巷子的距離，馬少爺先用些早膳，一會兒我帶你們過去。」

此時此刻，南遷的大部隊中，周天昊正躺在由錦緞鋪成的華麗馬車內，身邊隨時有幾個太醫輪流候著。迷迷糊糊中，他睜開了眼睛盯著朱紅色的車頂，確定自己還活著……活在這個原本就不屬於他的世界；若不是楊家那小子替他擋了最致命的一刀，這個時候他早已見了閻王。

雲松整整照顧了周天昊兩天兩夜，這會兒正累得在一旁打盹，忽然間，馬車晃了一下，他嚇得醒過來，就看見周天昊正一眼不眨地瞪著馬車車頂。

「太醫……太醫……殿下醒了。」

雲松急忙扯了靠在車廂壁上打盹的太醫一把，接著問周天昊道：「殿下，有沒有什麼地方難受？胸口還疼不疼？」

周天昊勉強搖了搖頭，苦笑道：「早知道……就不該把那面鏡子拿出來，要是換個位置擺到胸口，沒準兒能逃過這一箭……」

雲松聞言，哭笑不得地回答。「殿下這個時候還說笑啊？您都要嚇死奴才了。」

周天昊鬆了口氣，見馬車搖晃得厲害，問道：「到哪裡了？」

「殿下，這會兒已經過了彭州，再兩日就要到金陵了。」雲松答道。

金陵……那就是要到在她附近的地方了……周天昊虛弱地露出了一個笑容，雲松見狀，趕緊拉著太醫為周天昊診治，唯恐他的睿王殿下是傻到受傷只會笑，不會喊痛了。

謝玉嬌能歇下來好好休息，已經是眾人商議兩、三天之後的事了。和謝玉嬌預料的一樣，這幾日腳程快的難民已經抵達，幸好謝家早就和康廣壽商量妥當，江寧縣這一次只負責五、六百名難民，謝家也只是收一、兩百人而已。早先為了安頓青龍寨的人，謝家在隱龍山下附近建了一個莊子，如今那邊還有大片空地，正好可以用來安置難民。

青龍寨的人和這些難民一樣是從北邊逃過來的，並不存在什麼太多的矛盾。謝家在那裡設了粥棚，一日供應三餐，雖然吃不飽，但不至於餓死，而且還有遮風避雨的地方，不會在外頭凍死。

徐氏見謝玉嬌又忙碌起來，而且對之前她們吵架的事好像也不在乎了，不禁鬆了口氣。這日徐禹行從城裡回來，逕自到了徐氏的房間，敘述如今的形勢。

雖然京城失守，但韃靼也傷亡慘重，因此並未乘勝追擊，而是在京城駐紮，似乎在靜待時機；大雍的軍隊則是撤退到京城以南八十里外，嚴守防線，杜絕後患。

「這兩日城裡比之前好了很多，有的人還繼續往更南邊的地方逃，有的人選擇定下來，就在金陵待著了。朝廷的先頭部隊已經抵達，皇上這兩日也要到了，據說是因為帶著重傷的睿王殿下，所以耽誤了行程。」

徐氏雖然沒出門，可這幾天一直聽人說起外面的難民，到底有幾分害怕，皺眉道：「打了這麼多年還是沒打贏，韃靼怎麼就那麼難打呢？」

徐禹行嘆了口氣，搖頭道：「是啊！打了這麼多年，大雍折了那麼多將士，到頭來京城還是沒守住，真是……」

謝玉嬌聽了這話題，覺得很沈重，腦中不停閃過那日周天昊在縣衙門口騎著馬的樣子，當時他是那樣意氣風發，不過才隔了幾個月，就……

想到這裡，謝玉嬌還是覺得有些難受，便故意略過這一句，問徐禹行道：「舅舅，咱們手上還有幾間宅子？」

徐禹行想了想，開口道：「除去謝家祖宅跟白鷺洲的宅子，只剩下兩間了，都在莫愁湖旁邊，如今朝廷南遷，那一帶住著好些達官貴人，宅子若是賣得便宜，反倒虧了，所以我至今沒脫手。」

謝玉嬌聞言，點了點頭。那兩間宅子，後院都靠著莫愁湖，風景如畫，聽說是前朝一個王爺的府邸，後來被金陵一個富商買下。去年徐禹行按照謝玉嬌的要求，在城裡收購房產，最後順利從那富商的手中買了下來。

「這兩間宅子倒還能留一留。」京城有那麼多侯門公府往南邊來，哪一戶不是攜家帶眷，能拿出大把銀子的必定大有人在，這樣的好宅子得留到最後才行。

徐氏聽他們又聊起了生意，搖了搖頭走開。不一會兒，徐蕙如從繡樓過來正院，徐禹行見到她，開口道：「蕙如，妳外祖母來城裡了，她老人家正念著妳呢！一會兒隨我收拾、收拾，去外祖母家住幾日吧！」

劉福根將馬家大少爺帶去徐禹行為岳家在金陵置辦的宅子之後，隔了兩、三天，馬家一大批人就到了，這兩天徐禹行一直待在城裡，就是幫忙他們安頓，如今一切暫時告一段落，馬家的老夫人想念她的外孫女了，就要徐禹行來謝家接徐蕙如。
徐蕙如早就知道馬家要遷來金陵的消息，這會兒聽了這番話，開口道：「我已經把東西準備好了，只是再幾日就要過年，要是我這幾天過去，外祖母肯定不放我回來，那我今年就不能陪姑母和表姊過年了。」
徐氏聞言，笑著回道：「傻丫頭，妳外祖母今年難得在這邊過年，妳當然要陪著她了；況且他們大老遠地從京城過來，原來的祖產不知道能帶上幾分，心裡必定不痛快，這時候妳自然要過去安慰、安慰她。」
徐蕙如也懂這個道理，便點頭道：「那我先去外祖母家住一陣子，等元宵節再回來陪姑母和表姊。」
謝玉嬌擺了擺手道：「就住到元宵節過後吧！沒準兒今年還有燈會，妳也好帶著他們去玩玩。」
雖說京城失守了，可對於這邊的百姓來說，唯一改變的，就是洶湧而來的難民，和漲得有些離譜的物價，如今大雍還沒走到人人自危的地步，興許為了穩定民心，元宵燈會還會照舊舉行呢……
眾人提前用過午膳，謝玉嬌送徐禹行和徐蕙如到大門口，此時卻遠遠看見一輛馬車往謝家而來。謝玉嬌眼尖，馬上就看出這是縣太爺康廣壽的馬車，正在想這個時候康廣壽找她做什麼，馬車就在謝家大門口不遠處停了下來。

謝玉嬌定睛一看，沒想到馬車上的人不是康廣壽，而是平常在他跟前走動的小廝。那小廝見了謝玉嬌，上前行禮道：「謝小姐，我家大人有些事情想找您商量，還請謝小姐和我走一趟。」

徐禹行聞言，開口道：「康大人有什麼事？我和你去。」

小廝認得徐禹行，回道：「徐老爺，我家大人只讓我請謝小姐，得要她親自過去才行。」

這會兒徐蕙如已經上馬車在那邊等了，謝玉嬌知道徐禹行抽不出空來，便道：「舅舅先和表妹走吧！康大人那邊，我帶上劉二管家一起去便成。」

徐禹行一時之間分身乏術，只能接受這個安排，上了馬車和徐蕙如一起往城裡去了。

謝玉嬌對在門口候著的小廝打了一聲招呼，回房換一身衣裳，又請丫鬟去找劉福根來，誰知門房卻說劉福根今日去隱龍山看難民了，這會兒只怕回不來。

因為謝玉嬌怕耽誤了康廣壽的事，只好和徐氏說一聲，就帶了紫燕匆匆忙忙坐上馬車出門。

馬車走了好一陣子，謝玉嬌忽然覺得有些不對勁，等她伸手撩開簾子時，才發現走的並不是去縣衙的路，她心頭一驚，急忙問外頭的小廝道：「這位小哥，你要帶我去哪裡，這不是去縣衙的路啊？」

那小廝皺眉道：「我家大人不在縣衙，所以讓小的直接把您帶去大人在的地方。這條路一樣是去城裡的，只是小的挑比較平坦的路走，還請小姐見諒。」

要不是謝玉嬌認得這小廝的臉，她真的以為自己遇上綁匪了，饒是如此，坐在馬車裡的紫燕還是緊張兮兮地開口道：「小姐，您確定他是康大人的隨從嗎？萬一不是……那可怎麼辦？」

謝玉嬌無奈地白了紫燕一眼，如今她們都在賊船上，就算他不是康廣壽的隨從，也只能認命了。「還能怎麼辦？看著辦吧……先看看他要帶我們去哪裡。」

馬車又走了一段路，謝玉嬌才明白這的確是往城裡去，只可惜他們出發得遲了些，加上速度又不快，因此並沒遇上徐禹行和徐蕙如的馬車，不然有他們隨行，她心裡還能有個底。

大約過了小半個時辰，馬車進了金陵城門，紫燕才恍然大悟道：「小姐，他真的把我們帶到城裡來了。」

外頭的小廝聽見車廂裡的說話聲，開口道：「謝小姐放心，一會兒就到了，我家大人就在那邊等您。」

謝玉嬌鬆了口氣，笑道：「我有什麼好不放心的？反正謝家的人都知道我上了康大人的馬車，若是有個閃失，謝家必定找康大人要人。」

那小廝笑著回道：「我們家大人就是知道小姐細心，特地派小的親自來接，說小姐認得小的這張臉和這輛馬車，好歹會賞面子過來。」

謝玉嬌聽了這話，不禁淡淡一笑，不過這康大人也真是的，若要商量事情，去縣衙也一樣，何必特地換個地方？

又過了約莫一盞茶的時間，馬車停了下來，謝玉嬌挽起簾子看了一眼，只見是一戶人家的後角門口。那小廝上前叩門，沒多久就見一個十二、三歲的小廝探出頭來，他見門口停著馬車，便從門裡頭搬出一張踩腳的凳子來，準備伺候謝玉嬌下車。

康廣壽的小廝笑著上前對謝玉嬌說道：「謝小姐，咱們到了。」

從馬車上下來以後，謝玉嬌略略掃了四周一眼，她平常實在很少來城裡，一時之間不知道這是什麼地方，只是看著這宅子連後角門上也雕梁畫棟，想必不是什麼小戶人家。

謝玉嬌帶著紫燕跟著那小廝進了門，裡頭候著兩個四十來歲的婆子，旁邊還放著一架小竹轎，其中一個人見謝玉嬌臉上帶著幾分稀罕和好奇的表情，便道：「這裡頭路還遠著呢！謝小姐坐轎子去吧！」

其實謝玉嬌平常根本沒坐轎子的習慣，擺了擺手道：「不用，我跟妳們走過去就成了。」

謝玉嬌心想，京城失守了，康大人一家老小必定也會逃出來，這個地方大概是他們在金陵的落腳處吧！

那兩個婆子見謝玉嬌不肯坐轎子，也沒有堅持，領頭的婆子一邊引著謝玉嬌往前去，一邊道：「小姐，我們這邊大，您仔細跟緊，別走丟了。」

謝玉嬌不禁覺得有些好笑，自己當年一個人遊故宮也沒迷路，就這麼一個小院子，還能弄丟了不成？

進了院子，謝玉嬌跟著兩個婆子轉至一處門口，進了園子以後，才發現裡頭竟別有洞天，眼前是一抹平靜無波的湖面，上頭建造了亭臺水榭、軒館樓閣，每一處都由抄手遊廊連接起來，在這些地方之間走動，即便是下雨天，也不會弄濕了鞋底。

只聽在前頭引路的婆子道：「小姐要自己走，我們就帶您抄個近路，若是坐轎子，就要順著院牆的夾道走，只怕還要繞幾個圈子呢！」

謝玉嬌暗暗納悶，她和徐禹行看上的宅子已經不得了了，原是前朝的王爺按規制建造的，若是平常人家，任憑有再多銀子，也不敢打破這個規制，不然讓別人抓住了把柄，那可是大不敬的罪名。

只是如今瞧這宅子，從後面花園到前頭，就像看不到盡頭一樣，連有幾進都分不清楚了。謝玉嬌正想得出神，就發現自己總算是跟著那兩個婆子繞出了湖上的軒榭，到了一處小門。

進了門，便是直直一個夾道，兩邊的圍牆足足有兩丈高，紫燕跟在謝玉嬌身後，越發擔憂起來，不禁快步上前拉著她的袖子道：「小姐，這個地方好大……」

謝玉嬌這會兒也知道這個地方確實很大，連夾道的院牆都比普通人家高出一些，院子裡頭有什麼動靜，從外側完全看不出來。

直到一行人到了前頭，謝玉嬌才看見一些丫鬟，她們都穿著統一的丫鬟服飾，頭上戴著珠花，身上皆是綾羅，看著比大戶人家的女兒還體面幾分，若不是手中端著杯盤碗盞，她真要以為這些人都是千金小姐。不僅如此，她們一個個見了陌生人，竟然連頭也不抬一下，真是讓人好生奇怪。

又走了大約小半盞茶的工夫，謝玉嬌她們來到一處垂花門口，兩個婆子這才停了下來，說道：「小姐，到了。」

謝玉嬌往裡頭看了一眼，見面前的抄手遊廊直通到正房門口，裡面走出一個四十出頭的婦人，她看見謝玉嬌來了，臉上閃過一絲驚喜與好奇，趕緊迎上前來，謝過那兩個帶路的婆子後，就恭恭敬敬地朝謝玉嬌福了福身子，開口道：「小姐請隨我來。」

謝玉嬌又是一愣，旋即福身還禮，小心翼翼地跟在那位婦人身後，走到了正房門口。

「小姐進去吧！」那婦人打起了門上的簾子，一股濃重的中藥味就從裡面透了出來。

謝玉嬌有些疑惑，她轉身看了跟在自己身後的紫燕一眼，想了想，說道：「妳在門口等我，我去去就來。」

紫燕有點擔憂，皺著眉頭鬆開了謝玉嬌的袖子，那婦人笑道：「小姐進去就知道了。」

不知道為什麼，謝玉嬌看見她那張和藹的笑臉，原本提起的防備心頓時鬆懈了幾分，矮著身走了進去。

正廳中間放著全銅掐絲景泰藍象鼻三足盤龍熏香爐，隱隱透出一絲香氣，只是仍舊蓋不住四處瀰漫的藥味，讓謝玉嬌忍不住皺了皺眉頭。

博古架隔出了裡間，碧紗櫥前放著一架沉香木雕的四季如意屏風，兩邊的簾子全被挽了起來，安安靜靜的，感受不到有人存在的氣息。

謝玉嬌的腳步帶著幾分猶疑，她微微朝裡邊挪了挪，手中的帕子越捏越緊，一顆心撲撲直跳。

過了一會兒，謝玉嬌還是沒真正往裡間去，正打算回身離開的時候，就聽見裡頭傳出一個虛弱的聲音來。「人都來了，也不進來坐坐？」

謝玉嬌捏在手中的帕子抖了抖，隨即飄落在地。她在屏風外頭愣了片刻，這才驚愕道：「你……不是死了嗎？」

——未完，待續，請看文創風511《嗆辣美嬌娘》3

2016年7月出版

巧手回春

文創風 429～434

莫名穿到大雍朝，劉七巧一身婦科好功夫卻受限於環境不同，
只能幫人接生，倒也在牛家莊裡有了點名號；
但她就只能這樣嗎？是否有機會改造古代產科文化？

青春甜美的兒女情長　妙手救世的女醫天下／芳菲

前世婦產科醫師穿越來到這大雍朝的牛家莊，劉七巧根本是無用武之地！
但她職業病一發，看到古代婦女有難，怎能不出手幫忙？
也因此讓她一個農村小姑娘成了有名的接生婆，走路也有風～～
可沒想到在京城王府裡當管事的父親一紙家書傳來，
她劉七巧也要搬到京城，做個有規矩的王府丫鬟了？!
原本以為行醫生涯就此結束，沒想到王府少奶奶和王妃分別有孕，
她一不小心就從外書房升等到王妃的貼身丫鬟，
人人都指望她好好顧著王妃和未來的小少爺，這有何困難？
但身為太醫卻一副破身體的杜家少爺是怎麼回事，
從農村到王府，他一路能言善辯又糾纏不清，
她說東，他非要質疑是西；她好心幫產婦剖腹產子，卻被他潑冷水，
究竟西方婦科女醫遇上東方傳統神醫，誰能勝出……

文創風 510

嗆辣美嬌娘 2

國家圖書館出版品預行編目資料

嗆辣美嬌娘 / 芳菲著. --
初版. -- 臺北市 : 狗屋, 2017.04
冊 ; 公分. --（文創風）
ISBN 978-986-328-711-7（第2冊：平裝）. --

857.7　　106002031

著作者　芳菲
編輯　連宓均
校對　沈毓萍　林安祺
發行所　狗屋出版社有限公司
地址　台北市104中山區龍江路71巷15號1樓
電話　02-2776-5889～0
發行字號　局版台業字845號
法律顧問　蕭雄淋律師
總經銷　知遠文化事業有限公司
電話　02-2664-8800
初版　2017年4月
國際書碼　ISBN-13　978-986-328-711-7

本著作物由北京晉江原創網絡科技有限公司授權出版

定價250元
狗屋劃撥帳號：19001626
網址：love.doghouse.com.tw　E-mail：love@doghouse.com.tw